007/カジノ・ロワイヤル

イアン・フレミング

イギリスが誇る秘密情報部で、ある常識はずれの計画がもちあがった。ソ連の重要なスパイで、フランス共産党系労組の大物であるル・シッフルを打倒せよ。彼は党の資金を使いこんで窮地に追いこまれ、高額のギャンブルの儲けで一挙に挽回しようとしていた。それを阻止し嘲笑の的に仕立てて破滅させるために、秘密情報部からカジノ・ロワイヤルにジェームズ・ボンドが送りこまれる。冷酷な殺人をも厭《いと》わない、ダブル0《オー》の称号——007のコードをもつ男。巨額の賭け金が動く緊迫の勝負の裏で密かにめぐらされる陰謀。007初登場作を新訳でリニューアル。

登場人物

ジェームズ・ボンド……英国秘密情報部員
M……秘密情報部の責任者。ボンドの上司
ル・シッフル……ソ連のスパイ。〈アルザス労働者組合〉秘密会計係
ルネ・マティス……フランス参謀本部第二局局員
ヴェスパー・リンド……英国秘密情報部員。S課所属
フェリックス・ライター……CIA職員

007/カジノ・ロワイヤル

イアン・フレミング
白石　朗訳

創元推理文庫

CASINO ROYALE

by

Ian Fleming

1953

目次

007／カジノ・ロワイヤル

1　秘密情報部員

　午前三時になると、カジノには煙と汗で人に吐き気を催させるにおいが立ちこめる。そのころになると、人は大勝負の賭けがもたらす魂の浸食作用――強欲と不安と神経の緊張が混ざりあったもの――に耐えられなくなり、分別に目覚め、カジノを不快に思うようになる。

　ジェームズ・ボンドはふいに自分が疲れていることに気がついた。肉体や精神が限界に達したときにはいつでもわかり、その教えにしたがって行動することを心がけている。それでこそ、注意力が散漫になったり感覚が鈍ったりといったミスの原因を避けられるのだ。

　ボンドはそれまでプレイしていたルーレット台からさりげなく離れ、特別室《サル・プリヴェ》の特等テーブルを胸の高さで囲む真鍮《しんちゅう》の手すりを前に、ひととき足をとめた。

ル・シッフルはまだプレイしていたし、見たところ、あいかわらず勝っているようだった。すぐ前には額面十万フランの斑《まだら》模様の角チップ《プラーク》が無造作に積んである。太い左腕の陰には、一枚五十万フランの黄色い大きなプラークが目立たないように積みあげてあった。ボンドは一度見たら忘れられないル・シッフルの特徴ある横顔をしばしながめたのち、肩をすくめて思いをふり捨て、その場を離れた。

両替窓口《ケッス》は大人のあごほどの高さの柵で囲まれ、内側では両替係《ケッシエ》——といっても、おおむね下級銀行員のような者だ——がスツールに腰かけて、積みあげた紙幣やプラークの山に身を沈めていた。紙幣やプラークは分類されて棚におさまっていた。棚は防犯柵の内側、人のまたぐらあたりの高さにある。両替係は護身用に警棒と拳銃を用意している。柵を乗り越えて現金を強奪し、ふたたび柵を躍り越え、いくつもの通路とドアを抜けてカジノから逃げだすのはまず不可能だろう。そもそも両替係はふたり組で行動する。

ボンドはこの難題について考えながら、十万フランの札束と一万フランの札束をそれぞれ複数受けとった。同時に頭のほかの部分では、あすの朝ひらかれる定例のカジノ役員会のもようを思い描いていた。

「ムシュー・ル・シッフルの勝ちは二百万フラン。いつもどおりのゲームでした。ミス・フェアチャイルドは一時間で百万勝ち、すぐお帰りになりました。一時間のあいだに、バカラで胴元のムシュー・ル・シッフルと同額を賭ける〝バンコ〟を三回なさって帰られました。落ち着きはらった遊びぶりでした。ヴィロラン子爵はルーレットで百二十万の勝ち。最初の十二回と最後の十二回はいずれも最高限度額を賭けました。子爵は運がよろしかったようで。くだんの英国人、ミスター・ボンドは、この二日間で勝ちをきっかり三百万に増やしました。氏は五番テーブルで赤だけに賭けつづけるという斬新な遊び方をなさっています。詳細はテーブル主任《シェフ・ド・パルティ》のデュクロが心得ています。この方も運に恵まれておりますね。度胸もおありのようだ。夜《ソワレ》営業ではシュマンドフェールのあがりがxフラン、バカラがyフランでルーレットがzフランでした。ブールはまたしても集客が思わしくなく、経費がうわまわっています」

「ご苦労だったね、ムシュー・グザヴィエ」

「とんでもございません、会長閣下《ムシュー・ル・プレジダン》」

多少の差はあれ、こんなところか。ボンドはそう思いながら特別室のスイングドアを押しあけ、退屈顔の夜会服姿の男に会釈をした——この男はトラブルの気配があり次第、足踏み式スイッチでドアに錠前をおろして客の出入りを封じることを仕事にしている。

そしてカジノ役員会は帳簿を締めて散会、役員たちは自宅やカフェでの昼食にむかうのだろう。

さっきの両替所への強盗計画の件では——もとより実行するつもりはなく、単に興味をもっただけだ——腕ききの男たちがざっと十人は必要になるだろう。従業員をひとりかふたり殺すことになりそうだ。そうはいっても、裏切る心配のない殺し屋をフランスで十人あつめるのはおそらく無理だろうし、他国でも見つかるまい。

クローク係《ヴェスティエール》に千フランをわたしてカジノの階段を降りていくあいだに、たとえなにがあろうともル・シッフルが両替所への強盗をたくらむはずはないと結論づけ、そんなことになった場合の予備計画を頭から押しだした。その代わり、いまの自分の身体感覚をさぐっていく。夜会服にあわせた礼装靴の下から乾いた砂利の不快な感触が伝わり、口中にはえぐい苦味が残っていて、両の腋《わき》の下はうっすら汗をかいていた。目玉が眼窩《がんか》いっぱいに腫《は》れているのも感じとれた。顔面や鼻や鼻の奥が鬱血《うっけつ》している。ボンドはかぐわしい夜の空気を深々と吸いこみ、感覚と知性の焦点をあわせた。夕食のために外出したあと、何者かが宿泊先の客室を漁《あさ》ったかどうかを確かめたかった。

ボンドは広い目抜き通りをわたり、ホテル・スプランディードの庭を抜けて歩いていった。コンシエルジュに笑顔を見せ、客室——二階の四五号室——の鍵を受けとり、あわせて電報もわたしてもらう。

電報はジャマイカからで、こんな文面だった——

発：ジャマイカ、キングストン　××××　××××××　××××　×××
宛：セーヌアンフェリユール県ロワイヤル・レゾー、ホテル・スプランディード気付

ボンド殿
一九一五年ノきゅーば全工場ニオケルはゔぁな葉巻ノ総生産量ハ一千万──クリカエス──一千万。コノ数字ガ貴下ノ要望ヲ満タサンコトヲ願ウ。

ダシルヴァ

これはもっか一千万フランがボンドのもとにむかっているという意味だ。ボンドはこの日の午後、パリ経由でロンドンの司令部あてに追加の活動資金を要請したが、電報はその返答だった。パリからロンドンに話がいき、ロンドンではボンドが所属する課のクレメンツ課長がMに相談した。Mは苦笑いし、大蔵省と交渉して話をまとめるよう〝ブローカー〟と呼ばれる人物に指示した。

ボンドは以前にジャマイカで仕事をしたことがあり、今回のロワイヤル・レゾーの街での任務にあたっては、ジャマイカ第一の輸出入商社であるキャフェリー社のすこぶる裕福な顧客だと名乗っていた。そのため指令はジャマイカ経由で受けていた──カリブ諸島で有名な新聞、デイリーグリーナー紙の写真部長をつとめている口数の少ない男を通じて。

グリーナー紙勤務の男の名前はフォーセット。もともとはケイマン諸島きっての海亀養殖会社の経理担当者だった。第二次大戦勃発とともにジャマイカから志願兵になった者のひとりとして、最終的にはマルタ島におかれていた海軍の小さな情報機関で主計官助手をつとめた。戦争がおわり、重苦しい心をかかえてケイマン諸島へ帰ろうとしていたところ、カリブ諸島に関心をむけていた秘密情報部の某部局の者に目をつけられた。写真をはじめ数種の技術の猛特訓ののち、フォーセットはジャマイカの有力者による秘密裏の承認をうけて、グリーナー紙の写真部長の椅子についた。

キーストーンやワイドワールド、ユニバーサル、INP、それにロイターフォトといった一流写真通信社から送られてくる写真を新聞用に選《よ》りわける仕事のあいまに、フォーセットは一度も顔をあわせたことのない男から服従するしかない命令を電話で受ける——ある種の単純な任務を遂行せよという命令で、遂行に必要なのは完全な機密保持とスピードと正確さだけ。こんなふうにおりおりに舞いこむ仕事の報酬として、カナダロイヤル銀行のフォーセットの口座に、イギリス在住というふれこみの架空の親戚名義で毎月二十ポンドが振りこまれる。

フォーセットの目下の任務は、匿名《とくめい》の連絡員が自宅あての電話で送ってよこすメッセージを、一語も欠かさずボンドへ即座に伝えることだった。連絡員からは、送信を命じられるメッセージのどれをとっても、ジャマイカの郵便局で怪しまれるようなものではないといわれていた。それもあって、フランスとイギリスあての電報料金を本社負担にできる特権つきで〝マリタイム時事写真通信社〟の地方通信員の地位をいきなり与えられ、月々十ポンドの特別手当を上乗せされたときにも驚きはなかった。

いま安全を実感し、さらに勇気づけられた気分にもなっているフォーセットは、大英帝国勲章をさずかる日を夢見つつ、月賦で小型車のモリスマイナーを買い、その最初の支払いをすませていた。前々から欲しかったグリーンのサンバイザーも買った。これを着けると、いかにも新聞社の写真部の人間らしく見せることができた。

この電報の裏にあるそうした事情の一部が、いまふっとボンドの脳裡をよぎった。指令がこんなふうに遠回りすることには慣れていたし、好ましく思ってもいた。一、二時間でMと意思を通じあえることには、特別の便宜をはかってもらっているようにも感じていた。同時にそれがごまかしであることにも気づいていたし、ロワイヤル・レゾーの街には情報部のほかのメンバーがいて、独自に本部へ報告しているだろうと承知してもいたが、このごまかしには錯覚という効能があった――いま自分は、すべてを動かす冷徹な数名の首脳が監視して裁きをくだす場であるリージェンツ・パークぞいのあの恐ろしい建物から、英仏海峡をへだてているとはいえ、わずか二百四十キロしか離れていないのに、もっと遠く離れているような錯覚を起こさせるのだ。ジャマイカのキングストンにいるケイマン諸島出身者のフォーセットも、モリスマイナーを月賦ではなく一括払いで購入すれば、ロンドンのだれかが察知して、金の出所を知りたがるはずだと心得ている。

ボンドは電報に二度目を通した。それからフロントデスクにあった電報発信紙のつづりからいちばん上の一枚を剥《は》ぎとり（重ねたまま書くのは他人にカーボンコピーをわたすも同然)、大文字だけで返信を書きつける。

オ知ラセニ感謝　充分ノハズダ　　　ボンド

ボンドは文面を書いた発信紙をコンシェルジュに手わたし、〝ダシルヴァ〟の署名がある電報をポケットにおさめた。たとえコンシェルジュが封筒を湯気であけていたり、先ほどボンドが目を通しているあいだに反対側から文面を盗み読みしていたりしていなくても、手先をつかって(手先がいればの話)地元郵便局の職員に賄賂《わいろ》をつかませて電文を入手することも可能だ。

ボンドはキーを受けとって、おやすみの挨拶を口にし、エレベーター係にはかぶりをふって乗らないことを伝えて、階段に足をむけた。エレベーターがお節介にも警戒信号を発してしまう場合があると承知していたからだ。いまこのとき、客室のある二階で何者かが動きまわっているとは思えなかったが、用心に越したことはない。

足音を殺すために爪先で歩いていくあいだ、ボンドはジャマイカ経由でMあてに送った電報の傲慢《ごうまん》な文面を後悔した。ギャンブラーとしてのボンドは、あまりにも少ない手もち資金に頼るのがまちがいだと知っていた。いずれにせよMはこれ以上の金は送ってこないだろう。ボンドは肩をすくめて階段をあがりきり、廊下へ折れ、自分が泊まっている部屋を目指して忍びやかに歩を進めた。

照明のスイッチの所在は正確に把握していたので、ボンドは流れるような一連の動作でドアを限界まであけて照明をつけ、さらに片手で拳銃をかまえて、部屋の入口に立った。無人の安全な客室がボンドを嘲笑《あざわら》っていた。バスルームの半分ひらいているドアは無視して室内からドアをロックし、ベッドわきの明かりと鏡の前の明かりもつけてから、窓の横の長椅子に銃を投げ落とす。それから体をかがめ、夕食で部屋を出る前に仕掛けておいた自身の黒髪が乱された形跡もなく、ライティングデスクの抽斗《ひきだし》にはさまったままであることを確かめた。

次にボンドが調べたのは、衣類用戸棚についている陶製ハンドルの輪の内側に、ごくうっすらとふりかけたタルカムパウダーだった。ここにも何者かが手を触れた形跡はなかった。つづいてバスルームに行き、トイレの水洗タンクのふたをあけ、銅の浮玉コックにつけたかすり傷とタンク内の水面が一致したままかどうかも確認した。

こんなふうに、ちょっとした侵入者探知の仕掛けをひとつひとつ確かめているあいだも、自分を愚かしく思ったり、気恥ずかしくなったりすることはなかった。自分は秘密情報部員であり、いまなお生きながらえているのは、ひとえにこの職業につきものの細部にきっちり注意をむけているからにほかならない。深海ダイバーや飛行機のテストパイロットなど、およそ危険な仕事をなりわいにしている人々にとって、この種の型どおりの用心は決して愚かしいものではないはずで、それはボンドもまったくおなじだ。

カジノへ行っていたあいだ客室がだれにも捜索されなかったことに満足すると、ボンドは服を脱いで水のシャワーを浴びた。そのあと、きょう七十本めのタバコに火をつけてライティングデスクの前にすわり、ギャンブルの資金と勝って得た賞金の分厚い束をわきへ置いて、小さな手帳に数字を書きこむ。二日にわたるカジノでのギャンブルで、ボンドはきっかり三百万フラン勝っていた。ロンドンで支給されたのは一千万フランで、さらに一千万フランの送金を依頼した。その金がもっかクレディ・リヨネ銀行の地元支店に送金中なので、いまの活動資金の総額は二千三百万フラン――イギリスの通貨に換算すれば二万三千ポンド――になる。

そのあとボンドはしばし身じろぎせずにすわったまま、窓の外に広がる暗い海の先へ視線をむけていた。ついで装飾がほどこされたシングルベッドの枕の下に札束を押しこめると、歯磨きをすませ、明かりを消し、安堵をおぼえながらフランス製の目の粗いシーツのあいだにもぐりこんだ。左向きで横たわったまま、きょう一日の出来事を十分かけて頭のなかで反復する。それがおわると寝返りをうって反対をむき、眠りのトンネルへ意識をむけた。

眠る前の最後の行動は、右手を枕の下へ押しこめ、銃身を短く切り落とした三八口径のコルト・ポリス・ポジティブのグリップの下へ滑りこませることだった。ついで眠りに落ちると、目にそなわっていたぬくもりやユーモアの光が見えなくなり、そのせいでボンドの顔は、皮肉っぽく残忍、かつ冷酷な仮面、寡黙な仮面に変化した。

2　Mあての書類

二週間前、秘密情報部のS課から、以前もいまも変わらずイギリス国防省のこの付属機関の責任者の地位にあるMのもとに以下の文書が届けられた。

宛先：M
起草者：S課課長
主文：ムシュー・ル・シッフルの打倒計画。ル・シッフル（別名には、いずれも数字を意味する〝ザ・ナンバー〟〝ヘル・ヌマー〟〝ヘル・ツイファー〟がある）は、フランス国内における敵国の主要な諜報員のひとりであり、〈アルザス労働者組合〉で秘密会計係をつとめている――この組合はアルザス地方の重工業と運送業に従事する労働者がつくる共産党系の労組で、われわれの知るところによれば、赤色ソ連との戦争にあたっては主要な〝第五列〟として敵と内通し、国内で破壊活動を進めることになると思われる。

添付文書：資料課課長作成のル・シッフルの身上調書を文書Aとして添付する。またSMERSH《スメルシュ》についての資料を文書Bとして添付する。

　ル・シッフルが窮地におちいりつつあることは、しばらく前から察知できていた。ル・シッフルはあらゆる側面でソビエト社会主義共和国連邦きっての優秀なスパイだが、異常な性的習慣や嗜好が〝アキレスの踵《かかと》〟のような弱点で、われわれもおりに触れてそこにつけこみ、利用してきた。ル・シッフルの情婦のひとりが、フランス支局所属のヨーロッパ人とアジア人のハーフ女性（1860号）で、最近ル・シッフルの私生活上の問題についての詳細な情報を入手した。

　要約すればル・シッフルは経済危機に瀕している。1860号はそのわずかな徴候をとらえた――数回にわたって宝石類を隠密裡に売却し、フランス南東部のアンティーブに所有していた別荘を手放したばかりか、これまで暮らしぶりを特徴づけていた贅沢を厳に慎しむようになったことなど。フランスの参謀本部第二局に所属する友人諸氏の協力を得て（いっておけば本件について、われわれはかねてより第二局と合同で仕事にあたっている）、さらなる調査を進めたところ、興味深い事柄が明らかになった。

一九四六年一月、ル・シッフルはノルマンディー地方とブルターニュ地方で営業している〈黄色いリボン《コルドン・ジョーヌ》〉という名前の売春組織の経営権を手にいれた。この取引を達成するため、ル・シッフルはＳＯＤＡ――前述の〈アルザス労働者組合〉――を援助するためにレニングラードの第三セクションから委託された資金の一部を、愚かにも無断流用したのだ。

通常なら〈黄色いリボン〉は最高に優良な投資先だと実証されただろうし、雇用主からあずかった資金を流用したのも、私腹を肥やしたいためではなく、組合用資金を増やしたかったからだという可能性もなくはなかっただろう。それはともかく、個人的な欲望を満たすために女を無制限に利用できるという余禄に目がくらまなければ、ル・シッフルも売春よりもずっと健全な投資先を見つけられたはずだ、ということは明らかではなかろうか。

運命は恐ろしいほど迅速にル・シッフルを叱咤《しった》した。

売春組織の経営権取得から三カ月もしない四月十三日、フランスで第四六六八五法案が議会で可決、成立したのだ。その名も〝ロワ・タンダン・ア・ラ・フェルメチュール・デ・メゾン・ド・トレランス・エ・オ・ランフォルスマン・ド・ラ・リュット・コントル・ル・プロクセネティスム〟という法律だった。

この文章に行き当たったMは、うなり声を洩らしてインターフォンのボタンを押した。

「S課の課長か?」

「はい、そうです」

「この言葉はいったいどういう意味だ?」Mはそういって、フランス語の長ったらしい法律名を読みあげた。

「〝売春宿閉鎖ならびに売春規制強化のための法律〟という意味です」

「ここはベルリッツ外国語学校ではないぞ、S課の課長。舌を嚙みそうな外国語の知識をひけらかしたいのなら、せめて注釈をつけておけ。いや、もっといいのは最初から英語に訳しておくことだ」

「すみませんでした」

Mはインターフォンのスイッチから指を離し、ふたたび覚書を読み進めはじめた。

　この法律――一般的には〝マルト・リシャール法〟の通称で知られる――は、いかがわしい娼館を軒なみ閉業に追いこみ、猥褻《わいせつ》図書やポルノ映画の販売を禁止するもので、この法律の施行で投資すべてをほぼ一夜でうしなったル・シッフルは、管理する組合資金が大幅に不足している事態に直面した。そこで窮余の一策で、娼館として営業していた建物を〝連れこみ宿《メゾン・ド・パス》〟に改装し、法律の枠内ぎりぎりの線で男女が密会に利用できるようにしたほか、いわゆる〝ブルーフィルム〟を上映する非合法の地下映画館も一、二軒は営業をつづけた。しかし、この手の営業方針の転換も損失の穴を埋めるにはほど遠く、大幅な赤字覚悟で投資物件そのものを売ろうとしても、惨《みじ》めな失敗におわっただけだった。その一方、警察の風紀課がル・シッフルに目をつけて捜査をすすめ、ほどなく傘下の風俗関係の店が二十軒以上も閉鎖させられた。

　いうまでもなく警察は、ル・シッフルに大物の娼館経営者として関心をいだいていただけだった。ところが、ル・シッフルの経済面への関心をわれわれが表明すると、フランス参謀本部第二局が警察署の同僚諸氏と連携しつつ捜査を進めていることを明らかにした。

　事態が由々しきものであることは、われわれにも、フランスの友人諸氏にも明らかだった。過去数カ月にわたって、フランス警察が本腰の〝鼠狩《ねずみが》り作戦〟で〈黄色いリボン〉の各店舗を狙い打ちした結果、ル・シッフルが当初投資した金銭が現時点では残っていないことがわかった。またごく簡単な調査でも、ル・シッフルが財務責任者として管理している労働組合の資金に約五千万フランの欠損が生じていることが判明するはずである。

　レニングラードはまだ疑念を抱いていないと見られるが、ル・シッフルにとっては不幸なことに、ＳＭＥＲＳＨが少なくとも事態のにおいを嗅ぎつけている可能性がある。先週P課がおさえている信頼度の高い情報源からの報告で、SMERSH――国家反逆者やスパイを取り締まる、きわめて有能なソ連の組織――の上級工作員がワルシャワを出発し、東ベルリンを経由してストラスブールへむかったという。ただしこの情報には参謀本部第二局による裏づけはとれておらず、ストラスブールの当局関係者（きわめて信頼できるうえに周到細心な面々だ）によっても確証はとれていないうえ、当方が派遣している（1860号以外の）二重スパイによって十二分に監視されているル・シッフルの活動本部からも、新情報はもたらされていない。

SMERSHに追われているとか、あるいはほんの少しでも疑念をもたれていると知ったら、ル・シッフルには自殺か逃亡しか選択肢が残されなくなるが、現在のル・シッフルの計画を見るかぎり、窮地に追いこまれて必死になってはいても、生命の危機に晒《さら》されている可能性については関知していないようだ。本覚書の結論部分で、われわれはル・シッフルに対抗するために多大な危険をはらむ常識はずれの作戦を――それでも自信をもって――示すが、そもそも本作戦はル・シッフルの驚くべき計画に触発されたものだ。

ル・シッフルの計画を簡単にいえば、窮地に立たされた大多数の横領犯たちの例に洩れず、ギャンブルの儲けで会計の穴を埋めようというものだ。株式市場で儲けを出すには時間がかかる。麻薬取引であれ、オーレオマイシンやストレプトマイシンやコーティゾンといった貴重な薬品の密売であれ、儲けるには同様に時間がかかる。さらに競馬では、ル・シッフルが稼ごうとしている額の金は望めない。仮に首尾よく勝って稼いだとしても、払いもどしの前に殺されてしまうだろう。

いずれにしても、われわれはル・シッフルが組合会計に残っていた最後の二千五百万フランを引きだし、ディエップのすぐ北東にあるロワイヤル・レゾーの町の小さな別荘を再来週のあしたから一週間の予定で予約した事実をつかんだ。

今年の夏、ロワイヤルのカジノではヨーロッパ随一の高額のギャンブルが見られると期待されている。ドーヴィルやル・トゥケにやってくる避暑客から大金を搾《しぼ》りとろうと、ロワイヤル海水浴組合はバカラ・テーブルと高額なシュマンドフェールのテーブル二台をモハメッド・アリ・シンジケートに貸しだした。亡命エジプト人の銀行家や実業家で構成されるこの〝シンジケート〟には某国王室の資金が裏にあるという噂があり、この某国王室は、目下ゾグラフォスとそのギリシア人一派が独占しているフランス国内のバカラ賭博の収益の一部を狙っているらしい。

ひそやかな宣伝活動も奏効し、今年の夏はアメリカとヨーロッパの少なからぬ数の大物ギャンブラーたちがロワイヤル滞在を決めたらしく、いまは時代遅れになったこの海水浴場の町がヴィクトリア朝の名声をとりもどすことになりそうだ。

それはそれとして、ル・シッフルが六月十五日以降、この町で二千五百万フランを元手にバカラで五千万ドルを儲けようという試み（その結果、みずからの命を助けようという試み）に着手するのはまちがいないところだ。

【推奨される対抗措置】

ル・シッフルという有能なソ連のスパイを嘲笑《ちょうしょう》の的に仕立てて破滅に追いこみ、配下の共産主義者たちの労働組合を破産させて悪評まみれにできれば、戦時にはフランス北部の広範な地域を〝第五列〟として支配してもおかしくない五万人の構成員たちの信頼と団結がうしなわれるはずであり、わが国はじめ北大西洋条約機構《NATO》加盟各国の大きな利益となるだろう（注記：暗殺は無意味。レニングラードがル・シッフルの使いこみの穴を即座に補塡《ほてん》し、ル・シッフルを殉教者に仕立ててあげるからだ）。

そこでわれわれは情報部が調達できる範囲でもっとも腕のいいギャンブラーに必要な資金を与え、ル・シッフルをギャンブルで打ち負かすという作戦を提案したい。

いうまでもなくリスクのある作戦だし、情報部のかなりの資金をうしなうことも予想されるが、成功の見込みがこれ以下の作戦にこれ以上の資金が投じられた前例もないではない。

われわれのこの決定に理解が得られない場合、われわれとしてはこの情報と提言をあわせてフランスの参謀本部第二局か、ワシントンの統合情報局《コンバインド・インテリジェンス・エージェンシー》（略称：CIA）の手にゆだねるほかはなくなる。どちらの情報機関も喜んで本作戦の実行を引きうけることに疑いはない。

S（自署）

【添付文書A】

対象者氏名：ル・シッフル

別名：世界各地の言語で〝暗号〟または〝数字〟を意味する単語を利用。例：ヘル・ツィファー。

出生地：不明

残存する最古の記録は、一九四五年、ドイツのアメリカ占領地帯内にあったダッハウ強制収容所にほかの土地から移送されてきた収容者としてのものだ。当時は記憶喪失と声帯麻痺《まひ》をわずらっていたようだ（詐病の可能性もあり）。治療の甲斐あって麻痺は治ったが、その後も対象者はアルザス・ロレーヌとストラスブールを連想させるもの以外は記憶を完全にうしなっていると主張しつづけたので、一九四五年九月に無国籍旅券（第三〇四‐五九六号）を発給されたうえでストラスブールへ連れていかれた。その地で正式に苗字を〝ル・シッフル〟とする（「わたしは旅券の数字《シッフル》に過ぎないからだ」）。ファーストネームは定めていない。

年齢：四十五歳前後

身体的特徴：身長百七十センチ。体重百十五キロ弱。肌は抜けるように白い。ひげはきれいに剃《そ》る。髪は赤褐色、ブラシの毛のように短く刈りこんでいる。目はかぎりなく黒に近い鳶《とび》色で、瞳のまわりをとりまく白目がすべて見える。口は小さく女性的といえるかもしれない。すこぶる高価で上質な義歯を使用。耳は小さいが耳朶《じだ》が大きく、ユダヤ系の血をうかがわせる。手は小さく、丹念に手入れされていて毛深い。足は小さい。人種面でいえば、対象者は地中海系であり、そこにプロイセン人かポーランド人の血がはいっているものと思われる。いつも一分の隙もない着こなしであり、おおむねダブルのダークスーツを愛用。タバコはヤニ取りフィルターをつけたカポラルをチェーンスモーキング。合間には吸入器からひんぱんに中枢神経興奮薬《ベンゼドリン》を吸う。話しぶりは穏やかで単調。フランス語と英語のバイリンガル。ドイツ語も堪能。かすかなマルセイユ訛《なまり》が残る。笑顔はめったに見せない。決して笑い声をあげない。

習慣：おおむね奢侈《しゃし》を好むが目立つことをきらう。性欲は旺盛。鞭《む》打《ち》ちプレイを好む。スピードの出る車の運転が巧み。小火器をはじめ対個人の接近戦にもちいる武器――ナイフを含む――のあつかいに習熟している。エヴァシャープ製の剃刀《かみそり》の刃を帽子のリボンと左の靴の踵とシガレットケースにそれぞれ一枚ずつ、つねに三枚携行している。会計学と数学の知識あり。ギャンブルの達人。常時ふたりの武装警備員を同行させている。いずれも身なりがよく、ひとりはフランス人でもうひとりはドイツ人（詳細な情報もあり）。

コメント：パリを通じてレニングラードの第三セクションの指示を受けている侮《あなど》りがたく危険なソ連のスパイ。

署名：文書課・課長。

【添付文書Ｂ】

対象：ＳＭＥＲＳＨ

情報源：当情報部資料室収蔵資料、およびフランス参謀本部第二局とワシントンのＣＩＡ提供のわずかな資料。

ＳＭＥＲＳＨは、ロシア語の〝スメールチ・シュピオナム〟という二単語を略した造語で、おおまかに〝スパイに死を〟と訳せる。ソビエト連邦内務省《ＭＶＤ》（旧内務人民委員部《ＮＫＶＤ》）の上位組織で、当初はラヴレンチー・ベリヤの個人的指揮のもとで編成されたと考えられる。

本部：レニングラード（モスクワに支部あり）。

この組織の任務は、ソ連の秘密情報部と秘密警察の国内外にあるさまざまな出先機関における国家への裏切り行為や妨害行為を根絶することにある。ＳＭＥＲＳＨはソ連においてもっとも権力をそなえ、もっとも恐れられている組織であり、懲罰任務をただの一度も失敗していないと広く信じられている。
ＳＭＥＲＳＨはメキシコにおけるトロツキー暗殺（一九四〇年八月二十一日）の実行犯であると考えられる。それ以前にも何人もの個人のロシア人やソ連の組織が失敗したこの暗殺を首尾よく達成したことで、ＳＭＥＲＳＨの名声が高まったといえるかもしれない。
ＳＭＥＲＳＨの名前が次にあらわれたのは、ヒトラーによるソ連侵攻のときだった。一九四一年のソ連軍撤退時に軍隊内部の反逆行為や二重スパイに対処するため、ＳＭＥＲＳＨは組織を急ぎ拡大した。当時のＳＭＥＲＳＨは内務人民委員部の処刑部隊として機能、現在とは異なって専門的任務は明確に定義されていなかった。
戦後、ＳＭＥＲＳＨも徹底した粛清対象になったため、現在は数百人程度のすこぶる有能な工作員が所属するにとどまり、その数百人が以下の五つの部門にわかれていると見られる。
一課：ソ連の国内外の各種組織における防諜活動を担当。
二課：処刑をふくめた各種作戦行動。
三課：管理および財務。
四課：捜査活動および法務。人事。

五課：告発。ＳＭＥＲＳＨの捜査対象者全員に最終的な判決をくだす部局。
戦後、当方の手に落ちたＳＭＥＲＳＨの工作員はひとりだけにとどまる。ゴチェフ、別名ギャラッド‐ジョーンズ。この男は一九四八年八月七日にハイドパークにおいて、ユーゴスラビア大使館所属の医務官のペチョーラを射殺した。その後の尋問中に、コートのボタンに見せかけた圧縮青酸カリを飲んで自殺した。結局ゴチェフは自身がＳＭＥＲＳＨの一員であることを傲岸不遜《ごうがんふそん》に自慢したこと以外、なにひとつ明かさなかった。
以下に列挙するイギリスの二重スパイの面々は、いずれもＳＭＥＲＳＨの犠牲になったものと信じられる――ドノヴァン、ハースロップ‐ヴェイン、エリザベス・デュモント、ヴェントナー、メイス、サヴァリン（詳細については、Ｑ課所蔵の資料を参照のこと）。
結論：すこぶる強力なこの組織についての知識を増やし、所属工作員たちを殲滅《せんめつ》するために必要なあらゆる努力を欠かしてはならない。

3　007号

S課（秘密情報部のなかでソ連に関する仕事を担当しているセクション）の課長はル・シッフル打倒のために作成した計画に絶対の自信をいだいていた。基本的には課長がひとりで練りあげた計画だったので、課長はみずから覚書を手に、リージェンツ・パークを見おろす陰鬱《いんうつ》な建物の最上階へあがって、緑のベーズ地を張った仕切りの扉を抜け、廊下を歩き、突きあたりのオフィスへおもむいた。

課長は激論をも辞さない態度で、Mづきの首席補佐官のもとに歩みよった。首席補佐官は元工兵の若い男で、一九四四年に破壊工作活動中に負傷したのちは参謀本部づき秘書官になって数々の手柄をあげたが、その両方を経験しているにもかかわらず、ユーモアのセンスをたもちつづけていた。

「ビル、いま、ちょっといいか？　ボスに売りこみたい計画があってね。いまはいいタイミングかな？」

「ペニー、きみはどう思う？」ビルと呼ばれた首席補佐官は、おなじ部屋で仕事をしているMの個人秘書にむきなおった。

ペニーと呼ばれたミス・マネーペニーは感じのよい女性といえたかもしれない――冷ややかで無遠慮、人を嘲弄《ちょうろう》しているような目のもちぬしでなかったら。

「問題はないはず。きょうの午前中は外務省を相手にわずかながら勝ち点をあげていたし、このあと三十分は来客の予定がないし」そういって、S課の課長に励ますような笑みをむける――人柄からもS課の仕事の重要性からも、ミス・マネーペニーは課長に好意を感じていた。

「よし。これがその書類なんだ、ビル」課長は首席補佐官に、最高機密を示す赤い星印が表紙にはいっている黒いファイルを手わたした。「M御大《おんたい》に手わたすときには、頼むから熱意たっぷりな態度をとってくれよ。Mが中身を検討するあいだ、わたしがここで暗号についての良質な解説書でも読みながら待っていると伝えてくれ。Mから詳しい話をきかせてほしいといわれるかもしれないし、いずれにしてもMが検討をおえるまで、きみたちがほかの用事でMの邪魔をしないように見張っていたいしね」

「わかりました」首席補佐官はデスクのインターフォンのボタンを押し、顔を近づけた。

「なんだ?」静かで平板な調子の声がたずねた。

「S課の課長が緊急にお目通し願いたいという書類を持参してきました」

間があった。

「部屋にもってきてくれ」相手の声がいった。

首席補佐官はスイッチから指を離して立ちあがった。

「ありがとう、ビル。わたしは隣の部屋にいるよ」S課の課長はいった。

首席補佐官はオフィスを奥まで横切ると、両びらきのドアを抜けてMの部屋へ足を踏み入れた。一拍置いて、補佐官はすぐに出てきた――同時に入口ドアの上に小さな青いライトがともり、だれもMの邪魔をしてはならないと警告していた。


しばしののち、S課の課長は意気揚々と部下の課長補佐にこう話していた。

「覚書の最後の一節のせいで、あやうく自分たちの首を絞めるところだったよ。ああいう書き方は自滅のもとだし、そもそもが脅迫だと御大にいわれてね。あの部分については辛《しん》辣《らつ》だった。ともあれ、Mの承認をとりつけた。常軌を逸した思いつきだが、大蔵省が足並みをそろえてくれれば試す価値はあるし、大蔵省も協力するだろうと話してる。なんでもMは大蔵省の連中に、西側に亡命し、われわれの〝保養所《アサイラム》〟に数カ月ばかり滞在してからまた寝返るようなソ連軍大佐どもに金を注ぎこむくらいなら、この作戦のほうがよほど見込みのある賭けだと話すつもりらしい。とにかくル・シッフルを始末したくてたまらないし、この計画にうってつけの人材の心当たりがあって、その男を任務に送りだしてみたいとも話してた」

「というと、だれかな?」 課長補佐はたずねた。

「ダブル0《オー》のコードをもつ者のだれか――007号あたりじゃないか。あの男はタフだし、Mはル・シッフル配下のガンマン連中と悶着《もんちゃく》が起こりそうだと予想してる。カードゲームにも腕がたつはずだ――そうでなければ、戦争の前にモンテカルロのカジノに二カ月も腰をすえて、例のルーマニア人チームが透明インクと黒サングラスでいかさまをするのを監視する任務を与えられたはずがない。最終的には007号とフランス参謀本部第二局の連中がルーマニア人を負かし、007号はシュマンドフェールで勝った百万フランの金をもって帰ってきた。当時としては大金だったな」


ジェームズ・ボンドとMの面談は短時間でおわった。

「さて、どうかな、ボンド?」執務室へもどってきたボンドに、Mはたずねた――ボンドはS課の課長が作成した覚書に目を通したあと、十分ばかりも控え室で窓から遠くの公園の木立をただ見つめて過ごしていたのだ。

ボンドはデスクをはさんで、明敏で澄んだMの瞳を見つめた。

「ありがたいお申し出ですし、ぜひ引きうけたいと思います。しかし、勝負に勝つという約束はできません。たしかにバカラの勝ち目は、おなじカードをつかうギャンブルの〝赤《トラ》と黒《ント・エ・カラント》〟の次に高い――少額の場代《カニヨット》を勘定に入れなければ五分五分だ。しかし、どうしたってつきに恵まれず一文なしになるかもしれない。それに、かなり高額の賭けになるでしょう——最初は五十万フランあたりからはじまりそうです」

　ボンドはMの冷たい目に気づいて口を閉じた。Mならそんなことは百も承知、バカラの勝ち目についてもボンドに負けないほど知っているはずだ。そもそもそれがMの仕事である——あらゆることの勝ち目を心得て、味方と敵の双方の人間を知ることが。ボンドは自分が感じた不安を口にするのではなかったと悔やんだ。

「つきに恵まれないかもしれないのは相手もおなじではないか」Mはいった。「それに、きみには充分な資金を与える予定だ。上限はル・シッフルの手もち資金と同額の二千五百万フラン。最初に一千万フランをわたし、きみにもまわりの情勢がわかったころ、次の一千万を送る。残りの五百万フランについては、自分で稼げるだろう？」Mはにやりと笑った。「大金がかかったゲームがはじまる数日前に現地入りして、手をつけはじめるといい。宿泊先や列車の手配や希望する装備いっさいについてはQ課に相談したまえ。資金については経理課が手配する。フランス参謀本部第二局には、わたしから協力を要請しよう。現地はあちらの縄張りだし、実際のところ連中が派手に騒ぎたてなければ運がいいと思わなくてはならないね。話すときにはマティスを派遣してもらえるように頼んでみるよ。前回のモンテカルロでのカジノ任務でも、きみはマティスとうまがあっていたようじゃないか。ＮＡＴＯがらみの案件でもあるので、ワシントンにも話をつけておく。ＣＩＡも他国情報機関との連絡役に、腕ききの男をひとりふたり、フォンテーヌブローに派遣しているだろう。さて、ほかになにかあるかな？」

ボンドは頭を左右にふった。「マティスに来てもらえればありがたく思います」

「まあ、そうなるだろうな。とにかく任務を成功させてほしい。失敗したら、われわれがとんだ馬鹿に見えるぞ。油断するな。一見したところ楽しんでこなせる仕事のようだが、そうはならないと思う。ル・シッフルは腕のたつ男だ。くれぐれも幸運を祈る」

「ありがとうございます」ボンドは礼を述べて、執務室のドアを目指した。

「ちょっと待て」

ボンドはふりかえった。

「きみに援護をつけようと思う」Mはいった。「ひとりよりふたりのほうが心強いし、きみも考えをやりとりできる相手が欲しくなるかもしれない。これについては、わたしが考えておく。現地のロワイヤルで向こうからきみに接触するはずだ。いや、気を揉《も》む必要はない。優秀な人材を送るよ」

ボンドは単身で動きたかったが、Mには異論をとなえられない。執務室をあとにしながらボンドは、派遣される人間が誠実な者であることを願い、愚か者でもなければ――それ以上に始末がわるい性質だが――妙な野心を秘めた者でもないことを祈った。

4 「耳すます敵」

それから二週間後のいま、ホテル・スプランディードの客室で目を覚ましたジェームズ・ボンドの脳裡を、こうした過去のいきさつのあれこれがかすめ過ぎていった。ロワイヤル・レゾーの町に到着したのは、二日前の昼食に間にあう時刻だった。それからいままでボンドに接触してくる者はひとりもおらず、ホテルの宿帳に《ジャマイカ、ポートマリア在住、ジェームズ・ボンド》と書いたときにも、周囲にはわずかな好奇心の兆《きざ》しも見えなかった。

Mは、ボンドがどんな人物に扮するかには興味がないと発言した。

「いよいよル・シッフルとの勝負がはじまれば、もうきみが勝ったようなものだ」Mはいった。「しかし、くれぐれも一般大衆にうまく溶けこめる身分を名乗りたまえ」

ジャマイカを熟知していたボンドは、指令はジャマイカ経由で受け取りたいと申しでて、さらにジャマイカの大農園主を詐称することにした――父親がタバコと砂糖で財産を築き、その財産を株式市場とカジノで浪費することをえらんだ息子として。調査の対象になったら、キングストンにあるキャフェリー社のチャールズ・ダシルヴァを顧問弁護士だといえばいい。あとはダシルヴァがうまく調子をあわせてくれるはずだ。

ボンドはこの二日の午後と夜の大半の時間をカジノで過ごし、勝ち目が五分五分のルーレットで漸進システムをとりいれた複雑なゲームをした。またシュマンドフェールでは、機会があれば決まって胴元と同額を賭ける高額のバンコで応じた。負ければ一回だけは〝フォローアップ〟で賭けたが、二回つづけて負けたら、それ以上の深追いは控えた。

ボンドはこの流儀で三百万フランを稼ぐと同時に、神経とカードゲームへの勘を徹底的に磨きなおした。カジノの館内レイアウトをすっかり頭に叩きこんだ。なによりも重要なのはゲームテーブルについているル・シッフルを観察できたことであり、あいにく、この男が完全無欠で幸運に恵まれたギャンブラーであると気づかされたことだった。

ボンドはたっぷりとした朝食が好みだった。水のシャワーを浴び、窓を見晴らすテーブルにつく。美しく晴れわたった空を見ながら、大ぶりのグラスに半分ほどのよく冷えたオレンジジュースを飲み、ベーコンを添えた卵三個のスクランブルエッグを食べ、ブラックコーヒーをダブルで飲む。それから、この日最初のタバコに火をつけて――バルカン半島とトルコの葉をミックスしたタバコは、グロヴナー街の専門店〈モーランズ〉に特注したものだった――長く延びた海岸線をさざなみがくりかえし舐《な》めていくさまや、ディエップから出港した漁船団が列をつくって六月の熱気のかげろうのなかを進み、紙吹雪のようなセグロカモメの群れが漁船団を追いかけるようすをながめた。

すっかり考えごとに没頭していたそのとき、電話が鳴った。かけてきたコンシェルジュは、ロビーにステンター・ラジオ店の店長を名乗る男が来て、ボンドがパリで注文したラジオ一式をもってきている、と話している、と知らせてきた。

「わかった」ボンドは答えた。「その男を部屋に通してくれ」

フランス参謀本部第二局との取決めで、同局の連絡要員がボンドのもとを訪ねるときにはこの偽名をつかうことになっていた。ボンドはマティスであればいいと思いながら、ドアを見つめていた。

マティスが客室にはいってくると——四角形の大きな荷物を革の持ち手で運んでいる立派なビジネスマンといったおもむきだ——ボンドは満面に笑みをたたえて、愛想のいい挨拶の言葉をかけようとした。しかしマティスが慎重な手つきでドアを閉めてから顔をしかめ、あいているほうの手をかかげて制してきたので、ボンドは口をつぐんだ。

「先ほどパリから当地に着いたばかりでしてね、ムシュー。お気に召したらお買い上げいただくという条件で、ご注文の品をおもちしました——たしかイギリスでは真空管式五球スーパーラジオというのでしたか。これなら当ロワイヤルで、ヨーロッパの主要な国の首都の放送をあらかた受信できます。周囲六十五キロの範囲に山がひとつもありませんのでね」

「問題なさそうだな」ボンドは相手の謎めかした態度に、眉《まゆ》をあげて無言で疑問を投げかけた。

マティスはボンドを無視したまま、包装を剝《は》がしてラジオをとりだし、炉棚の下に設置されて、いまはスイッチのはいっていない電気式パネルヒーターのすぐ横においた。

「いまは十一時をまわったところですね」マティスはいった。「この時間だとローマからの中波放送で〝ジャンソンの仲間たち〟をきけるはずですよ。あのグループがいまヨーロッパ・ツアー中でね。受信感度を確かめましょう。テストにはもってこいですよ」

マティスはそういってウィンクした。ボンドはラジオからはまったく音が出ていないにもかかわらず、マティスが音量つまみを限界までまわしていて、さらに長波放送を受信していることを示す赤いライトが点灯していることに気がついた。

マティスはラジオの裏側をいじっていた。いきなり狭い客室に、胆《きも》をつぶすほど大きな雑音が響きわたった。マティスは数秒ほどラジオに好意的な視線をむけてから電源を切ると、失望もあらわな声でこういった。

「お客さま――本当に申しわけございません、チューニングがかなり狂っているようで」

そういうとマティスは身をかがめ、ダイヤルをまわしはじめた。数回ほど調整をすませると、絶妙なハーモニーのフランス語の歌が流れてきた。それからボンドに歩みより、かなり強く背中を平手でぱんと叩いて、指が痛くなるほど強く手を握った。

ボンドは笑みを返し、「さて、これはいったいなんの真似だ?」とたずねた。

「ああ、わが友よ」マティスはうれしそうな顔だった。「きみの情報が洩れてる——そう、すっかりばれてるんだ。いまこの瞬間にも、上では——」いいながら天井を指さす。「——ムシュー・ムンツか、その妻という触れこみの女、インフルエンザで伏せっているという建前の女のどっちかが、すっかり耳をやられて、なんの音もきこえなくなっているはずだ——できたら痛みに苦しんでいてほしいよ」

ボンドは信じられない思いに眉を寄せ、マティスはそんなボンドににやりと笑った。それからマティスはベッドに腰をおろし、安物の刻みタバコの封を親指の爪で破って引きあけた。ボンドは待った。

マティスは自分の発言が相手に衝撃をあたえたことを楽しんでいた。ついで、一転して真剣な表情になる。

「どうしてこんなことになったのか、ぼくにもわからない。とにかく連中は、きみが到着する数日前から、きみのことを監視していたようだ。ここでは敵の勢力が本当に強くてね。この部屋の真上にいるのがムンツ夫妻だ。ムンツはドイツ人だよ。妻と称している女は中央ヨーロッパのどこか、おそらくチェコあたりの出身だ。ここは古いホテルだからね。電気式のパネルヒーターの裏に、もうつかわれていない煙突が残ってる。そして、ちょうどここに——」マティスはパネルヒーターから十数センチ上のところを指さした。「——超高性能の盗聴マイクが吊りさげてある。マイクのケーブルは煙突をつたって、上のムンツ夫妻の部屋のパネルヒーターの裏にあるアンプに通じてる。ふたりが泊まっている部屋には針金磁気録音機《ワイアレコーダー》とイヤフォンがあって、夫妻はそのイヤフォンを交替でつかって盗聴に励んでいる。そんなわけだから、ムンツの奥さんはインフルエンザで倒れて三度の食事をベッドですませているわけだし、ご亭主はすばらしいリゾート地にいながら太陽やギャンブルを楽しむでもなく、ベッドで伏せっている奥方に付き添っているわけさ。

この手のことを一部なりとも把握できたのは、ひとえにわれわれがフランス国内ではきわめて有能だからだよ。ま、残りの部分は、きみが到着する数時間前に、ここのパネルヒーターのネジをはずして確認させてもらった」

ボンドは疑いの気持ちをかかえて炉棚に歩みより、パネルヒーターを壁に固定しているネジのまわりを調べた。ネジ頭の溝にほんのかすかな引っかき傷があった。

「さて、またちょっとした芝居を打つ時間だ」

マティスはそういうと、あいかわらず美しいハーモニーを三人のリスナーにきかせているラジオに歩み寄り、スイッチを切った。

「お客さま、ご満足いただけましたか?」マティスはたずねた。「声がはっきり届くことがおわかりになったかと存じます。まことにすばらしいチームではありませんか?」いいながら右手をくねくねと動かし、両方の眉を吊りあげて見せる。

「じつに見事だ」ボンドはいった。「番組を最後までききたくなったよ」いいながら、いまごろ上の部屋でムンツ夫妻が腹立ちの視線をかわしあっているにちがいないと想像して、にやりと笑う。「ラジオそのものも文句なしだ。まさに、ジャマイカにもって帰りたいと思ってさがしていたとおりの品だ」

マティスは皮肉っぽく渋面をつくると、ふたたびスイッチを入れてローマの放送を流しはじめた。

「きみもジャマイカ話が好きだな」マティスはそういい、またベッドに腰かけた。

ボンドはマティスにしかめ面をむけ、「たしかに、いまさら嘆《なげ》いてもあとの祭りだ」といった。「こちらも見せかけの身分がいつまでも維持できるとは思っていなかったが、こんなに早く秘密が暴かれてしまうのは心配だな」

話をしながら記憶をさらい、そんな事態になったきっかけをさがしたが、なにも見つからなかった。ロシア人がこちらの暗号の解読に成功したのか？　もしそうなら、いますぐ荷物をまとめて帰国したほうがいいかもしれない。相手はボンドの正体も任務もすっかり見通しているはずだからだ。

マティスはそんなボンドの頭の中身を読みとったかのようだった。「いや、暗号が解読されたはずはない。いずれにしても、今回の件はロンドンに報告しておいたから、まもなく暗号が変更されるはずだ。ぼくたちのせいで、ちょっとした騒ぎになったといえるね」

マティスはにんまり笑い、親しい間柄ならではのライバル意識がもたらす満足感をのぞかせた。「さて、われらが〝シャンソンの仲間たち〟が息切れを起こす前に、本題の仕事の話にかかろう。

まず最初にいっておきたいのは——」マティスは刻みタバコの濃密な煙を肺いっぱいに吸いこんだ。「きみの右腕になるナンバー2だが、気にいってもらえるはずだ。かなりの美人だよ」ボンドはこの言葉に顔をしかめた。「いや、とびっきりの美人といってもいい」ボンドの反応に満足顔をのぞかせて、マティスはつづけた。「黒髪と青い瞳のもちぬしで……おまけに特筆すべきは……盛りあがっているべき部分の盛りあがりだ。体の前もうしろもね」と、いい添える。「それはそれとして、この女性は——セクシーな魅力とはあまり関係がないが——ラジオの専門家でもあってね、だからこそステンター・ラジオ店の申しぶんない店員になれるし、避暑でこの地にやってくる金持ちにラジオを売りこむ場合、その知識でぼくを補佐する助手にもなってくれるわけだ」マティスはここでにやりと笑った。「ぼくも助手もホテル住まいだから、買ったばかりのきみのラジオが故障しても、助手がすぐに駆けつけられる。新しいラジオは——たとえフランス製でも——購入後の一日二日は不具合が起こりがちだ。夜のあいだに故障することもあるよ」芝居がかったウィンクとともに、そう最後のひとことを添える。

ボンドは愉快ではなかった。「連中はなにが目的で、わたしに女を送りこんでくる？」

苦々しくいう。「この任務をくだらない観光旅行と勘ちがいしているのか?」

マティスが口をはさんだ。「まあ、落ち着けよ、ジェームズ。この助手はきみが望めるかぎり真面目な女だし、冷たい風情ときたら氷柱《つらら》にも負けないほどだ。フランス語はネイティブなみに流暢《りゅうちょう》で、仕事の中身は一から十まで心得ている。仮の身分は完璧だし、きみとどこおりなく共同作業が進められるようにレクチャーをつけてある。だいたい、この町できみが美女を拾うこと以上に自然な展開があるか? ジャマイカの百万長者なんだぞ、きみは」そういうと慇懃《いんぎん》に咳払いをする。「きみだって熱い血潮の流れている体だからね、美女を連れ歩いていないと、かえって怪しまれて、正体を見抜かれるぞ」

ボンドは半信半疑のうなり声を洩らした。

「で、それ以外にわたしを驚かせる話はあるのかな?」ボンドは疑いもあらわにたずねた。

「もうたいした話は残ってない」マティスは答えた。「ル・シッフルは自分の別荘に滞在してる。ここから海岸沿いの道を十五、六キロばかり進んだところだ。身辺においている用心棒はふたり。どちらも、見たところ腕のたつ男のようだ。その片割れが町なかにある小さな〝ペンション〟を訪ねる姿が目撃されている――そのペンションには、二日前に正体不明のうさんくさい三人の客がチェックインしていてね。三人はチームの一部かもしれない。全員が正規の書類をもっている――それによれば国籍をなくしたチェコ人のようだ。しかし、うちのスタッフのひとりの報告によれば、三人が客室内でつかっているのはブルガリア語だそうだ。このへんじゃ、ブルガリア人はめったに見かけない。ブルガリア人は、トルコ人やユーゴスラビア人に対抗する作戦につかわれる。お世辞にも頭の回転が速いとはいえないが、従順でね。そんなわけでロシア人は連中を単純な暗殺につかったり、もっとこみいった暗殺作戦では真犯人の罪を負わせる身代わり要員に利用したりしてる」

「またありがたい話だ。さて、わたしはどっちの役目をさせられることやら」ボンドはたずねた。「で、ほかには？」

「以上ですべてだ。ランチ前に、ホテル・エルミタージュのバーへ来てくれ。紹介の席を用意しておく。その席で、助手の女を今夜の夕食に誘え。それなら、いっしょにカジノへ姿をあらわしても不自然じゃない。ぼくも行くが裏へ引っこんでいるよ。腕のたつスタッフがひとりふたりいるから、きみの身辺に目を光らせておく。ああ、そうだ、いまこのホテルにライターというアメリカ人が滞在している。フェリックス・ライター。フォンテーヌブローに出向しているCIA職員だ。ロンドンからきみに伝えてくれと頼まれた。見たところはまっとうな人材のようだね、いずれ役に立つかもしれない」

床に置いてあるラジオからイタリア語の奔流があふれはじめた。マティスがラジオのスイッチを切り、ふたりはラジオのことやボンドが代金として支払う金額などをひとしきり話題にした。それから感情がほとばしるがごとき別れの挨拶と最後のウィンクとともに、マティスは会釈をして客室から立ち去った。

ボンドは窓枠に腰かけて考えをまとめた。マティスの話には安心材料がひとつもなかった。自分の真の身分は完全に見抜かれ、その道のプロに動向を監視されている。いざル・シッフルとテーブルをはさんでギャンブル勝負をする機会を得るよりも先に、ボンドを遠ざける企みがなされてもおかしくない。ロシア人たちは馬鹿げた偏見で殺人をためらうことはない。おまけに女の助手というお荷物まで押しつけられた。思わず嘆息する。だいたい女は気晴らし用だ。仕事の邪魔になるし、セックスだの傷ついた感情だの、とにかくいつも胸にかかえこんでいる種々の感情という厄介もので事態を混迷させるばかりだ。つねに動向に目を光らせていなくてはならず、おまけに世話も焼いてやらなくてはならない。

「女だと」ボンドは吐き捨てるようにいい、ムンツ夫妻のことを思い出して、さらに大きな声で「女とはね……」と毒づくと、客室をあとにした。

5　司令部から来た女

ボンドがホテル・スプランディードから出発したのは十二時で、町役場の大時計が正午を告げる鐘楽曲《カリヨン》をつかえながら響かせていた。あたりには松とミモザの濃密な香りが立ちこめ、道の反対側にある撒水《さっすい》されたばかりのカジノの庭園には花壇と遊歩道が整然と配置されていた――この厳密に形式を守ってつくられた光景は、メロドラマの背景というよりも、むしろバレエの舞台にふさわしく見えていた。

まわりの空気は華やかな光のきらめきに満ち、そのきらめきは流行と繁栄がつくる新たな時代の到来を確約しているかのようであり、幾多の栄枯盛衰を経た海辺のこの小さな町は、いまひるむことなくその新時代に賭けているかに思えた。

ロワイヤル・レゾーはソンム川の河口近くにある。それも、ピカルディー北西の海岸からブルターニュ地方の断崖――これはル・アーヴルまでつづいている――にいたる平坦な沿岸地域が延びはじめる手前に位置し、おなじような港町トルーヴィルとよく似た来歴をもっている。

ロワイヤルは小さな漁村としてはじまったが（当時はまだ〝レゾー〟がつかなかった）、ナポレオン三世統治下の第二帝政時代に、流行の最先端をいく海水浴場として、トルーヴィルとおなじく彗星のように一躍有名になった。しかしドーヴィルがトルーヴィルを死に追いやったように、ロワイヤルはル・トゥケに息の根をとめられた。

　十九世紀が二十世紀になり、この海辺の小さな町が不景気にあえぐ一方、レクリエーションと〝保養〟を結びつけることが流行になっていた時代に、折よくロワイヤル近郊の山中から肝臓に薬効があるとされるほどの希硫酸をふくんだ鉱泉が発見された。フランス人は老若男女を問わず肝臓の不調を訴えているので、ロワイヤルは機を逃さず〝水のロワイ《ロワイヤル・》ヤル《レゾー》〟と町名を変えた。魚雷形のボトルに詰められた〈ロワイヤルの水《オー・ロワイヤル》〉は上品な雰囲気をまとい、ホテルや列車の食堂車で出されるミネラルウォーターのリストに名前が載るまでになった。

　しかしロワイヤルの鉱泉水も、ヴィシーとペリエとヴィッテルの強力な連合軍の前には長つづきできなかった。いくつもの訴訟沙汰がつづいて多くの人間が金銭的損害をこうむり、ほどなく売上も地元に限定されるまでに減った。ロワイヤルは、夏はフランスやイギリスから家族連れを受けいれ、冬は漁船団を出し、それ以外は優雅にさびれつつあるカジノのテーブルに落ちてくるル・トゥケのおこぼれで命脈をつなぐ町に逆もどりした。

　しかし、カジノ・ロワイヤルがそなえているニースのホテル・ネグレスコ風バロック様式にはえもいわれぬ華麗な雰囲気があり、ヴィクトリア朝様式ならではの優美さと豪奢《ごうしゃ》さの強い香りをはらんでいた。そして一九五〇年、パリの某犯罪シンジケートがロワイヤルの贔屓《ひいき》筋になった——この犯罪シンジケートは、国外追放されたヴィシー政権派の面々が所有していた莫大な資金をばらまいた。

戦後イギリスのブライトンは息を吹きかえしたが、ニースも同様だった。いまよりも自由奔放だった過去の黄金時代への郷愁こそが、新たな収入源だったのかもしれない。

カジノは創建当初の白と金に壁を塗りなおし、室内はきわめて淡いグレイで統一して、そこにワインレッドのカーペットとカーテンを配した。天井からは巨大なシャンデリアが吊るされた。庭園は丁寧にととのえられ、噴水がふたたび動くようになり、二軒のメイン・ホテル——スプランディードとエルミタージュ——はどちらも改修をほどこし、磨きたてて、スタッフもあらたにそろえた。

この小さな町と〝老いたる港《ヴィユ・ポール》〟ですら、不景気でやつれた顔に人々を歓迎する笑顔をのぞかせはじめ、パリの有名な宝石店や高級衣装店《オートクチュール》のショーウィンドウが目抜き通りにつらなるようになった——いずれも無料《ただ》同然の家賃と莫大な利益をあげられる見通しに惹かれ、蝶のような避暑客がやってくる観光シーズンにあわせて出店したのだ。

つづいてモハメッド・アリ・シンジケートが言葉巧みにいいくるめられてカジノで高額ギャンブルを開催することになり、ロワイヤル海水浴組合も、ル・トゥケが先輩ビーチリゾートである自分たちの町から長年にわたってくすねた財宝を一部でも奪い返そうという気概をもつようになった。

　こうした華やかに輝く舞台の前に立って日ざしをふんだんに浴びていると、自分の任務がここにはそぐわない遠くかけ離れたものに思え、自身の邪悪な職業がおなじ舞台に出ている役者たちを侮辱するものに思えてもきた。

　ボンドは肩をすくめて一時の気の迷いをふり払い、ホテルの裏側へまわると、スロープをつかって地下駐車場へ降りていった。ホテル・エルミタージュでのランデブーの前に自分の車で海岸通りをひとっ走りしてル・シッフルの別荘をひと目見てから、パリまで通じている国道とぶつかるところまで、今度は内陸の道をつかって引き返してこようと思い立ったのだ。

　自動車は、ボンドの唯一の趣味だった。排気量四・五リッターでアマースト・ヴィラーズ製のスーパーチャージャーを搭載したベントレーの最後の一台を、一九三三年に新車同然で買ったのち、戦争中は大切に保管しておいた。いまでも年に一回は整備に出している――そのときには、チェルシーにあるボンドの自宅フラットに近い整備工場にもちこむ。ここには以前ベントレー社にいた整備工がいて、嫉妬まじりの配慮をもってメンテナンスにあたってくれる。戦艦を思わせる青みを帯びたグレイのコンバーティブル・クーペで、ルーフはめったにはずさない。あと五十キロ加速できる余力を残したまま、時速百五十キ口で走行する性能をそなえている。

ボンドは地下駐車場からスロープをつかって車を外に出した。ほどなく、直径五センチの排気管が出す不規則なドラムビートめいた音が街路樹の縁《ふち》どる大通りの先にまで響き、小さな町の混みあった目抜き通りを抜けて、南の砂丘にまで届いた。

一時間後、ボンドはホテル・エルミタージュのバーへはいっていき、大きな窓のひとつに面したテーブルを選んだ。

バーの店内は過度に男性的な装飾で豪華につくられていた。その内装がブライヤーパイプを手にした客やワイヤーヘアドテリアのような愛犬を連れている客とあいまって、フランス風贅沢の見本になっている。調度類は、真鍮《しんちゅう》の鋲《びょう》を打たれた革と磨きこまれたマホガニーばかり。カーテンとカーペットはいずれも紺青色《ロイヤルブルー》だった。ウェイターたちはストライプのベストを着て、緑のベーズ地のエプロンを締めている。ボンドはアメリカーノを注文し、やたらにごてごて着飾ってまぶしいほどのほかの客たちを観察した。ほとんどがパリから来た客だろうと見当をつける——だれもが身を入れて熱心に話しこみ、大仰なほどの〝食前酒の時間《ルール・ド・ラペリテイフ》〟の雰囲気をかもしだしている。

男たちは際限もなく出てくるシャンパンの小瓶を次々にあけ、女たちはドライマティーニを飲んでいる。

「わたしは、とにかく〝ドライ〟なのが好き」隣のテーブルでは陽気そうな顔だちの若い女が連れにフランス語で語りかけている。連れの男は季節はずれのツイードのジャケットを堅苦しく着て、エルメス製の高価な狩猟ステッキごしに濡れたような鳶《とび》色の瞳で若い女を見つめていた。「もちろん、ジンはゴードンにかぎるわ」

「当然だね、デイジー。でも、ほら、レモンピールを添えても……」

ボンドの目が外の歩道に立っているマティスの長身に引き寄せられた。マティスは生きとした顔をグレイの服を着た黒髪の若い女にむけている。マティスは肘よりも上の部分で女と腕を組んでいるが、ふたりのたたずまいからは親密な関係の雰囲気はうかがえず、おまけに女の横顔には皮肉っぽい冷たさがあり、そのせいでふたりはカップルというよりも赤の他人に見えた。ボンドが待つうちに、ふたりは道路に面した扉を抜けてバーにやってきた。しかしボンドは人目をおもんぱかって、そのまま窓の外を歩く通行人たちに視線をむけつづけていた。

「おやおや、ムシュー・ボンドではありませんか?」背後からきこえてきたマティスの声には、驚きまじりのうれしさが満ちていた。ボンドはこの場にふさわしく、あわてたていで立ちあがる。マティスはつづけた。「もしやおひとりですか? それとも、どなたかとお待ちあわせでしょうか? よろしければ、わが同僚のマドモワゼル・リンドをご紹介させてもらえませんかね? いいかね、こちらの紳士はジャマイカからお見えで、光栄なことに、きょうの午前中、取引をさせてもらったんだよ」と、女に語りかける。

ボンドは控えめな親しみをこめて会釈し、「ええ、喜んで」と答え、リンドという女に語りかけた。「こちらはひとりですよ。おふたりともつきあってもらえませんか?」

そういって椅子をひとつ引き、ふたりが腰をおろしているあいだに手をかかげてウェイターを呼ぶと、マティスがしきりに遠慮するのもかまわず、強引に酒を注文した——マティスには水割り《フィーヌ・ア・ロー》を、リンドにはバカルディのラム。

それからマティスとボンドは好天の話題や、ロワイヤル・レゾーの町がふたたび幸運に恵まれる見通しなどについて活発な会話をかわした。リンドという女は黙りこくっていた。ボンドがすすめたタバコを一本手にとると、感謝をのぞかせつつ気取らぬ仕草で火をつけ、かすかなため息めいた声を洩らしながら肺深くまでたっぷり煙を吸いこみ、口と鼻から無造作に煙を出した。その動作にはいっさいの無駄がなく、正確そのものであり、しかも人目を意識しているところはまったくなかった。

ボンドはリンドの存在を強く意識していた。マティスと話をしながらも、おりおりに顔をむけては、鄭重《ていちょう》に会話に引きこもうとする。そうやって目を一回むけるたびに、ボンドはリンドという女の印象をひとつずつ積み重ねていった。

リンドの髪は深い漆黒《しっこく》で、前髪も襟足も刈りそろえていた。髪はその下にある顔を縁どって、くっきりと美しいあごの線をあらわにしていた。髪は重さをそなえ、頭の動きにあわせて揺れていたが、リンドはしじゅう手で撫でつけて元の場所にもどしたりせず、そのままにまかせていた。両目の間隔は広く、瞳は深いブルー。臆するようすもなくボンドを見返す目には、皮肉まじりの無関心の光がたたえられ、気がつけばボンドは困ったことに、その光を荒々しく打ち砕きたくてたまらなくなっていた。肌はうっすら日に焼け、化粧っ気はなかったが、ふくよかで官能的な唇だけは例外だった。素肌もあらわな腕と手は落ち着いた雰囲気であり、外見や挙措から受ける全体的に控えめな印象は、なにも塗られていない短く切った爪の先にまで行きとどいていた。首には太くて平らな金のチェーンネックレスをつけ、右の薬指には幅のあるトパーズの指輪をはめている。身につけているのは中程度の長さのあるグレイのシルクのドレスで、四角いカットの襟ぐりでは、その下にあるすばらしい乳房が挑発するように布地を張りつめさせていた。こまかいプリーツのはいったスカートは、引き締まっているが貧相ではない腰からふんわり広がって垂れている。腰には幅が七、八センチある手縫いの黒革のベルト。隣の椅子にはおなじく手縫いの黒革の〝小かばん《サーブルターシュ》〟のほか、山吹色の麦わらで編んだつばの広い帽子も置いてあった。頭を入れるクラウンには黒く細いビロードのリボンが巻かれ、うしろで小さな蝶結びをつくっている。靴は無地の黒革で、爪先が四角いタイプだった。

ボンドはリンドの美しさに気が昂ぶり、落ち着き払ったようすに興味をかきたてられた。リンドといっしょに仕事を進められると思うと、やる気が出てくる。同時に、漠とした不安を感じもした。そこでとっさに、木製品を触る災いよけのまじないをした。

マティスはボンドが気もそぞろになっていることに気づいていた。ややあって、マティスは席を立った。

「ちょっと失礼するよ」と、リンドに声をかける。「デュベルヌさんの家に電話をかけてくる。ほら、今夜の夕食の件で話を詰めておく必要があってね。今夜は本当に、きみをひとりで残していってもかまわないんだね？」

リンドはうなずいた。

ボンドはこの合図を受けとめ、マティスがバーを横切って公衆電話のブースへむかうのを見ながらこんな言葉を口にした。「今夜おひとりで過ごすのなら、夕食につきあってもらえませんか？」

リンドは初めて共謀者らしい雰囲気をうかがわせ、笑みを返した。「それはもう喜んでごいっしょさせて。そのあとカジノに連れていってもらえる？　ムシュー・マティスの話だと、あなたはカジノにずいぶんお詳しいらしいし。わたしを連れていけば幸運に恵まれるかもしれないわ」

マティスが席をはずしているいま、リンドのボンドへの態度は急変し、親密さをにじませたものになった。リンドは自分とボンドがチームであることを認めているようだったし、待ちあわせの時間や場所の相談でわかったことだが、この女がパートナーなら任務遂行のための立案もずいぶん簡単になりそうだ。さらにボンドは、リンドが自分の役割に関心をいだいて胸を高鳴らせていること、みずから進んで自分に協力してくれそうなことを感じとってもいた。一心同体といえるまでになるには幾多のハードルがあるものと覚悟していたが、いますぐにでもプロとしての仕事の細部にかかわる話を切りだせそうだ。またボンドは、リンドへの自分の態度に偽善があることも正直に認めていた。そう、自分はこの女と寝たがっている――もちろん任務を遂行したあとにかぎるが。

マティスがテーブルにもどってくると、ボンドは伝票をもってくるようウェイターに頼み、このあと友人たちと昼食の約束があるので、ホテルへ帰らなくてはならないと説明した。ほんの一瞬だがリンドの手を握ったとき、ボンドはふたりの手のあいだを愛情と理解のもたらすぬくもりが行き来したように感じていた――三十分前までは、ぜったいそんなことにはならないと思えていたのだが。

リンドは外の大通りに出ていくボンドを目で追っていた。

マティスは腰かけた椅子をリンドに近づけ、声を殺して話しかけた。「あの男はぼくの大事な友人だ。きみたちが知り合いになれて、ぼくもうれしいよ。見たところ、どちらの川も水面に張っていた氷が溶けて割れはじめているようだな」そういってにやりと笑い、「だいたいボンドはこれまで溶けたことがないんじゃないか。だから今度のことはボンドにとって新しい経験になる。きみにとってもね」

リンドは正面からの答えを避けた。

「とてもハンサムな人ね。ちょっとホーギー・カーマイケルを思わせるけど、どこかしら冷酷で無慈悲なところがあるみたいで――」

リンドがこの言葉を最後までいいおえることはなかった。いきなり二、三メートル先ではめ殺しの大きな窓ガラスが粉々に砕け散ったからだ。猛烈な爆風がすぐ近くから襲いかかり、ふたりはすわっていた椅子ごと背後へ吹き飛ばされた。つかのま、あたりが静まりかえった。外の歩道になにかが音をたてて落ちた。バーカウンターの奥の棚から、何本もの酒瓶がゆっくりと倒れて落ちていった。一拍おいてあちこちから悲鳴があがり、大勢の人々がいっせいにドアをめがけて走りはじめた。

「ここを動くな」マティスはいった。

ついでマティスは椅子をうしろへ蹴り飛ばし、ガラスが割れた窓の枠を飛び越えて歩道へ走りでていった。

6　麦わら帽子のふたりの男

　バーから出たボンドは街路樹のならぶ大通りの歩道を、数百メートルほど先の宿泊先のホテルへむかって決然とした足どりで歩きはじめた。空腹だった。

　あいかわらずの上天気だったが、いまでは日ざしがかなり暑くなり、歩道とアスファルト舗装の車道を区切る芝生に六メートルほどの間隔で植えられたプラタナスが、涼しい木陰を提供していた。

　外にはほとんど人影がなかった。そのせいもあって、大通りの反対側の一本の木の下にひっそりたたずむふたりづれの男たちはいかにも場ちがいだった。

　ボンドが男たちに気がついたのは、まだ百メートルも手前にいるときだった——男たちから装飾がほどこされたホテル・スプランディードの〝エントランス《ポルト・コシエール》〟までも、やはり百メートル程度だった。

　ふたりのようすには、どこかしら胸騒ぎを起こさせるものがあった。どちらも小柄で、どちらも似たようなダークスーツ姿だが、スーツがボンドには暑苦しそうに見えた。ふたりのたたずまいは、劇場へ行くためにバスを待っているバラエティショーの出演者を思わせた。どちらの男も麦わら帽をかぶり、そこに黒く太いリボンを巻いているのは、休日のリゾート地の雰囲気を出そうとしているのだろうか。帽子のつばがあるうえに、ふたりの横の木が影を落としていて、どちらの顔もよく見えない。黒っぽくずんぐりしたふたりの姿を、不似合いに明るくしている小さいながらも鮮やかな色彩があった。ふたりが肩からさげている四角いカメラケースだ。

ひとりのケースは鮮やかな赤、もうひとりのケースは鮮やかな青だった。

ボンドがこうした細部を見てとったころには、ふたりの男までの距離は五十メートルを切っていた。ボンドがさまざまな武器の射程に思いをめぐらせ、どうすれば身を守れるだろうかと考えていたそのとき——恐るべき事態が現実になった。

赤いケースの男が青いケースの男にすばやくうなずきかけた。青いケースの男はすばやい身ごなしで青いカメラケースを肩からおろした。横に立っているプラタナスの幹が視線をさえぎっていたのでボンドからはよく見えなかったが、男は身をかがめて、地面においたケースをいじっていたようだ。次の瞬間、目もくらむほどの純白の閃光とともに、耳がつぶれそうな大きい爆発音が轟《とどろ》いた。木の幹がさえぎってくれたが、それでもボンドの体は熱風の強烈な一撃で地面に押し倒された——爆風はボンドの頰と腹を、紙風船も同然にへこませた。ボンドは仰向けに横たわって太陽を見あげていた——その一方、あたりの空気は爆発の余波でまだ〝ぶうん〟と鳴っていた（と、ボンドには思えた）。だれかがピアノの低音部の弦を巨大なハンマーでまとめて叩いたような音だった。

まだ朦朧《もうろう》としたまま意識も半分程度しかとりもどしていないボンドが片膝《かたひざ》をついて体を起こすのと同時に、肉片や血を吸った衣類の切れ端が――木の枝や砂利ともども――気味のわるい雨になってボンドの体や周囲にばらばらと降ってきた。つづいて小枝と葉が落ちてくる。周囲のいたるところから、地面に落ちては割れるガラスの鋭い音が響いていた。頭上の空では黒々としたきのこ雲が立ちのぼってから風に吹き散らされ、ボンドは酔ったようになりながら、そのようすを見あげていた。高性能爆薬のにおいと燃える木々のにおい……それに、そう、まちがいない……炙《あぶ》った羊肉のにおいがいりまじって、おぞましい悪臭をつくりだしていた。大通りの街路樹は五十メートル弱にわたってすっかり葉を吹き飛ばされ、枝や幹が焼け焦げていた。道の反対側では二本のプラタナスが根元に近い部分でへし折れてしまい、酔っ払いのように倒れて道路をふさいでいた。その二本にはさまれたところに、まだ煙をあげているクレーターがあった。麦わら帽をかぶっていたふたりの男の姿は、いまはもう影も形もなかった。しかし車道や歩道には点々と赤いものが落ちていたし、街路樹の高い枝にぬらぬらと濡れ光る小片が引っかかってもいた。

ボンドは自分が吐きはじめていることに気がついた。

いちばん最初に駆けつけてきたのはマティスだった。マティスがたどりついたときには、ボンドは命を救ってくれた街路樹に腕をまわして立っていた。

まだ朦朧とはしていたが怪我はなかったので、ボンドはマティスに導かれるまま現場を離れ、ホテル・スプランディードのほうへむかいはじめた。ホテルからは、客や従業員たちが口々に恐怖を訴えながら、次々に外へあふれでていた。遠くから鐘の音が救急車と消防車の到着の先触れとなって響くなか、マティスとボンドはなんとか人波をかきわけて短い階段をあがり、廊下を歩いてボンドの部屋にたどりついた。

マティスはいったん足をとめて煖炉の前に置いてあるラジオのスイッチを入れ、血飛沫《ちしぶき》が点々と散っている服を引き剝《は》がすように脱いでいるボンドに次々と質問を浴びせた。ふたりの男の人相風体を説明するところにさしかかると、マティスはボンドのベッドの横にあった電話の受話器をとりあげた。

「……警察に連絡しておけ」マティスは締めくくりにそういった。「爆風で押し倒されたジャマイカ在住のイギリス人紳士の件はこちらで対処する、と。紳士に怪我はないし、警察が心配するようなことはなにもない、とね。警察には三十分以内にぼくが説明する。警察からマスコミへは、事件はどうやらふたりのブルガリア人共産主義者の遺恨がらみで、片方がもう片方を爆弾で殺そうとしたものだ、と発表させておけ。ただし、いまもこのあたりをうろついているはずの第三のブルガリア人については発表の必要なし——とはいえ、警察にはなんとしてもその男をつかまえてもらわなくては。そのブルガリア人はパリを目指すはずだ。あらゆる道路を封鎖しろ。わかったな？　じゃ《アロール》、がんばってくれ《ボンヌ・シャンス》」

マティスはボンドにむきなおり、話を最後まできいた。

「くそ《メルド》——でも、きみは運がよかったな」一部始終を話しおえたボンドに、マティスはいった。「あの爆弾がきみを狙っていたことは明らかだ。ただし爆弾に不具合があったんだろう。当初ふたりは爆弾を投げつけ、そのあと急いで木の裏に隠れるはずだった。ところが、すべてが裏目に出たわけだ。いや、気にするな。いずれ真相を明らかにしてやる」マティスはいったん間をおいた。「しかし、たしかに奇妙な事件だな。しかもこの連中は、きみのことをしごく真剣にとらえていたようだ」マティスは侮辱された顔つきになった。

「しかし、あの忌ま忌ましい《サクレ》ブルガリア人どもは、どうやって現場から逃走するつもりだった？　赤と青のカメラケースの意味は？　赤いケースの破片をさがしてみるべきだな」

マティスは爪を噛んだ。いまこの男は昂奮に目をきらきらさせていた。この件がいよいよ手ごわく劇的な事件になってきたうえ、事件のあらゆる側面に自分がかかわれるようになったのだ。となれば、カジノでボンドがル・シッフルとギャンブル勝負をしているあいだ、ボンドの上着を腕にかけて立っているだけの役目ではなくなる。マティスは弾かれたように立ちあがった。

「さあ、とりあえずなにか一杯飲んで昼食をとったら、少し休むといい」ボンドにそう命令する。「ぼくのほうは、警察の連中が馬鹿でかい黒ブーツで手がかりを踏みにじってしまう前に鼻を突っこんで、事件のことを調べておかなくては」

マティスはラジオを切り、手をふって親しみのこもった別れの挨拶をした。音をたててドアが閉まると客室が静まりかえった。ボンドはしばし窓ぎわにすわったまま、生きていることを楽しんだ。

そのあとボンドが最初のウィスキーをオンザロックで飲みおわり、ウェイターがならべたフォアグラのパテと冷製の伊勢海老《ラングスト》の皿をながめていたそのとき、部屋の電話が鳴った。

「マドモワゼル・リンドよ」

低く抑えた声には心配している響きがあった。

「あなたは無事なの？」

「ああ、なんともない」

「よかった。どうか、くれぐれも気をつけて」

リンドは電話を切った。

ボンドはかぶりをふってナイフを手にとり、焼きたてのトーストからいちばん厚い一枚を選んだ。

いきなり、こんな思いが頭に浮かんだ——相手方はふたりが死に、自分は味方がひとり増えた。スタートとしては上々だ。

ボンドはストラスブール磁器のポットとならんで置いてあるグラスの熱い湯でナイフを

濡らすと、今回の食事を運んできたウェイターに倍のチップをはずむこと、と心のメモに書きつけた。

7

〃赤と黒《ルージュ・エ・ノワール》〃

夜を徹しておこなわれてもおかしくないギャンブル・ゲームにそなえて、ボンドは体の状態を磨きあげてリラックスしておこうと思いたった。そこで午後三時にマッサージ師を予約した。昼食のあとかたづけがすみ、窓ぎわにすわって海をながめているうちにドアにノックの音がして、スウェーデン人のマッサージ師が部屋にはいってきた。

マッサージ師は無言でボンド相手の仕事にとりかかった――足からはじめて首すじまで体の緊張をときほぐし、いまも張りつめて鳴っているような神経をなだめていく。左肩から脇腹にかけての紫色に変わりつつある長い打ち身からも、ずきずきとした痛みが消えていった。スウェーデン人が客室から出ていくと、ボンドは夢も見ずに眠りこんだ。

夕方目を覚ますと、生まれ変わったように爽快な気分だった。

水のシャワーを浴びてから、ボンドはカジノに足を運んだ。前夜からいままでのあいだに、ボンドはギャンブルの勘をうしなっていた。だから、その鋭い勘を――半分は数学の応用であり、半分は直観からなる勘を――とりもどさなくてはならない。さらに速まることのない脈搏《みやくはく》と楽観的な気質がくわわれば、それこそが勝つことを目的としたあらゆるギャンブラーに必須の装備品であることをボンドは知っていた。

　ボンドは筋金いりのギャンブラーだった。カードがシャッフルされるときの乾いた音や、ギャンブル・テーブルをかこんだ物静かな面々が絶え間なく演じている目立たないドラマを愛していた。カード室やカジノのすみずみまで考えぬかれた快適な雰囲気も、たっぷりクッションをきかせた肘かけをもつ椅子も、手近に置かれたウィスキーやシャンパンのグラスも、優秀な従業員たちの静かで行きとどいたサービスぶりも、とにかくすべてが好きだった。ルーレットの玉やトランプのカードがそなえる公平さも好きだったし、玉やカードがいつだってどちらかに偏《かたよ》ってしまう点も好きだった。役者の立場も観客の立場も好きだったし、自分の椅子にすわったまま他者のドラマや決定に一枚嚙むことも好きだったが、そうこうしているうちに自分の番になり、おおむね五分五分の確率の上でイエスかノーの決定的な答えを口にすることになるのだった。

　そのすべてにましてボンドが気にいっているのは、ギャンブルはすべて自己責任という点だった。褒める相手も責任をとらせる相手もひとりしかいない。幸運は主人ではなく召使いだ。幸運は肩をすくめて受けいれるか、とことん利用するものだ。しかしそのためには、幸運がどういうものかを理解して認めることが必要であり、誤解した確率と混同してはならない。ギャンブルで下手なプレイを不運だと勘ちがいするのは、命とりになる罪だ。

そして幸運は――風向きにかかわらず――歓迎するべきもので、決して恐れるものではない。ボンドは幸運を女のようなものだと考えていた――やさしく求愛するか、骨の髄《ずい》までしゃぶりつくす相手であり、迎合したり追いかけたりする相手ではない。しかし一方ボンドには、カードにも女にも困らされた前例がないと認める程度の誠実さしかなかった。とはいえいずれは愛なり幸運なりの力でひざまずかされることになる――その事実は認めていた。そんなことになれば、烙印《らくいん》を捺《お》されることもわかっていた――これまでにも他人の顔にたびたび見かけた恐るべき疑問符という烙印、負けてもいないうちから金を払うことになる予測という烙印を。それはまた、自分が誤りをまぬがれないと認めることでもある。

　しかしこの六月の夜、〝キッチン〟と呼ばれる一般むけのカジノフロアを抜けて特別室《サル・プリヴェ》に足を踏み入れて、百万フランの資金を五万フランのプラークに替えてからルーレットの一番テーブルに近づき、テーブル主任《シェフ・ド・パルティ》の隣の席に腰をおろすあいだにボンドが感じていたのは、自信と楽観的な予想がもたらす高揚感だった。

　ボンドは主任からカードを借り、きょうの午後三時にはじまったセッションでのルーレットのボールの動向にざっと目を通した。この手順は毎回欠かさないが、毎回の回転盤の動きや毎回ボールがどの数字つきスロットに落ちるかは、それ以前のゲームとまったく関係ないことくらい、ボンドもわきまえていた。クルピエと呼ばれるゲーム進行の補佐役が象牙のボールを右手でつかみあげ、盤の中央のポールから十字状に四本突きでているスポークのうち一本を絶妙な力加減で時計まわりに動かし、やはり右手の三番めの動きとして、手のなかの象牙のボールを盤の回転盤のいちばん外側の溝へ、回転とは逆の反時計まわりのほうへ投げこむたびに、毎回まったく新しいゲームがはじまることくらいは知っていた。

こういったゲームの儀式や回転盤や数字つきポケットや中央シリンダーなどの精密なメカニズムは、いずれもクルピエの腕前や回転盤の偏りといった要素がボールの落ち方に影響しないよう、長年かけて完璧に磨きあげられてきた。それはそれとしてルーレットのプレイヤーたちには、毎回のセッションの過去の結果を丹念に記録して、回転盤が出す結果の偏りに頼るという習慣があり、ボンドもこの手段に頑固に固執していた。たとえば、ある特定の数字のスロットに二回以上ボールが落ちたとか、勝ち目が五分五分のゲームで片方の側が四回つづけて勝ったというような特異なケースに注目するのだ。

ボンドはこの慣習を弁護しているのではなかった。単純に、努力と創意工夫をギャンブルに傾注すれば、それだけ大きな結果を得られるというのを持論にしているだけだった。

いまボンドがついているテーブルの過去三時間の記録を見たが、最新の十二回ばかりのゲームの結果には偏りが見られないこと以外、関心をひくものはなかった。まずルーレットからはじめるのがボンドの習慣だった——そして、それまでの賭け方を変えて新しい方法に進むのは、0が出てからと決まっていた。そんな次第でボンドはお気に入りの賭け方のひとつを採用した——2《ツー》ダズン法だ。今回の場合には、三つあるダズン枠のうち下位と中位のふたつの枠のそれぞれに、最高額の十万フランを賭けた。こうすれば（0をのぞいて）ルーレットの全数字の三分の二はカバーできるし、ダズンベットのオッズは二倍なので、1から24までの数字が出るたびに十万フラン勝つことになる。

ボールが数字スロットに七回落ちた時点で、ボンドは六回勝っていた。七回めは30が出て負けた。儲けの正味は五十万フラン。八回めは賭けないまま見まもる。出たのは0。このちょっとした幸運に背中を押され、先ほど出た30を最後のダズンベットのための道しるべと解釈し、二回負けるまでは三つあるダズン枠の下位と上位の二枠に賭けた。それから十回あと、中位のダズン枠の数字が二回連続で出て、ボンドに四十万フランの損害をもたらしたが、これをしおにルーレット・テーブルから離れたときには、手もとに百十万フランの金があった。

最初からいきなり最高額を賭けたので、ボンドはテーブルで注目の的になっていた。ボンドがツイているように思えたのか、鮫《さめ》のおこぼれを狙うパイロットフィッシュが一、二尾ばかりいっしょに泳ぎはじめた。いま向かいの席にいるアメリカ人だろうとボンドが見当をつけた男はそのひとりで、いささか大仰な親しみをのぞかせ、自分の連勝ぶりにも大げさなほどうれしい顔を見せていた。一、二回はボンドに微笑みかけてきたが、ボンドの賭け方を真似ているのが妙にあてつけがましかった――ボンドが大金を賭けるたびに、おなじ枠の反対側に控えめな一万フランのプラークを置いていたのだ。ボンドが立ちあがると、男も椅子をうしろへ引いて腰をあげ、向かいから陽気な声をかけてきた。

「幸運のおすそわけに感謝します。となると、一杯奢《おご》るのが筋でしょうな。つきあってもらえますか？」

　これ以前からボンドは、男がアメリカの統合情報局《CIA》の者ではないかとあたりをつけていた。ボンドはクルピエにチップとして一万フランのプラークを投げ、椅子を引いてくれたボーイ《ユイスイエ》に千フランをわたした。

「わたしはフェリックス・ライター」アメリカ人はいった。「お近づきになれてなによりだ」

「わたしはボンド――ジェームズ・ボンド」

「ああ、やはり」連れのライターがいった。「さて、どうします？　なにに祝杯をあげればいいんでしょう？」

　ボンドは、ライターのヘイグ&ヘイグのオンザロックも自分に注文させろといってから、慎重な目つきをバーテンダーにむけた。

「ドライマティーニを」ボンドはいった。「一杯だ。深いシャンパングラスで頼む」

「ウイ、ムシュー」

「ちょっと待った。ゴードンのジンを三オンス、ウォッカを一オンス、キナリレを半オンス。凍りそうなほど冷たくなるまでシェイクし、大きめの薄いレモンピールは香りづけのあとでそのままグラスに入れてくれ。わかったか?」

「かしこまりました、ムシュー」バーテンダーはカクテルのレシピにうれしそうな顔を見せた。

「驚いたな――たしかに飲んでみる価値がありそうだ」ライターがいった。

ボンドは笑い声をあげた。「じつは、その……精神集中をしているときは――」と説明する。「夕食前に飲む酒は一杯だけと決めていてね。ただしその一杯は量がたっぷりで、かなり強く、とことん冷たく、見事な出来の一杯がいい。酒にかぎらず、どんなものでも量が少ないのはきらいだし、それで不味《まず》かったら目もあてられないね。この酒はわたしのオリジナルだ。ぴったりのいい名前を思いついたら特許をとるつもりだよ」

ボンドが鋭い目で見ているうちにも、シェーカーで攪拌されたせいでかすかに泡立っている淡い黄金色の液体がはいった深いグラスに霜《しも》がおりてきた。

「すばらしい」ボンドはバーテンダーにいった。「しかし、じゃがいもではなく穀物からつくったウォッカだったら、もっと旨くなるぞ」

つづけてボンドは、バーテンダーだけにきこえるように小声のフランス語でいい添えた。

「とはいえ、毛を吹いて疵《きず》を求めてもしかたないな」

バーテンダーはにやりと笑った。

「いまのは〝あらさがしはしない〟という意味の言葉だよ」ボンドはライターに説明した。

だがライターは、まだボンドの酒に興味しんしんだった。

「なるほど、きみが考えぬいた逸品なんだな」そう愉快そうに話すライターともども、ボンドは自分のグラスをもって部屋の隅へむかった。「いっそその酒を〝火炎瓶《モロトフカクテル》〟と名づけたらいい――きみがきょうの午後味わったものになぞらえて」

ふたりは椅子に腰をおろした。ボンドは笑った。

「現場に×印がつけられ、ロープで囲って立入禁止になっているのを見たよ。警官たちが車を歩道に迂回させていたぞ。あとは、大金持ちたちが怖がって逃げださなければいいんだが」とライター。

「人々は共産主義者がらみの話を受け入れているか、そうでなかったらガスの本管の爆発事故だと思っているみたいだ。今夜のうちには焼け焦げた街路樹もすっかり撤去されるだろうし、この町がモンテカルロなみに仕事を進めてくれたら、あしたの朝には現場から爆発事故の痕跡がきれいさっぱり拭《ぬぐ》われているだろうね」

ライターはチェスターフィールドの箱をふって一本抜きとった。

「今回の件できみと仕事ができてうれしく思っている」と、自分のグラスの酒を見つめながらいう。「きみが爆弾で天国に吹き飛ばされるようなことがなくて、本当によかったとも思う。うちの連中もこの件にはきわめて重大な関心をいだいてる。そちらの面々とおなじくこの件を重要視していて、今回の計画を笑止千万だとは考えていない。それどころかワシントンの本部は、計画を進めているのが自分たちでないことを気に病んでいるくらいだが……まあ、ああいうお偉方がどういう連中かは、きみには話すまでもなかろう。ロンドンにいるきみのお仲間も似たようなものだろうし」

ボンドはうなずいた。「ほかを出し抜くことに、いささか熱心になりがちなきらいがあるな」

「ともあれ、わたしはきみの命令を受け、きみの要請に応じて手助けをすることになってる。マティスとその一行がこの町にいるのなら、気をくばるべきところもあまり残ってはいないだろう。しかし、それでもわたしはここにいるよ」

「いや、来てくれて本当にありがたい」ボンドはいった。「敵はわたしのことばかりか、おそらくきみやマティスのことも把握して品定めもすっかりすませているらしいし、この先はルール無用、なんでもありの戦いになりそうだからね。ル・シッフルがこちらの見立てどおり必死になっているらしいのはよかった。あいにく現時点では、きみに頼みたい具体的な仕事をひとつも思いつかないが、それでも今夜はカジノのまわりにいてもらえるとありがたい。わたしにはミス・リンドという助手がついているんだが、いざカジノでプレイをはじめたら、ミス・リンドをきみに引きわたしたい。連れ歩いて恥ずかしい思いをすることはないぞ。とびきりの美女だ」いいながらライターに笑みをむける。「あとはル・シッフルの用心棒ふたりには目を光らせていたほうがいい。ル・シッフルが騒ぎを起こすとは思えないが、なにがあるかはわからないからね」

「その場合には力になれるかもしれないな」ライターはいった。「いまの組織の一員になる前は海兵隊の正規兵だったよ――これがきみにとって意味があるかはわからないが」そういうとライターは、かすかな自己卑下をにじませた目でボンドを見つめた。

「意味はあるとも」ボンドはいった。

話の流れでライターがテキサス出身だとわかった。NATOの統合情報参謀部における自分の仕事や、多くの国の愛国者たちがあつまる寄りあい所帯で機密を保持することのむずかしさを語っているあいだ、ボンドは優秀なアメリカ人たちは気立てのいい連中であり、その大半はテキサス出身者のように思える……などと考えていた。

フェリックス・ライターは、年齢は三十五歳前後。背が高く、痩せて骨ばった体格で、生地の軽い茶色のスーツはフランク・シナトラの服のように肩からゆったり垂れているように見える。身ごなしと口調はゆっくりしているが、その身内には充分以上のスピードと力が秘められていることや、いざというときには手ごわく冷徹な闘士になることが察せられた。背を丸めてテーブルにかがみこむようにすわっている姿は、いますぐにでも一気に体を伸ばして獲物に躍りかかりそうな鷲《わし》を思わせる。おなじ印象はライターの顔からも、あごと頰骨のくっきりした輪郭線からも、歪《ゆが》んだ大きな口からも感じとれた。灰色の目は猫のように吊りあがっているが、休みなく箱から抜いて吸っているチェスターフィールドの紫煙をふせぐのに細めているため、ますます吊りあがっていた。この習慣が両の目尻に刻んだ皺《しわ》のせいで、口よりも目で微笑んでいるように見える。乱れたままの麦わら色の髪が少年っぽい風貌に見せてはいるが、よく見ればそうでないことはわかる。出向先のパリでの自分の仕事についてはかなりあけすけに語っているようでありながら、ヨーロッパやワシントンにいる自国アメリカの同僚たちについては黙して語らないことにボンドはすぐ気づかされた――つまりライターは北大西洋の同盟国の共通の利益よりも、自国の組織の利益をはるかに重要視しているのだろう。ボンドはライターに共感をいだいた。

ライターが二杯めのウィスキーを飲みおわり、ボンドがムンツ夫妻のことや、この日の昼、海岸通りに車を走らせておこなった短時間の偵察行について話しおわると、午後の七時半になっていた。ふたりはいっしょにホテルまで歩いて帰ることにした。カジノをあとにする前にボンドは一万フラン紙幣を数枚ばかりポケットマネー用にとりのけ、手もちの二千四百万フラン全額を両替窓口《ケッス》に預けた。

ホテル・スプランディードまで歩くあいだに、ふたりは爆発現場で早くも作業員のチームが忙しく作業を進めているところに行きあった。数本の街路樹が抜きとられ、三台の公用の撒水車《さっすい》が歩道と車道の双方から路面の汚れを流水で洗い流していた。路面のクレーターはもう消えていて、足をとめて見物しているのはごくわずかな通行人だけだ。ホテル・エルミタージュや大通りぞいの商店、それに窓ガラスに被害をこうむった建物の前面などでも、同様の補修工事が進行中なのだろうとボンドは思った。

快適な暖かさの藍色の宵闇《よいやみ》のなか、ロワイヤル・レゾーの町は秩序と平和をとりもどしていた。

「ホテルのコンシェルジュはどっちの側についてる？」ホテルに近づきながら、ライターはたずねた。ボンドにはわからなかったので、そう話した。

マティスもこの点ではボンドに教えることができなかった。「きみがコンシェルジュをみずから買収しているのでないかぎりは、すでに敵方に買収されていると仮定しておくのが無難だぞ。コンシェルジュなんてものは金で動くと決まってる。いや、わるいのはあいつらじゃない。あいつらはインドのマハーラージャでもないかぎり、ホテルの客という客を詐欺師や泥棒になってもおかしくない人間だとみなすよう訓練されてる。あいつらはクロコダイルも同然だ——それくらい宿泊客の快適さや健康といったことには、関心もへったくれもないんだ」

ホテルに着いて、コンシェルジュが急ぎ足で近づき、きょうの午後の前代未聞の恐ろしいあの出来事から立ち直れたかときかれ、ボンドは昼間のマティスの言葉を思い出した。それもあってボンドは、まだ体の震えが少し残っていると答えたほうがいいだろうかと考えた。情報員がこの言葉を伝えれば、ル・シッフルはボンドの体力について基本的な誤解をしたまま今夜のゲームをはじめることになる。コンシェルジュはボンドの恢復《かいふく》を祈るとかなんとか、グリセリンのように甘ったるい言葉をならべていた。

ライターの部屋はホテルの上方階だった。ふたりはカジノで十時半から十一時に——すなわち、通例では大金を賭けたゲームがはじまる時間に——顔をあわせることにしてから、エレベーター前で別れた。

8　ピンクの明かりとシャンパンと

ボンドはホテルの客室に足を踏み入れると――今回も侵入の形跡はなかった――服を脱いでゆっくりと熱い風呂にはいり、そのあと氷のように冷たいシャワーを浴びてからベッドに横たわった。ホテル・スプランディードのバーで例の女と会う前に、体を休めて考えをまとめる時間が一時間ある――その一時間でゲームのプランばかりか、勝敗のいずれのケースにおいても、その先のあらゆる展開を見すえたゲーム後の行動計画を一分ごとに検討しておかなくてはならない。マティスとライターと助手の女にどんな補助的な役割を振るかも考えなくてはならず、考えられる多くの展開それぞれにおける敵の対応もひとつひとつ具体的に予想しておく必要がある。目を閉じると、想像力によって丹念に構築された情景が次々に脳裡に浮かび、思考がそれを追いかけはじめた――万華鏡のなかで回転しては落ちていく色とりどりのガラスの小片を見つめているかのようだった。

九時二十分前には、ボンドはル・シッフルとの対決がどんな顚末《てんまつ》を迎えるかを、あらゆる順列組み合わせで予想することに疲れはててしまった。ベッドから起きあがって服を身につけ、未来についての考えを頭からきれいに払い落とした。

黒いサテンのダブルエンドの細いネクタイでボウを結びかけたところで、ボンドはふと手をとめ、鏡のなかの自分を冷静に見つめた。灰色がかったブルーの瞳が、かすかに皮肉っぽくたずねかけるように落ち着いて見返してきた。決して一カ所にとどまってくれない短い黒髪のひと房が、右の眉毛《まゆげ》の上でゆっくりと読点《カンマ》の形をつくった。右の頬に残る縦一直線の傷痕が、ボンドにどことなく海賊めいた雰囲気を与えていた。ホーギー・カーマイケルにはとても及ばないな——薄くて軽いガンメタル製のケースに、金のラインが三本はいった〈モーランズ〉特製のタバコを五十本詰めながら、ボンドはアメリカの歌手でピアニストのことを思った。今夜会う女がボンドをその男になぞらえていたことは、マティスからきいていた。

タバコのケースをスラックスの尻ポケットに忍ばせると、ボンドはいぶし処理をほどこした黒いロンソンのライターの火を一回つけて、オイルを補給する必要があるかどうかを確かめた。一万フラン紙幣の薄い束をポケットにおさめてから、ボンドは抽斗《ひきだし》をあけ、セーム革の軽量ホルスターをとりだして左肩にかけて、ポケット部が腋《わき》の下から七、八センチ下へ来るようにした。つづいて別の抽斗のシャツの下から、グリップパネルをはずしたスケルトン仕様のすこぶる薄い二五口径ベレッタのオートマティックをとりだした。弾倉を抜きだし、薬室内の一発の銃弾もとりだす。そのあとスライドを数回ばかり前後に動かし、おもむろに引金を絞って撃鉄を空《から》の薬室に打ちつける。薬室に銃弾をこめなおして弾倉を装着し、セイフティをかけてから、ショルダーホルスターの浅いポケットに落としこむ。注意深く部屋を見まわし、なにか忘れてはいないかと確かめてから、厚手のシルクのイブニングシャツの上にシングルのディナージャケットを着た。涼しく快適な気分だった。鏡の前に立ち、左腋に吊った薄い拳銃の存在が外からはまったく目につかないことを確かめ、最後に一度だけ細いタイを引っぱって形をととのえてから客室の外に出てドアに鍵をかけた。

短い階段を降りきってバーの方向へむかいかけたところで、背後のエレベーターのドアがあく音がきこえ、涼しげな声が話しかけてきた。

「こんばんは」

例のリンドという女だった。その場で足をとめたまま、ボンドが近づくのを待っている。リンドが着ているのは黒のビロードのドレスで、シンプルなデザインでありながら、ここまで豪奢《ごうしゃ》な雰囲気のドレスをつくれるのは世界でも五、六軒のオートクチュールにかぎられるのではないか。喉元にはダイヤモンドをあしらった細いネックレス。豊満な胸のふくらみもあらわなV字の深い襟ぐりにはダイヤモンドのクリップがのぞく。携行しているのはシンプルなデザインの黒いイブニングバッグ——ひらべったいそのバッグを、肘を張って腰にあてがっている手で体に押しつけるようにしている。漆黒《しっこく》の髪はまっすぐ下へ垂れ落ち、あごのすぐ下で内側へむかってカールしていた。

このうえなくすばらしい姿だった。ボンドの胸が高鳴った。

「きみはたとえようもない美しさだな。ラジオ業界はさぞや景気がいいと見える！」

リンドはボンドの腕に腕を通してきた。

「まずは夕食をとりにいくのはどう？」リンドはたずねた。「カジノには堂々とした姿で入場していきたくて。それに、この黒いビロードには恐ろしい秘密が隠されてる。どこかにすわると、生地に痕が残ってしまうの。それはそうと、今夜わたしがどこかで悲鳴をあげたら、それは籐の椅子にすわったときだと思ってね」

ボンドは笑った。「もちろん、先に夕食でかまわないとも。なにを注文するかを考えながら、まずはウォッカを飲むとしよう」

リンドから楽しんでいるかのような視線をむけられて、ボンドは自分で訂正した。

「もちろん、そっちが好みならカクテルにしてもいいさ。ここの料理はロワイヤルでは最高だよ」

ボンドのきっぱり断言する言葉にリンドは気取った皮肉な態度で応じ、つかのまだが腹立たしい思いをさせられた——おまけに、そもそもリンドのすばやい一瞥《いちべつ》に食いついてしまった自分にも。

しかし、これもごくかすかな鞘当《さやあ》ての音のようなもので、鄭重《ていちょう》な給仕長《メートル・ドテル》の案内で混みあったレストランの店内を抜けていき、ほかの客が顔をあげてリンドに見とれるようすをながめつつ女のうしろを歩いているうちに、ボンドはそんな苛立ちをすっかり忘れていた。

このレストランの特等席は、建物から大きな船の船尾のように突きだしてホテルの庭園を見おろすようにつくられた、大きな三日月形の出窓わきのテーブルだった。しかしボンドは広々としたレストランの奥にある鏡張りのアルコーブにしつらえられたテーブル席を選んだ。二十世紀初頭のエドワード七世の時代のまま残っているところで、引っこんでいるため人目につきにくく、白と金箔を軸にした内装と、フランス第二帝政時代の赤い絹の笠のテーブルスタンドや壁かけライトがあいまって華やかな雰囲気だった。

ふたつ折りの大判メニューを埋めつくした紫のインクの文字を解読しているさなか、ボンドは合図でソムリエを呼び、連れに顔をむけてたずねた。

「注文は決まったかい？」

「まずはウォッカを一杯いただくわ」リンドはそう答えただけで、メニューの検討にもどった。

「では、ウォッカを小さなデカンタでひとつ——よく冷やしてくれ」ボンドはそう注文してからいきなりリンドにこう話しかけた。「きみの苗字じゃなくて上の名前を教えてもらわないことには、その新しいドレスを祝福する乾杯もできないぞ」

「ヴェスパー」リンドは答えた。「ヴェスパー・リンド」

ボンドは目顔で問いかけた。ヴェスパーとは黄昏時《たそがれどき》の意味だね？

「いつも説明させられるから正直いって飽きてるんだけど、わたしは夕方に生まれたの——それも両親の話では激しい嵐の夕方に。両親はそのことを名前で残したかったのね」ヴェスパーは微笑んだ。「この名前が好きだという人もいれば、好きじゃないという人もいる。わたしはもう慣れちゃった」

「わたしはいい名前だと思う」ボンドはいった。名案が頭にひらめいた。「その名前を借りてもいいかな？」そうたずねてから、自分がオリジナルのマティーニを考えたことや、そのカクテルにつける名前をさがしていたことを説明する。「ヴェスパー。文句なしの名前だよ——わがカクテルが世界じゅうで飲まれる菫色《すみれいろ》の時刻にうってつけの名前じゃないか。つかわせてくれるね？」

「まず一杯飲ませてくれたらね」ヴェスパーは約束した。「だって、ご自慢のお酒のようじゃなくって？」

「今度の件がすっかり片づいたらいっしょに飲もう」ボンドはいった。「勝っても負けても。いまのところは……どうかな、夕食のメニューはもう決めたのかい？　頼むから値の張る料理にしてくれ」ヴェスパーのためらいを察し、ボンドはいい添えた。「そうでもしないと、せっかくの美しいドレスが泣くぞ」

「ふたつまでは決めたの」ヴェスパーは笑った。「どっちもすごくおいしそう。でも百万長者気分でふるまうのも、たまにはいいものだし、あなたがそこまでいうのなら……ええ、最初のひと皿はキャビアで、つぎは子牛の腎臓肉《ロニヨン・ド・ヴォー》のプレーンソテーの林檎スフレ《ポム・スフレ》添え。デザートには、クリームをたっぷりかけた野いちご《フレーズ・デ・ボワ》。こんなにも自信たっぷりに高いものを注文するなんて、とんでもない恥知らずじゃない？」いいながら、問いかけるような笑みをボンドにむける。

「いや、褒められて当然のおこないだね。そもそも、素直な料理でまとめた立派な夕食じゃないか」ボンドは給仕長にむきなおった。「トーストをたっぷりもってきてくれ。いつだって面倒なのは――」と、こちらはヴェスパーへの説明だ。「充分な量のキャビアをもってこさせることじゃなく、充分なトーストを店に用意させることなんだよ。さて――」ボンドはふたたびメニューに目をむけた。「こちらのマドモワゼルにつきあって、わたしも最初はキャビアをもらう。そのあとは、ごく小さなトゥルヌドー・ステーキをレアで――ベアルネーズソースで〝アーティチョークの芯《クール・ダルティショー》〟を添えてほしい。マドモワゼルが野いちごを楽しむあいだ、こっちは半分に切ったアボカドにフレンチドレッシングを少しだけかけたデザートをもらう。どうかな？」

給仕長はお辞儀をした。

「ご挨拶させてください、マドモワゼルとムシュー。ムシュー・ジョルジュです」そういうと給仕長はソムリエにむきなおり、念のためふたりの注文を復唱した。

「完璧《パルフエ》ですな」ソムリエはいいながら、革表紙のワインリストをさしだした。

「きみさえよければ」ボンドはヴェスパーにいった。「今夜はきみとシャンパンを飲みたいね。華やかな雰囲気の酒だし、いまはシャンパンにぴったりの場面だからね——というか、そう願いたいが」

「ええ、わたしもシャンパンが飲みたいわ」ヴェスパーがいった。

ボンドはリストのページに指を置いてソムリエに顔をむけた。「四五年もののテタンジェは？」

「すばらしいシャンパンですね、ムシュー」ソムリエはいった。「しかし、差しでがましくて恐縮ですが——」と、リストを鉛筆で指し示す。「——おなじメゾンであれば、一九四三年のブラン・ド・ブラン・ブリュットがならぶものなきシャンパンではないかと存じます」

ボンドは微笑み、「では、それをもらおう」といってから、ヴェスパーに説明した。「あまり知られていない銘柄だけど、おそらく世界最高峰のシャンパンじゃないかな」

そういってから、自分の言葉にちょっとした気取りの響きをききつけて、ふいににやりと笑う。

「大目に見てもらわなくては」ボンドはいった。「わたしは自分が食べたり飲んだりするものに馬鹿馬鹿しいほどの喜びを感じるんだ。ひとつには独身だからだろう。でも、いちばん大きな理由は、もとからこまかいことに凝《こ》りがちな性格だったからだね。ある意味ではせせこましくて、口うるさいオールドミスみたいだが、仕事にかかっている最中はおおむね食事をひとりですませるわけで、だったら手間ひまかけたほうが食事がおもしろくなるじゃないか」

ヴェスパーはボンドに笑みを投げた。

「わたしも好きよ。わたしが好きなのは、なんでもすっかりやり遂げ、やるからには得られるかぎりのものを、そこから得ること。それが生きるということだと思うの。でも、いざこうやって口に出してみると、なんだか女学生がしゃべることみたい」ヴェスパーは弁解するようにいい添えた。

ウォッカを入れた小さなデカンタが、クラッシュドアイスの詰まったボウルに入れられて運ばれてきた。ボンドはふたりのグラスに酒をそそいだ。

「ともあれ、きみの意見には賛成だよ」ボンドはいった。「さあ、では今夜の幸運を祈って乾杯しよう、ヴェスパー」

「ええ」ヴェスパーは低い声で答えると、自分の小さなグラスをかかげて、風変わりなほど率直な目つきでまっすぐボンドの瞳を見つめた。「今夜、なにもかもうまくいきますように」

そんなふうに話すヴェスパーが、ボンドにはいまにも無意識のうちに肩をそびやかしそうに思えたが、ヴェスパーは衝動に駆られたかのように身を乗りだした。

「マティスからあなたにきかせてほしいという新しい話をあずかってきたわ。できれば自分で話したいといってた。例の爆弾にからんだ話。それはそれは突拍子もない話よ」

9　ゲームはバカラ

　ボンドはまわりに目を走らせた。しかし盗みぎきの心配はなかったし、キャビアは厨房でトーストが熱く焼きあがるのを待っているところだろう。

「きかせてもらおう」ボンドの目は興味の光に輝いていた。

「警察は、パリへむかう途中だった三人めのブルガリア人をつかまえたの。ブルガリア人はシトロエンを走らせ、途中でカモフラージュのためにふたりのイギリス人のヒッチハイカーを同乗させてた。でも検問所で男のフランス語のあまりのお粗末さに、係員が身分を証明する書類を要求したの——男は書類の代わりに銃をとりだして、バイクを走らせていたパトロール警官を撃った。でも、別の警官が男をつかまえたわ。くわしいいきさつはわからないけれど、警官は男の自殺を阻止したそうよ。そのあと男をルーアンに連行して、供述を引きだした——いつものフランス流儀の尋問だったらよかったのに。

　あの三人は、この手の仕事——破壊工作や暗殺といったたぐいの仕事——のために、敵がフランス国内に確保しているグループの一部だったようね。マティスの友人たちは、グループの残りを一網打尽にしようと動いてる。連中はあなたを殺す報酬に二百万フランを受けとることになっていて、三人に情報を提供した仲介者は、指示どおりに仕事をこなせば決してつかまらない、と話していたんですって」

ヴェスパーはここでウォッカをひと口飲んで、話をつづけた。

「おもしろいのはここから。

仲介者は、あなたが目にとめたカメラケースを三人にわたして、鮮やかな色のほうが彼らの仕事がたやすくなると話したんですって。そして青いケースにはすこぶる強力な発煙弾がはいっていて、赤いケースには爆弾がはいっている、と説明した。ひとりが赤いケースの爆弾を投げ、もうひとりが青いケースのスイッチを押せば、煙に身を隠してその場から逃げられる、とね。でも本当は発煙弾なんか最初からなくて、ブルガリア人たちに脱出できると思わせるためのまったくの嘘だった。どちらのケースにも高性能爆弾が仕込んであったの。青いケースと赤いケースは、まったくおなじものだったわけ。つまりあなたを殺害するだけではなく、爆弾を投げたふたりの実行犯をも跡形もなく吹き飛ばすのが目的だった。三人めの男を始末するための計画も別途用意されていたと見て、まちがいなさそう」

「それで?」ボンドはいった。内心では、仲間と見せかけて相手を裏切る巧みな策に感歎《かんたん》していた。

「ブルガリア人たちには、これがすぐれた計画に思えたらしい。でも、一方では抜け目なく、さらなる安全策をとることにした。まず発煙弾を起爆させ、煙に身を隠してあなたに爆弾を投げつけたほうが上策だと考えたわけ。あなたが見たのは、爆弾を投げる男の助手役が発煙弾入りだと思いこまされていたケースのレバーを押しているところだった。その結果、ふたりまとめて爆弾で吹き飛ばされたわけ。

三人めのブルガリア人は、ホテル・スプランディードの裏でふたりの友人を迎えるために待機してた。この男はどんな顚末《てんまつ》になったかを見て、実行犯ふたりがしくじったと思いこんだ。でも警察は不発におわった赤いケースの爆弾の破片をあつめて、それを三人めに突きつけた。それを見て男は自分たち三人が最初から騙されていたことや、そもそもふたりの実行犯はあなたといっしょに始末される段取りだったとわかって、白状しはじめた。たぶん、自白はまだつづいていると思う。でも、この一件のどこをどうさがしても、ル・シッフルにまで手繰《たぐ》れる手がかりはひとつもない。ブルガリア人たちにこの仕事を依頼したのは仲介者で、ル・シッフルの用心棒のひとりじゃないかしら。でも、生き残った三人めは、ル・シッフルの名前には心あたりがまったくないに決まってる」

ヴェスパーが話しおわったところに、ウェイターたちがキャビアと山のように積みあげた焼きたてのトースト、玉葱《たまねぎ》のみじん切り、それにこまかく擂《す》りつぶした固茹で卵の白身と黄身を別々に盛った皿などを運んできた。

キャビアは銘々の皿にたっぷりと盛りつけられ、ボンドとヴェスパーはしばしものもいわずに食べた。

ややあってボンドはいった。「殺人者が殺すはずの相手を殺せず、自分のほうが死体になったとは願ったりかなったりだ。ハムレットの科白《せりふ》じゃないが、〝自分の仕かけた地雷に引っかかって打ちあげられ〟たわけだ。きょう一日の成果にはマティスもさぞやご満悦だろうよ——二十四時間で、合計五人の敵勢力を無力化できたんだからな」

そういってからボンドは、例のムンツ夫妻にまつわる話をヴェスパーにきかせた。

「ところで」ボンドは質問した。「きみはどういういきさつで本件にかかわってきた？　所属はどこなんだ？」

「わたしはS課の課長づきの私設助手」ヴェスパーはいった。「そもそも今回の計画は課長が立案したものなので、作戦実行にあたっては自分の課からもスタッフを出したいと思い、わたしを派遣してもいいかとMにおうかがいを立てた。単純な連絡係の仕事だけに思えたので、Mも許可を出した——それでもMは課長に、いっしょに仕事をしろと女を押しつけられたら、あなたが怒り狂うに決まっていると話したみたい」ヴェスパーはいったん言葉を切ったが、ボンドがなにもいわないと先をつづけた。「まずパリでマティスと落ちあってから、こっちに来ることになった。パリのディオールのブティックに知りあいの女《ヴ》性販売員《アンドゥーズ》がいて、いま着ているこのドレスやきょうの昼間に着ていた服をわたしのために借りだしてくれたの。借りられなかったら、ここにいるような人たちと肩をならべるのは無理だったはずよ」

いいながらヴェスパーは、レストランにいるほかの客を手で示した。

「うちの課の人たちは、この仕事のことをなにも知らないくせに、わたしをずいぶん妬《ねた》んでいたみたい。あの人たちが知っていたのは、わたしがダブル0《オー》のコードをもっている人と仕事をするということだけ。もちろんダブル0《オー》の人たちは、わたしたちにとっては英雄だもの。だからこの話にわたしも有頂天になったわ」

ボンドは眉《まゆ》を寄せ、「人殺しに手を染める覚悟さえできれば、ダブル0《オー》の資格コードを得るのはむずかしいことじゃない」といった。「このコードにはそれくらいの意味しかないんだ。とりたてて自慢できることはひとつもない。わたしがダブル0《オー》のコードを得たのは、ニューヨークで日本人の暗号解読の専門家を死体にし、ストックホルムでノルウェー人の二重スパイを始末したからだ。ふたりとも、ごく普通のまっとうな人物だったのかもしれない。ふたりとも、たとえるなら反逆罪でチトーに始末されたユーゴスラビア人みたいに、世界を吹き荒れる強風につかまってしまっただけさ。まごつかされることが多い仕事だが、職業として選んだからには、いわれたことをやるだけだ。で、擂りつぶした卵といっしょに食べるキャビアの味は気にいったかい？」

「ええ、すばらしいとりあわせね」ヴェスパーはいった。「この食事を心から楽しんでるの。でも、なんだか気がとがめる――」そういいかけたところで、ボンドの目に浮かんだ冷ややかな光に気圧《けお》されて口をつぐむ。

「仕事がなかったら、わたしときみがここにいることもなかったはずだ」ボンドはいった。いきなり、ふたりきりで夕食をとりながら話をしているという親密な雰囲気を悔やむ気持ちがこみあげてきた。自分が話しすぎたと感じられたし、仕事上だけの関係がややこしいものに変わってしまったかのようにも感じられた。

「では、これからやるべき仕事について考えようか」ボンドは実務一辺倒の口調でいった。

「わたしがなにをやろうとしていて、きみにはどういう手伝いができるかを説明したほうがよさそうだ。いや、手伝いといってもたいしたことじゃない」と、そういい添える。

「まずは基本的な事実から話そう」

そういってボンドは計画の基本的なあらましを説明したのち、この先自分たちが直面するかもしれないさまざまな展開のシナリオを数えあげていった。

給仕長の指示のもと、ふた皿めの料理が運ばれてきた。ふたりで極上の味を楽しみながら、ボンドは話をつづけた。

ヴェスパーは冷静に、しかし真剣におとなしく話にききいっていた。ボンドの棘々《とげとげ》しい態度にすっかり気分が萎《な》えていたが、一方ではS課の課長の警告をもっと心に留めておくのだったと自分で認めている部分もある。

「なにせ仕事一途の男だよ」課長はヴェスパーに任務を与えるさいに、そういった。「まちがっても遊び半分の楽しい仕事になると思うな。ボンドは目先の仕事以外なにも考えなくなるし、いざ任務にとりかかれば下で働く者の苦労が絶えない男になる。しかし一流の腕ききであることは事実だし、そういう者はめったにいない。だから時間を無駄にするな。たしかにハンサムな男だが、惚れるのは禁物だ。あまり情のある男だとは思えない。ともかく幸運を祈る——くれぐれも怪我には気をつけろ」

これまではヴェスパーにとって一種の挑戦のようなものだったし、ボンドが自分に引き寄せられて関心をもったと感じられたときには喜びを感じた——そんなふうに感じたら自分が喜ぶことも、ヴェスパーはあらかじめ本能的に察していた。ついでふたりがいっしょに楽しめるはずだという最初の兆《きざ》しが見え、普通の人間同士の会話の糸口がほんの数語ばかり出たところで、ボンドはいきなり氷のように冷たくなり、人のぬくもりが自分には毒だといわんばかりに荒っぽく方向を転じて離れていった。ヴェスパーは傷つき、馬鹿になった気分だった。ついでヴェスパーは心のなかで肩をすくめ、ボンドの語る言葉に全神経を集中させた。おなじ過ちは二度とくりかえすまい。

「……なにをおいても大事なのは、運がわたしにむくように……あるいは敵に不利に働くようにと祈ることだな」

そうボンドが話しているのは、バカラというゲームのやり方だった。

「バカラといっても、ほかのギャンブルと変わるところはない。胴元《バンカー》と客《プレイヤー》の勝ち目はほぼ五分五分。勝敗を決める要素は、ゲームの趨勢《すうせい》がどちらに有利でどちらに不利かということだけだ――胴元が金を全部とられるか、客たちが金を残らずとられるか。

すでにわかっているとおり、今夜ル・シッフルはここの高額テーブルを動かしているエジプト人のシンジケートからバカラの胴元としての権利を買いとっている。そのために支払った金は百万フランなので、あの男の手もち資金は二千四百万フランに減っている。わたしの資金もほぼ同額だ。客は十人になるだろう。わたしたち客は胴元を囲むようにして、腎臓形のテーブルのまわりに席をとる。

通常はこのテーブルがふたつの場にわけられる。胴元はふたつのゲームを同時にこなす――テーブルの左と右、それぞれの〝場〟を相手にする。このゲームでは胴元が左右のグループを張りあわせると同時に、一級の会計士としての腕を発揮することができれば勝利を手にできる。しかしいまロワイヤルには充分な人数のバカラ・プレイヤーがいないので、ル・シッフルはほかの客たちをひとつの〝場〟としたまま勝負に出ようとするだろうな。普通のバカラでは胴元の勝ち目はそれほどよくないが、こうすれば親の勝ち目が若干増えるし、もちろん胴元なら賭け額を決められるからだ。

胴元はテーブルの中央の席にすわり、カードをあつめたりしてゲーム進行を補佐するクルピエがその横で毎回の賭け額を発表し、テーブル主任がゲーム全体の審判役をつとめる。

わたしはできるかぎり、ル・シッフルの真正面に近い席をとるつもりだよ。ル・シッフルの前には、あらかじめよく切った六組のカードをおさめたカードシューが置かれる。カードシューに細工できる隙はまったくない。まずクルピエがカードをシャッフルし、そのあと客のひとりがさらにシャッフルしたのち、テーブルの全員が見まもっている前でカードシューにおさめられるからだ。わたしたちの手の者がスタッフ全員を調べたが、問題の見つかった者はひとりもいない。すべてのカードに印をつけてあれば便利だが、そんなことはほぼ不可能だし、最低でもクルピエを抱きこんで仲間にしなくては無理だ。いずれにせよ、そのあたりにも目を光らせている必要があるだろうな」

ボンドはここでシャンパンを飲んで、話をつづけた。

「さて、じっさいのゲームはこんな感じになる。まず胴元が最初の賭け額を五十万フランと宣言する——いまの相場でイギリスの金にすれば五百ポンドというところか。客の席には胴元の右側から順番に数字がつけられている。胴元の隣の客——すなわちナンバー1——は賭けに応じて賭け金をテーブルに出してもいいし、出せない金額だとか賭けに応じたくないとかいう理由でパスもできる。その場合には、次のナンバー2が賭けに応じる権利を得る。ナンバー2もパスすれば、次はナンバー3の番……という具合にテーブルを順ぐりにまわる。ひとりで賭けに全額応じる者が出なかったら、次はテーブル全体でひとりの客として賭けに応じるかを問われる——その場合には客全員ばかりか、まわりの見物客までもが、総額五十万フランになるまでチップやプラークをテーブルに出す。

この程度の少額の賭けであれば応じる相手もすぐに出てくるが、百万や二百万になると、ひとりで応じようとする者はおろか、胴元がつきに恵まれていなくても、複数で等分に負担して賭けに応じようという者さえなかなか出てこない。そういった局面になったら、わたしはすかさず介入して賭けに応じてやる――いや、そればかりか機会をつかまえてはル・シッフルの胴元としての資金に攻撃を仕掛け、やつの資金がすっからかんになるか、こっちが資金をすっかり巻きあげられるまでつづけてやる。時間はかかるかもしれないが、最終的にはわたしとル・シッフルのどちらかが相手を破産させることになる。それこそまわりにいるほかの客には目もくれず――いうまでもなく、そのあいだにほかの客がル・シッフルを儲けさせることも貧しくさせることもありうるが。

ル・シッフルは胴元だから、ゲームでは若干有利だ。しかし、わたしがあの男に断固として挑もうとしていることは知りつつ、そんなわたしの資金がどの程度なのかを――望むらくは――知らないということが、あの男の神経にいささか影響をおよぼすだろう。だから、ほぼ公平な立場でゲームをはじめられるわけだ」

デザートの野いちごとアボカドが運ばれてきたので、ボンドは口をつぐんだ。

ふたりはしばらく黙ったまま食べ、コーヒーが出されると仕事と関係のない話をした。ふたりはタバコを吸った。ブランディやリキュールなどの食後酒はどちらも口にしない。

やがてボンドは、ゲームの実地の進め方を説明するときがきたと思った。

「単純なゲームだよ。〝21《ヴァンテアン》〟、またの名ブラックジャックの経験があれば、すぐにわかるはずだ。あのゲームでは胴元からカードを受けとり、カードの数字の合計が胴元よりも21に近いかどうかを競う。一方バカラでは、わたしも胴元もカードを二枚ずつ受けとる。どちらもそのままでは勝てないとなったら、あと一枚カードを受けとれる。ゲームの目的は手にした二枚、ないし三枚のカードの合計を9点か、少しでも9点に近づけることにある。絵札と10のカードは0点、エースは1点、それ以外のカードはその数字がそのまま点数だ。意味があるのは合計した数の下ひと桁の数字だけ。手もとに9と7のカードがあれば合計は16だが、点数は6になる。

そして点数が9に近いほうが勝ち。同点なら引き分けで、最初からやりなおしだ」

ヴェスパーは真剣に話をきいていたが、同時にボンドの顔に不可解な情熱がのぞいていることも目にとめていた。

「それで――」ボンドはつづけた。「――わたしが胴元から受け取った二枚のカードの点数が8か9なら〝ナチュラル〟といい、その場でカードをひらいて、わたしが勝つ――ただし胴元のカードが同点か、もっといいナチュラルだったら別だ。わたしのカードがナチュラルでなくても、7か6ならそのままにするか、追加のカードを請求するか迷うところだし、点数が5以下なら確実に追加の一枚を請求する。点数でいえば、5がゲームの転換点だ。確率でいうなら、手もとの点数が5でカードを追加した場合、点数があがるか下がるかは五分五分だ。

胴元が自分のカードを見られるのは、こちらが追加のカードを請求するか、手もとの二枚でいいという合図で自分のカードを軽く叩いた場合だけだ。胴元のカードがナチュラルなら、そこでカードをひらいて勝ちになる。それ以外の場合、胴元もわたしとおなじ問題に直面する。ただし胴元は三枚めのカードをとるかとらないかを決めるにあたり、わたしの出方を参考にできる。わたしが追加のカードを受けとらなければ、胴元はわたしの点数が5か6か7だと推察できる。わたしが追加のカードを受けとれば、胴元にはわたしの点数が5以下で、胴元から受けとるカードによってはわたしの点数があがるかもしれず、下がるかもしれないとわかるわけだ。しかも、三枚めのカードは伏せずにわたしに配られる。胴元は三枚めのカードの数字と確率の知識に照らしあわせて、自分が追加のカードを受けとるか、そのまま勝負するかを決めることになる。

つまり、胴元のほうがわたしよりもわずかに有利だ。カードをもう一枚受けるか、そのままとどまるかを決めるにあたって、多少の指針を得られるからね。しかし、このゲームには必ず問題になるカードが一枚だけある——あと一枚カードを取るか5のままで行くか、そして相手が5だったらどう出るか?　こういった場合に決まってあと一枚カードを受けとるプレイヤーもいれば、受けとらないプレイヤーもいる。わたしはその場の直観に従うよ。

しかし、つまるところ――」ボンドは吸っていたタバコを揉《も》み消して勘定を頼んだ。

「大事なのは8か9でのナチュラルだし、こっちは相手よりもナチュラルを多く引くようにしなくちゃならないんだ」

10　高額テーブル

バカラについて説明しているあいだ、迫りくる戦いへの高まる期待でボンドの顔は明るさをとりもどした。とりあえずはル・シッフルと正面から勝負できるという見通しがボンドを刺戟し、脈搏《みゃくはく》を速めさせた。そんなボンドは先ほどの短時間のよそよそしさをすっかり忘れているようで、ヴェスパーは安堵しながら調子をあわせようとした。

ボンドはレストランの勘定をすませ、ソムリエに気前よくチップをはずんだ。席を立ったヴェスパーが先にレストランをあとにし、ふたりでホテル正面の階段を降りていった。

大型のベントレーは正面にまわしてあった。ボンドはヴェスパーを乗せて車を走らせ、できるかぎりカジノの玄関に寄せて車をとめた。ふたりで凝《こ》った飾りつけの控えの間を抜けていくあいだ、ボンドはほとんど口をひらかなかった。ヴェスパーがちらりと見ると、ボンドはかすかに鼻孔をふくらませていた。それをのぞけば完璧に落ち着きはらった態度で、カジノのスタッフたちの挨拶に明るく受けこたえをしていた。特別室《サル・プリヴェ》の入口では、会員カードの提示は求められなかった。高額な賭け金で遊んでいるボンドはすでにカジノの優良顧客であり、そんなボンドの同伴者は、だれでもおなじ名誉の扱いを受けられるのだ。

メインルームの奥まで行かないうちに、フェリックス・ライターがルーレット・テーブルのひとつから離れ、旧友のようにボンドを歓迎した。ヴェスパー・リンドに紹介され、ふたことみこと言葉を交わしてから、ライターはボンドにいった。

「さて、今夜きみはバカラをプレイするわけだから、わたしからミス・リンドにルーレットで胴元を破産させる方法を実地に教えてもかまわないか？　わたしなりの幸運の数字が三つあって、もうじき霊験を発揮するはずでね。ミス・リンドにもその手の幸運の数字があるだろう。そっちがすんだら、きみのバカラのゲームが盛りあがっているのを見物してもいい」

ボンドは意向をたずねるまなざしをヴェスパーへむけた。

「とっても楽しそう」ヴェスパーはいった。「でも、それならあなたがギャンブルでつかう幸運の数字をひとつ教えてもらえる？」

「わたしには幸運の数字はない」ボンドはにこりともせずにいった。「わたしが賭けるのは勝ち目が五分五分か、できるかぎり勝ち目に近いものだけだ。では、きみはここへ残していこう」そういってボンドはその場を離れた。「ヴェスパー、わが友人のフェリックス・ライターの有能な手に守られていれば安心だよ」

そういうとボンドはふたりを包むような笑みをちらりとむけたきり、急がずに両替窓口《ケッス》にむかった。

ライターは肘鉄をくらった気分だった。

「あの男はギャンブルには真剣でね、ミス・リンド」ライターはいった。「それにはそれなりの理由があるんだろう。さあ、わたしにつきあってくれたら、十七番がわが超能力に従うところをお見せしよう。なにもしないのに大金が降ってくるのも、なかなか楽しい経験だとわかるぞ」

一方のボンドはといえば、こうしてまたひとりになり、目の前の仕事以外のすべてを頭から振り払えたことを喜ばしく思っていた。両替窓口の前に立って、きょうの午後にわたされた預かり証と引き換えに自分の二千四百万フランをうけとる。札束をふたつにわけて、半分を上着の右ポケットに、残り半分を左ポケットにおさめる。それから部屋を悠然と歩き、人だかりのテーブルのあいだを抜けて部屋のいちばん奥に行くと、真鍮《しんちゅう》の手すりの先で大きなバカラ・テーブルがボンドを待っていた。

テーブルを囲む席が埋まりつつあるところだった。テーブルには裏返しになったカードが広げられ、〝クルピエズ・シャッフル〟という独特の手さばきでゆっくりとかきまぜられていた。おそらくもっとも効果的であり、いかさまの疑いを招くことがいちばん少ないカードの切り方なのだろう。

テーブル主任が、テーブルを囲む真鍮の手すりの出入口にかけてあるビロードで包まれたチェーンをもちあげてこういった。

「お望みどおり、六番のお席をご用意いたしております、ムシュー・ボンド」

このときにもまだテーブルには三つの空席が残っていた。ボンドが手すりの内側へはいっていくと、ボーイが椅子を引いて待っていた。ボンドは左右のプレイヤーに会釈をして、椅子に腰をおろした。ついで幅の広いガンメタル製のタバコケースと黒いライターをとりだして、右肘の位置の緑のベーズ地の上に置く。すかさずボーイがぶあついガラスの灰皿を布でさっと拭いて、タバコとライターのそばに置く。ボンドはタバコに火をつけ、椅子の背に体をあずけた。


真正面の胴元の席にはだれもすわっていなかった。ボンドはテーブルにそって視線をさっとめぐらせた。大半のプレイヤーの顔には見覚えがあったが、名前まで知っている相手はほとんどいない。右側の七番の椅子にすわっているのはムシュー・シスト——コンゴの金属鉱山の株主だというベルギーの金持ちだ。九番にはダンヴァーズ卿——気品はあるが弱々しい顔だちの男で、資金になっているフランはおそらくアメリカ人の裕福な妻が融通しているのだろう。その妻というのが狂暴な魚のバラクーダめいた肉食性の口をもつ中年女で、三番の椅子にすわっている。ふたりはしかつめらしい顔で神経質に遊んだのち、早いうちに負かされるグループにはいりそうだ、とボンドは見立てた。胴元の右隣の一番の席には有名なギリシア人ギャンブラーがすわっている。ボンドの見聞きした範囲では東地中海地方の人ならだれもが知っているらしい、多大な利益をあげている海運会社のオーナーだという。このギリシア人なら冷静で巧みなゲーム運びで、ずっとあとまで生き残るだろう。

ボンドはボーイから白紙のカードを一枚もらって、整ったクエスチョンマークを書き、その下にまだ客の名前がわからない席の番号を——2、4、5、8、10——書きこんだ。それからボーイに、このカードをテーブル主任にわたしてほしいと頼む。カードはすぐに名前を書きこまれて、手もとにもどってきた。

このときも空席のままの二番の椅子は、アメリカ人の映画女優、カーメル・ディレインの席だった。三人いる元夫から受け取る離婚扶養料を好きにつかえる身分であり、だれかは知らないが、いまロワイヤルに連れてきている相手からも同様の金を巻きあげられると踏んでいるのだろう。もとより楽観的な性格のカーメルのことだから、堂々と華々しくプレイすることで、幸運の鉱脈を当てるかもしれない。

次の三番は先に述べたダンヴァーズ卿の細君で、四番と五番がデュポン夫妻だった。いかにも金もちめいた身なりをしているが、背後に本物のデュポン財閥の金が多少あるのかもしれないし、ないのかもしれない。ボンドは夫妻があとあとまで残ると予想した。ふたりともいたってビジネスライクな顔つきだし、大金のかかったギャンブルの場でも心からくつろいでいるというように、楽しげで気楽なおしゃべりに興じている。ボンドはこの夫婦が自分の隣席でよかったと思い——五番にミセス・デュポンがすわっている——胴元が提示する賭け金が大きすぎたら、デュポン夫妻なり右隣のムシュー・シストなりと組んで応じる手もある、と考えていた。

八番の席はインドのある小さな州のマハーラージャで、戦時中に儲けたポンド残高のありったけを注ぎこんで遊んでいるらしい。ボンドはこれまでの経験から、アジア人には勇猛果敢なギャンブラーがほとんどいないと知っていた。大言壮語する中国人でさえ、雲行きが怪しくなると度をうしないがちだ。しかしこのマハーラージャはゲームの席に長く残りそうだし、じわじわと負けがこんでいくだけなら、かなりの損が出ても耐えるだろう。

十番の席にすわっているのは、いかにも羽振りがよさそうな若いイタリア人のシニョール・トメッリ。ミラノの不動産から法外な地代を吸いあげているらしく、このぶんだと無茶で馬鹿げたゲームをしそうだ。癇癪《かんしゃく》を起こして醜態をさらしてもおかしくない。

ボンドが個々のプレイヤーの簡単な値踏みをおえたそのとき、ル・シッフルが巨大魚を思わせる静かで無駄のない身ごなしで真鍮の手すりにある出入口から姿をあらわし、テーブルにいた一同に冷ややかな歓迎の笑みをむけ、ボンドの席の真正面にある胴元の椅子に腰をおろした。

力を抜いている肉づきのいい両手のきっちり真ん中にクルピエが分厚いカードの束を置

くと、ル・シッフルはやはり無駄のない動きでカードを切りはじめた。つづいてクルピエが六組のカードをすばやく正確な手さばきで金属と木でつくられたカードシューにおさめ、ル・シッフルがクルピエになにやら静かに話しかけた。

「紳士淑女のみなさん、これよりゲームを開始します。賭け額は五十万フラン」一番の席にすわるギリシア人が、何枚も積み重ねた十万フランのプラークの山を前にしてテーブルをこつこつ叩くと、クルピエはいった。「賭け額が定まりました」

ル・シッフルはカードシューにむけて身を乗りだした。つづいて慎重な手つきで一回だけ箱を叩いて中身のカードをととのえる。カードシューの斜めになった取出口のフラップに押さえられた最初のカードは、裏のピンクの模様を半円形にのぞかせている——まるでピンクの舌だ。ル・シッフルは太く白い人さし指でピンクの舌めいた箇所を押して最初のカードを引きだし、右隣のギリシア人のほうへ二、三十センチばかり押しやった。つぎに自分あてにカードを引きだし、ギリシア人にもう一枚、さらに自分のためにあと一枚を抜きとった。

ル・シッフルは自分のカードに触れず、身じろぎもしないですわっていた。

それからおもむろにギリシア人の顔に目をむける。

クルピエは煉瓦職人の長い鏝《こて》に似た、先端にひらたい木の板がついたレイクという用具で、ギリシア人の二枚のカードを器用にすくいあげると、すばやい動きでさらに十数センチ右のギリシア人の両手のすぐ前へ落とした――色が白くて毛深いギリシア人の両手は、テーブルの上でじっと動かず、用心深いピンクの蟹《かに》のように見えた。

二匹の蟹が足なみをそろえて動きはじめる。ギリシア人は二枚のカードを大きな左手のなかにまとめてから慎重に首をかしげ、手のひらの影のなかにあるカードに目を落とし、二枚のうち下のカードの数字を読みとった。それから右手の人さし指を左手の陰に滑りこませて下のカードをわずかに横へずらし、上のカードの数字だけを読みとれるようにする。

ギリシア人はまったくの無表情だった。左手をテーブルの上でひらたくしてから、その手を引っこめる――伏せた二枚のカードはテーブルに残したまま、その秘密も明かされないままだ。

それからギリシア人はおもむろに顔をあげ、ル・シッフルの目を見つめた。

「これでいい」ギリシア人は平板な声でいった。

最初の二枚のカードのままで追加を請求しないという決定からは、ギリシア人の点数が5か6か7だということは明らかだ。確実に勝ちたければ、胴元は8か9を出さなくてはならない。胴元の手もとの点数がどちらにも及ばなければ、もう一枚カードを受ける権利があるが、その一枚で点数は増すかもしれず、逆に減るかもしれない。

ル・シッフルは前で両手を組み合わせている。この男の二枚のカードは手から十センチほど離れたところにある。ル・シッフルは右手で二枚のカードをとりあげると、わずかに手首のスナップを効かせて裏返し、テーブルに置いた。

4のカードと5のカード。最強のナチュラルの9だ。

ル・シッフルの勝ちだった。

「胴元は9《ヌーフ・ア・ラ・バンク》」クルピエが静かにフランス語でいい、レイクでギリシア人の二枚のカードを裏返す。「こちらは7」

クルピエは無感情な声でいうと、7とクイーンのカードという死体をそっとテーブルからレイクでもちあげ、テーブルの自分の近くにある幅の広いスロットに二枚を落とした。スロットの先にあるのは、用ずみのカードがあつめられる金属容器だ。ル・シッフルの二枚のカードも落ちていき、かすかな金属音を伝えてきた。ゲームがはじまったばかりの段階では、地下牢の金属の床に捨てられたカードの死骸のクッションがまだできていないため、こうした金属音がきこえる。

ギリシア人は十万フランの五枚のプラークを前に押しだした。クルピエはその五枚を、テーブルの中央に置いてあるル・シッフルの五十万フランのプラークに追加した。カジノは賭け《ベット》のたびに少額の歩合——いわゆる場代《カニョット》——を徴収する。しかし高額の金が動くゲームでは、支払い方法は胴元に一任される。胴元は賭け額を切りのいい数字にするために、あらかじめ定められた金額でまとめて場代を支払うか、あるいはゲーム一回ごとに支払うかを決める。ル・シッフルはすでに後者の方法をとると決めていた。

クルピエは数枚のチップを滑らせて、テーブルにある場代用のスロットに落としこむと、静かに宣言した。

「賭け額は百万フランです」

「つづける」ギリシア人が小声でいった——賭けに負けた場合、つづけて賭けられる権利を行使するという意味だ。

ボンドはタバコに火をつけ、椅子のなかでくつろぐ姿勢をとった。これから長丁場になるゲームが幕をあけた。これから——ゲームがすべておわってプレイヤーがひとり残らずいなくなるまで——いまのような身ぶり手ぶりや押し殺した祈りのような言葉のやりとりが、うんざりするほどくりかえされるのだろう。すべてがおわれば謎めかされていたカードは焼かれるか廃棄されるかされ、テーブルには屍衣《しい》がかけられ、草色のベーズ地の戦場は犠牲者たちの生血をたっぷりと吸いこんで再生する。

ギリシア人は三枚めのカードを受けたが、点数はようやく4に届いただけで、胴元の7には届かなかった。

「賭け額は二百万フラン」クルピエがいった。

ボンドの左にすわるプレイヤーたちは全員黙りこくっていた。

「バンコ」ボンドは単独で胴元と同額を賭けることを宣言した。

11 真実の瞬間

ボンドを見つめるル・シッフルの目には、一片の好奇心すら浮かんでいなかった。瞳の周囲の白目がすっかり見えているので、どことなく無感情で人形めいた雰囲気がつきまとう目だった。

ル・シッフルは肉づきのいい手の片方をゆっくりとテーブルからもちあげて、ディナージャケットの内ポケットに滑りこませた。外に出てきた手には、小さな金属の円筒が握られていた。ル・シッフルは円筒の端のキャップをまわして外した。それから円筒の先端を――下品なほどもったいぶった手つきで――左右の黒い鼻孔に二回ずつ押しこみ、ベンゼドリンの霧をたっぷり吸いこんだ。

それからル・シッフルはゆったりと吸入器をポケットにおさめ、手をすばやくテーブルとおなじ高さにまでおろし、いつもどおりカードシューを一度だけ強く叩いた。

この不愉快なパントマイムのあいだ、ボンドは胴元の視線を冷静に受けとめ、赤茶色の髪がつくる短く急峻な崖をいただく幅広の白い顔や、にこりともしない濡れた赤い唇、目をみはるほど幅のある肩や、肩をゆったり包みこむ極上の仕立てのディナージャケットをとっくりながめた。

目立つサテンのショールカラーさえなければ、緑の草原からいきなり起きあがったミノタウロスの、黒い剛毛に包まれた筋骨逞《たくま》しい上半身とむきあっていると思いこんでもおかしくなかった。

ボンドは金額を数えもせずに、札束をテーブルに置いた。ボンドがこの賭けに負ければ、クルピエが賭け金の分を札束から抜きだすだろう。しかしこの無頓着なしぐさは、ボンドはそもそも負ける事態を想定していないし、この札束はボンドが自由につかえる豊富な資金の存在をうかがわせる見せ金だ、と語っているのだ。

ほかのプレイヤーたちは、ふたりのギャンブラー間の緊張を感じとっていた。ル・シッフルがカードシューから四枚のカードをとりだすあいだ、あたりは静まりかえっていた。

クルピエはレイクの先端をつかって、ボンドの二枚のカードをテーブルの反対から押して滑らせた。ボンドはあいかわらずル・シッフルの視線を受けとめたまま、右手を十センチ強動かし、きわめてすばやく目を下へむけただけで、またすぐに感情をのぞかせない視線をル・シッフルへもどした。ついでボンドは人を小馬鹿にしたような手つきで二枚のカードを裏返してテーブルに投げた。

カードは4と5――すなわち最強の9だった。

テーブルのまわりから羨望の小さなあえぎ声があがった。ボンドの左にすわっているプレイヤーたちは二百万フランの賭けに応じなかったことを悔やむ視線を交わしあっていた。ル・シッフルはかすかに肩をそびやかし、自分の二枚のカードをゆっくりと裏返して爪で弾き飛ばした。二枚とも点数のつかない絵札だった。

「胴元の負け《ル・バカラ》」クルピエはそう宣言し、プラークの分厚い束をレイクですくってボンドのほうへ滑らせた。

ボンドはプラークの束をつかっていない札束ともども、右のポケットにおさめた。顔にはいかなる表情ものぞいていないが、最初の賭けに勝ったことや、テーブルをはさんだ静かなる意思のぶつかりあいの結果には満足していた。

左隣のアメリカ人女性――ミセス・デュポン――が皮肉っぽい笑みをたたえてボンドに顔をむけた。

「さっき賭けを見送ったのは失敗だったみたいね。直後にあんなカードが配られたのですもの、ちょっと前の自分を蹴り飛ばしたいくらい」

「まだゲームは序の口ですよ」ボンドは応じた。「この次はパスしてよかったと思うような展開になるかもしれませんし」

妻の左隣のミスター・デュポンが身を乗り出して、「毎回毎回、すべてのゲームで結果を見通せるのなら、好きこのんでわれわれがこんなところにいるものかね?」と、悟ったようなことをいった。

「あら、わたしは来るわ」夫人は笑った。「わたしにとっては楽しみだということが、あなたにはわかっていないみたい」

ゲームがさらに先へ進むあいだ、ボンドは顔をめぐらせ、テーブルをとりかこむ真鍮《しんちゅう》の手すりから身を乗りだしている見物人たちに目を走らせた。ル・シッフルのふたりの用心棒はすぐに見分けがついた。ふたりは胴元ル・シッフルの背後で左右を固めている。ふたりとも立派に身なりをととのえてはいるが、あたりに溶けこんでカジノの一部になるにはまだ不足していた。

ふたりのうちル・シッフルの右腕の斜め後方に立っているのは、背が高く、ディナージャケット姿が葬儀の会葬者めいて見える男だった。木彫りのように無表情な顔は灰色だったが、瞳はきらきらと輝いていた。細長い体はどこも落ち着きがなく、手すりにかかっている両手がしじゅう位置を変えていた。ボンドは思った——あの男なら、殺す相手に関心も配慮もむけずにあっさり殺すだけだろうし、殺しにあたっては素手での絞殺を好みそうだ。どことなく『二十日鼠と人間』のレニーを思わせたが、この男の残忍さは生来のものではなくドラッグの影響だろう。おそらくマリファナだ、とボンドは見当をつけた。

もうひとりの男はコルシカ島の商店主のように見えた。短軀で肌はやけに黒く、たっぷりとグリースをつけた髪がたいらな頭を覆っている。どうやら足がわるいらしい。ゴムのグリップがついている短くて太いマラッカステッキが、すぐ横の手すりに立てかけてあった。暴力沙汰を防ぐため、ステッキやそれに類する品のカジノへのもちこみが禁じられていることを知っているボンドは、男が特別な許可を得てステッキをカジノにもちこんでいるのだろう、と思った。たっぷりとよく食べて、栄養がいきわたっているようだ。口をだらしなく半開きにしているので、ひどい乱杭歯《らんぐいば》がのぞいていた。ふさふさした真っ黒の口ひげをたくわえ、手すりにかかっている手の甲にはびっしりと黒い剛毛が生えている。体毛はずんぐりした体のほぼすべてを覆っているのだろう。いざ丸裸になれば――ボンドは思った――さぞやおぞましい姿にちがいない。

それからもゲームは波瀾なく進んだが、どちらかといえば胴元が若干負けていた。三回めの勝負は、シュマンドフェールでもバカラでも〝音速の壁〟と呼ばれる。幸運の追い風があれば最初と二回めの試練を切り抜けるかもしれないが、三回めはおおむね負けを喫するからだ。三回めの勝負で壁にぶつかり、くりかえし地面に叩き落とされる者は多い。いまがちょうどそんな局面だった。胴元も客も勝負に熱くなれずにいた。しかし胴元からは着実に、かつ容赦なく金が洩れだしていて、この二、三時間でル・シッフルの負けは総額一千万フランになっていた。ル・シッフルが過去二日間でどれだけ勝って稼いだのか、ボンドは知らなかった。とりあえずその金額を五百万フランと見当をつけ、さらにル・シッフルの資金が二千万フランを切ったはずだと推測した。

じっさいル・シッフルはこの日の午後じゅう、ずっと負けがこんでいた。この時点で手もとの資金はわずか一千万フランにまで減っていた。

一方ボンドは午前一時の時点で四百万フラン勝ち、活動資金を二千八百万フランにまで増やしていた。

ボンドは自分を戒めつつ、喜びを噛みしめていた。ル・シッフルはひとかけらの感情すら見せていなかった。あいかわらず自動人形《オートマトン》のようにゲームをつづけ、決してしゃべらず、口をひらくのは毎回の勝負のはじまりにあたって、わきにいるクルピエに低い声で指示を与えるときにかぎられていた。

高額テーブルの周囲にひろがる静寂の池の外側では、シュマンドフェールやルーレットや〝赤と黒〟といったギャンブルがおこなわれているほかのテーブルから、ざわめきが絶え間なくあがっていたし、広大な部屋のあちこちからあがるクルピエのよく通るコールや、おりおりに沸き起こる笑い声、昂奮のあえぎ声などが、そのさざめきに割りこんでいた。

さらにその背景では、カジノの隠されたメトロノームが鈍い音でリズムを刻んでいた——ルーレットがまわるたび、カードがめくられるたびにカジノにもたらされる一パーセントの金というささやかな財宝の累計を計算している音だ。心臓があるべき場所にゼロしかないのに脈を搏《う》ちつづける肥えた猫——それがカジノだ。

高額テーブルでゲームの進行パターンががらりと変わったのは、ボンドの腕時計によれば一時十分すぎだった。

一番の座席のギリシア人は、あいかわらずつきに見はなされていた。最初の勝負で五十万フラン負け、二回めの勝負でも負けていた。三回めはパスし、賭け金の二百万はそのままに残された。二番の座席のカーメル・ディレインもパスした。三番のダンヴァーズ夫人も同様。

デュポン夫妻が顔を見あわせた。

「バンコ」ミセス・デュポンが同額を賭け、即座に胴元のナチュラルの8に負けた。

「賭け額は四百万フラン」クルピエがいった。

「バンコ」ボンドは賭ける意思を示し、札束を前へ押しやった。

今回もボンドは視線をル・シッフルに固定していた。受けとった二枚の自分のカードにもおざなりに視線を走らせただけだ。

「これでいい」ボンドはいった。点数は境界線上の5。危なっかしい立場だ。

ル・シッフルに配られたのは絵札のジャックと4。カードシューをもう一度叩く。引きあてたカードは3。

「胴元は7」クルピエがいい、負けたボンドのカードを裏返していい添えた。「こちらは5」

それからクルピエはボンドの金をレイクで引き寄せて四百万フランを抜き、残りをボンドのほうへ押しやった。

「賭け額は八百万フラン」

「つづけよう」ボンドはいった。

今回も負けた——胴元のナチュラルの9に。

二回の勝負でボンドは千二百万フラン負けていた。持ち金すべてをかきあつめても残りは千六百万フラン——次の勝負の賭け額と同額だった。

ふいにボンドは手のひらに汗がにじみだすのを感じた。日光に照らされた雪のように、資金があっという間に溶けていった。ル・シッフルは勝ちつづけているギャンブラーならではの強欲さをにじませた緩慢な動作で、右手でテーブルを叩いて太鼓のような音を出していた。ボンドはテーブルの反対側から、つや消しした黒い玄武岩を思わせる目をのぞきこんだ。その目は皮肉っぽい疑問をたたえ、「おやおや、完膚《かんぷ》なきまでに叩きのめされることをお望みか?」とたずねていた。

「つづけよう」ボンドは静かにいった。

ボンドは右ポケットから紙幣とプラークをつかみだし、さらに左ポケットの札束のすべてをとりだして、ひとまとめに前へ押しだした。その動きには、これが最後の勝負になってもおかしくない気配はみじんもなかった。

口のなかがいきなり、壁紙につかわれるフロックペーパーなみに乾燥してきた。顔をあげると、ステッキをもった用心棒が立っていた場所に、ヴェスパーとフェリックス・ライターのふたりがいるのが目にはいってきた。ライターはごくかすかに心配をのぞかせていたが、ヴェスパーは励ますような笑みをボンドに送ってきた。

つづいて背後の手すりからかすかな物音がきこえ、ボンドは顔をめぐらせた。黒い口ひげの下の口がひらいて、ずらりとならんだ乱杭歯がボンドをうつろに見返してきた。

「ゲーム開始」クルピエがいい、二枚のカードが緑のベーズ地を這うようにボンドのほうへ近づいてきた——その緑のベーズ地もすでになめらかさをうしない、ざらざらと毛羽立って、まだ新しい墓の上に生えた草のような濁《にご》った色に変わり、見ているだけで息がつまりそうだった。

大きなサテンのシェードをつけた照明の光は、最初こそ歓迎の光に見えたが、いまではカードにちらりと目を落とすボンドの手から血色を奪っているだけに思える。ついでボンドはもう一度カードを確かめた。

これよりも弱い手は考えられないほどだ——ハートのキングとエース、それもスペードのエースだ。黒いエースが黒後家蜘蛛《くろごけぐも》のようにボンドを上目づかいでうかがっていた。

「もう一枚」あいかわらず感情をすっかり隠した声で、ボンドはいった。

ル・シッフルが自分の二枚のカードをひらいて見せた。クイーンと黒の5。ル・シッフルはボンドを見つめたまま太い人さし指でカードシューを押して、もう一枚のカードを出した。テーブルのまわりは水を打ったように静まりかえった。クルピエが巧みにレイクでカードをとらえて、ボンドの前に滑らせた。いいカードだった――ハートの5。しかしボンドの目には、読みとりにくい乾いた血の指紋にしか見えなかった。これでボンドは6点で、ル・シッフルは5点。しかし胴元としては手もとに5点あって相手に5点を与えたのなら、やはりもう一枚カードを引き、それが情況を好転できる1か2か3か4のカードであることに賭けるはずだ――それ以外のカードを引けば、胴元が負ける。

勝ち目はボンドにあった。しかし今回はル・シッフルがテーブルの反対側からボンドの目を見すえたまま、ろくにカードを見もせずに裏返してテーブルに投げていた。

無駄に強いカードだった――4。胴元の点数は最強の9。ル・シッフルの勝ちだ――憎らしいほど悠然とした勝ち方だった。

ボンドは打ち負かされ、無一文にさせられた。

12 死の筒

ボンドは敗北に凍りついて、身じろぎもせずすわっていた。大きな黒いケースを手にして、タバコを一本抜きだす。ロンソンのライターの小さなあごをかちりとひらいてタバコに火をつけ、ライターをテーブルへもどす。ついで煙を肺いっぱいに深々と吸いこみ、かすかな息づかいの音とともに歯のあいだから煙を吐きだした。

さて、これからどうする？　マティスとライターとヴェスパーの同情の目を避けて、ホテルとベッドに引き返すか？　ホテルにもどってロンドンに電話をかけ、あしたの飛行機で帰国、タクシーでリージェンツ・パークの建物へ行き、階段をあがって廊下を歩き、デスクをはさんでMの冷ややかな顔とむかいあう。Mはさも同情しているような顔をつくり、〝この次は幸運を祈る〟とかなんとかいうだろうが、もちろん次があろうはずもない。こんなチャンスは二度とやってこないのだ。

ボンドはテーブルを見まわし、見物人にも目を走らせた。視線をむけてくる者はほとんどいない。だれもが待っていた――クルピエが金を数えて胴元の前にプラークを丁寧に積みあげて山をつくるあいだ、だれかが三千二百万ドルという大金のかかった賭けに応じ、幸運の波に乗っている胴元に挑むという名乗りをあげるかもしれないと、だれもが待ちかまえているのだ。

ライターは姿を消していた——打ちのめされたわたしの目を見たくないのだろう、とボンドは思った。しかしヴェスパーはなぜかその場を動かず、励ますような笑みをむけている。とはいえ、考えてみればヴェスパーはギャンブルのルールを知らない。ボンドがどれほど苦々しい敗北を喫したのか、まったく気づいていないのだろう。

ボーイが手すりの内側にはいって、ボンドに近づいてきた。横で足をとめる。身をかがめてボンドに顔を近づける。ついでテーブルのボンドの横に分厚い封筒を置く。辞書なみの厚さがあった。ボーイは両替窓口《ケッス》がどうこうと話すと、また離れていった。

ボンドの胸が高鳴った。ずっしり重い無記名の封筒を手にとってテーブル面よりも下におろし、親指の爪で封を切りながら気づいた——封筒のふたの糊《のり》がまだ乾いていない。信じられないが現実だとわきまえつつ、かなりぶあつい札束に手を走らせる。札束を分けて左右のポケットにおさめながら、束のいちばん上に留めてあった紙片——ノートを半分に切ったもの——を剝《は》がして手にとると、テーブルの下の暗がりに置いたまま紙片に目を落とした。インクで一行だけこう書いてあった——《マーシャル復興援助資金だ。三千二百万フラン。アメリカ合衆国よりの贈り物》。

ボンドはごくりと唾を飲んだ。ヴェスパーのほうへ目をむける。消えていたフェリックス・ライターがふたたび隣に立っていた。ライターがかすかに笑みをのぞかせた。ボンドは笑みを返し、テーブルの下から手をかかげて小さな祝福のしぐさを送った。それからボンドは、数分前まで自分をすっかり飲みこんでいた完璧な敗北感を心からあとかたもなく拭《ぬぐ》い去ることに専念した。これで刑の執行をまぬがれた――しかし執行猶予にすぎないし、おなじ奇跡は二度とない。次こそ勝たなくては――ル・シッフルがまだ目標の五千万フランを稼いでおらず、ゲームをつづける意向なら!

クルピエは場代の計算という仕事や、先ほどボンドが賭けに出した紙幣をプラークに替え、テーブルの中央に積みあげて大きな山をつくる仕事もおわらせていた。

ここに三千二百万フランある。もしかしたら――ボンドは考えた――ル・シッフルに必要なのは、あと一回の勝負だけかもしれない。それも、せいぜい数百万フランの少額の勝ちで目標額にたどりつくかもしれない。そんなふうに目標の五千万フランを手に入れれば、あの男はテーブルを離れるだろう。あしたには会計にあけた使いこみの穴も埋めもどされ、地位は安泰になる。

しかし、ル・シッフルは動くようすを見せなかった。つまり、自分はル・シッフルの手もち資金をなぜか過大評価していたにちがいない――そう気づいて、ボンドは胸を撫でおろした。

そうなれば、残る希望はいまここでル・シッフルを打ち負かすことにしかない。テーブルにいるほかの客たちと協力して賭けに応じるとか、賭けの小さな一部だけを引き受けるのではなく、自分ひとりですべてを引き受ける。そうすれば、さしものル・シッフルも動揺するだろう。ル・シッフルとしては一千万や一千五百万フラン以上の金額での賭けは望んでいないだろうし、よもや三千二百万フランと同額の賭け金で勝負に応じてくる者が出るとは予想していないはずだ。ボンドの資金が底をついたことまでは知らないにしても、かなり頼りなくなっていると思っているだろう。封筒の中身は知らないはずだ——知っていたら賭け金をいったん引っこめ、初回の五十万フランからはじまる退屈な旅をまた最初からくりかえそうとするはずだ。

ボンドの読みは当たっていた。

ル・シッフルはさらに八百万フランを必要としている。

そしてついにル・シッフルがうなずいた。

「賭け額は三千二百万フラン」

そう告げるクルピエの声が響きわたった。たちまちテーブルの周囲が静まりかえった。

「賭け額は三千二百万フラン」

テーブル主任がさらによく響く誇らしげな声で、賭け額をくりかえした——隣のシュマンドフェールのテーブルからも、さらなる大金を引き寄せたいと思ってのことだった。それに、これは願ってもない宣伝の好機だった。ここまで高額の金がかかったゲームとなると、バカラ史上ただ一回の前例を数えるのみだ——一九五〇年、ドーヴィルでのことである。ル・トゥケにあるライバルのカジノ・ド・ラ・フォレでは、この金額の域に近づいたことさえない。

ボンドがわずかに身を乗りだしたのはこのときだった。

「つづけよう」と静かな声でいう。

テーブルのまわりに昂奮のさざめきがあがった。話はたちまちカジノじゅうに広まった。人々が群れをなしてやってきた。三千二百万フラン！　大半の人間が一生かかっても稼げない大金だ。彼らの全資産に親類縁者一同の貯金を足したくらいの大金だ。文字どおり、ちょっとした財産といえる。

カジノの役員のひとりが、テーブル主任となにやら打ち合わせをしていた。ついでテーブル主任が申しわけなさそうな顔でボンドに話しかけた。

「恐れいりますが、ムシュー。賭け金は……？」

つまりボンドは、この賭けに参加できるだけの金をもっていることを示さなくてはならないのだ。もちろんカジノ側はボンドが裕福な人間だと心得ているが……それにしても三千二百万フランだ！　さらにいえばのっぴきならない立場に追いつめられた人物が、無一文にもかかわらず賭けをし、負けたら喜んで刑務所に行った前例もないではない。

「まことに恐縮ではございますが、ムシュー・ボンド……」テーブル主任が揉《も》み手をせんばかりにいった。

ボンドが大金の札束をとりだしてテーブルに置き、クルピエがフランスの最高額紙幣である一万フラン札をクリップで束ねたものを数える仕事に没頭していたときだった——ボンドは、ル・シッフルがいま自分のすぐ背後に立っている用心棒ふたりと、すばやく視線をかわしあったことに気づいた。

同時にボンドは尾骨のあたりに——クッションのきいた椅子に乗っている臀部の割れ目のあたりに——固いものが押しつけられるのを感じた。

つづいて南フランス訛《なまり》のあるしゃがれた声が、ボンドの右耳のすぐうしろで静かに、しかし強く迫る調子でささやいた。

「こいつは拳銃だぞ、ムシュー。ただし銃声はまったくしない。音ひとつなくあんたの尾骨を粉々に打ち砕ける。はたからは、あんたが気絶したようにしか見えない。おれはたちどころに姿をくらます。十まで数えるあいだに賭けを引っこめろ。声をあげて助けを求めたりしたら、こいつで撃つ」

声には自信がみなぎっていた。真実を語っているのだろう。連中のこれまでの動きを見れば、両者ともためらわずに最終手段に訴える人間だとわかる。あの太いステッキもこれで説明がついた。ボンドもその種の銃器を知っていた。銃身部分に柔らかなゴムの緩衝材が詰めこまれている——銃声を吸収するが、弾丸は支障なく通過させる。戦争中に開発され、暗殺に利用された銃だ。ボンド自身、実地試験に参加したことがある。

「1《アン》」声がいった。

ボンドは頭をうしろへめぐらせた。例の男が背後に立ち、腰を折って顔をボンドに近づけている。黒いひげの下の口が、まるでボンドの幸運を祈ってでもいるかのように大きな笑みをつくっていた。あたりの喧噪と人だかりに守られて、自分の安全を信じて疑わないようすだった。

変色した上下の歯がひとつに重なり、口もとがにやりと笑う形をつくったかと思うと、男はいった。「2《ドウ》」

ボンドはテーブルの反対側に目をむけた。ル・シッフルはボンドを観察していた。ボンドの視線に、きらきらと輝く目で視線を返してくる。口がひらきっぱなしで、呼吸がせわしない。ル・シッフルは待っている——ボンドが手をあげてクルピエに合図を送るか、さもなければボンドがいきなり顔を歪《ゆが》めて悲鳴をあげ、がくりと椅子の背もたれに力なく体をあずけるのを。

「3《トロワ》」

ボンドはヴェスパーとフェリックス・ライターに目をむけた。ふたりは笑みをのぞかせながら、なにかを話しあっていた。馬鹿者どもめ。マティスはどこだ？　マティスの名高き優秀な部下たちはどこにいる？

「4《カトル》」

ほかの見物人の面々。おしゃべりをしているだけの愚か者ども。いまなにが起こっているのか、だれにも見えていないのか？　テーブル主任やクルピエやボーイは？

「5《サンク》」

クルピエは紙幣の束をととのえていた。テーブル主任は笑顔でボンドに会釈していた。ほどなく賭け金の準備がととのえば、テーブル主任の口から「ゲーム開始」という言葉が出て、用心棒が十まで数えないうちに銃が火を吹くのだろう。

「6《シス》」

ボンドは覚悟を決めた。チャンスだ。ボンドは慎重に両手をテーブルのへりに動かすと、力をいれてへりをつかんだ。同時に尻をうしろへずらす——鋭い照星が尾骨にぐりぐり食いこむのが感じられた。

「7《セット》」

テーブル主任はル・シッフルにむきなおって、眉毛《まゆげ》をぴくんとあげた——胴元ル・シッフルがうなずき、ゲームを進める準備がととのったと伝えてくるのを待っているのだ。

ボンドはテーブルを両手で押すことで、全力で体を後方へ突き飛ばした。その勢いで椅子の背の横木がたちまち外れて一気に落ち、男のマラッカステッキに強く当たって、男が引金を引くよりも早く、その手からステッキをもぎとった。

ボンドは両足を宙に投げあげた姿勢のまま、見物人の足のあいだに背中から倒れこんだ。椅子の背が鋭い音とともにへし折れた。狼狽《ろうばい》の叫び声があがった。見物人たちはいっせいにとびすさったが、ほどなく安心すると元の場所にもどってきた。何人もがボンドに助けの手を差し伸べて立ちあがらせ、服の汚れをはたいてくれた。ボーイがテーブル主任ともども急いで近づいてきた。なんとしてもスキャンダルだけは避けなくてはならない。

ボンドは真鍮《しんちゅう》の手すりをつかんだ。いかにも頭が混乱して、とまどっているかのような顔を見せ、両手でひたいをこすった。

「ふっと気が遠くなっただけだ」ボンドはいった。「なんともない——昂奮と熱気のせいだよ」

人々が同情の表情を見せていた。無理もありませんよ、あれだけの大勝負だったのですからね。ムシュー、ゲームをおやめになって、どこかで横になりますか？　それともお帰りに？　医者を呼びましょうか？

ボンドはかぶりをふって断わった。もうなんともない、大丈夫だ。そう答えてからテーブルの面々に詫びる。つづいて胴元のル・シッフルにも。

新しい椅子が運ばれ、ボンドは腰をおろした。テーブルの反対側のル・シッフルを見つめる。ボンドは生きながらえたことに喜びを感じ、さらにいま目にした光景につかのまの勝利を味わった——肉のついた青白いル・シッフルの顔に恐怖がのぞいていたのだ。

テーブルを囲む面々から、さかんに予想の声があがっていた。ボンドの両隣のプレイヤーたちはそれぞれ身を乗りだし、熱気がどうとかもう夜も更けているとか、タバコの煙がどうとか酸欠気味だとか、気づかわしげに話しかけてきた。

ボンドは礼儀正しい受け答えをしていた。ふりかえって、背後の人混みに目をむける。例の用心棒の姿はもうどこにもなかったが、ボーイはマラッカステッキを本来のもちぬしに返そうとしていた。見たところ壊れたりはしていないようだ。しかし、先端のゴムキャップはなくなっていた。ボンドは合図でボーイを呼んだ。

「きみ、そのステッキはあそこの紳士にわたすといい」ボンドはフェリックス・ライターを指さした。「あの紳士が持ち主に返してくれるよ。紳士の知りあいのもちものだからね」

ボーイはお辞儀をした。

ライターならほんのちょっとステッキを調べるだけで、ボンドが人前であんな醜態をさらすような真似をした理由を見抜くはずだ——ボンドはむっつりとそう思った。

それからボンドはテーブルへむきなおり、目の前の緑の布をこんこんと叩いて、準備がととのったことを示した。

13 〈愛のささやき、憎しみのささやき〉

「ゲームをつづけます」テーブル主任がたっぷり感情をこめた声でいった。「賭け額は三千二百万フラン」

見物人たちはよく見ようと首を伸ばした。ル・シッフルは平手でカードシューを叩いて、乾いた音を立てた。それから遅ればせに思いついたかのようにベンゼドリンの吸入器をとりだし、鼻から薬剤の霧を吸いこんだ。

「下劣なけだものだこと」ボンドの左にすわるミセス・デュポンがいった。

ボンドの頭はまた澄みわたっていた。命とりになる深傷《ふかで》を負いながら、奇跡の力で生き残った。いまもまだ腋《わき》の下が恐怖の汗で湿っているのが感じられる。しかし椅子をつかった作戦が首尾よく成功したことで、いましがた通り抜けた敗北という不気味な谷間の記憶も残らず拭《ぬぐ》い去られた。

たしかにボンドは、自分から愚かしい真似をした。おかげでゲームが少なくとも十分間は中断した――それなりの格式あるカジノではおよそ前例のないことだが、いまはカードがカードシューでボンドを待っている。今度はカードに裏切られては困る。これからの展開を思うと、ボンドの胸は高鳴った。

時刻は夜中の二時。この高額の勝負がおこなわれるテーブルのまわりに人が大勢あつまっているほか、三つのシュマンドフェールのテーブルでゲームが進行中であり、同数のルーレット・テーブルでもゲームがつづいていた。

このバカラのテーブルをつつむ静寂のなかに、いきなり遠くからルーレット・テーブルのクルピエの声がきこえてきた。「9《ヌーフ》。赤と奇数と小さな数《マンク》の勝ち」

バカラでは縁起のいい9という数字――はたしてボンドとル・シッフル、どちらの幸運を予言しているのか？

二枚のカードが緑の海を横切って、ボンドのほうへ這い寄ってきた。

ル・シッフルは海底の岩陰にひそむタコのように、テーブルの反対側からボンドのようすをうかがっていた。

ボンドは右手をしっかり動かして伸ばし、二枚のカードを手前に引き寄せた。うまく9が出て喜ばせてくれるだろうか。あるいは8が出てくれるだろうか。

ボンドは手でつくった覆いの陰で二枚のカードを広げた。歯を食いしばるのにあわせて、あごの筋肉がひくひくと震えた。自己防衛反射で全身が一気に緊張する。

カードは二枚ともクイーン――ハートとダイヤのクイーンだった。

影のなかから、ふたりの女王《クイーン》がからかうようにボンドを見あげていた。最悪の組みあわせだ。絵札が二枚では点数はつかない。ゼロ。イタリア語でいうならバカラ。

「あと一枚」ボンドは声に絶望が出ないように堰《せ》きとめながらいった。ル・シッフルの視線がボンドの脳内をさぐろうとしているのが感じられた。

胴元ル・シッフルはゆっくりと自分の二枚のカードを裏返した。

点数は3——キングと黒の3だ。

ボンドはゆっくりとタバコの煙を吐きだして雲をつくった。まだ勝機はある。いまこそ本当の意味での正念場だ。ル・シッフルはカードシューを平手で叩き、カードを一枚——ボンドの命運を決する一枚——をとりだし、ゆっくりと裏返した。9のカード、すばらしきハートの9……ジプシー占いで〈愛のささやき、憎しみのささやき〉と呼ばれるこのカードが、いまボンドの勝利をほぼ確実にしてくれていた。

クルピエが巧みな手ぎわでカードをボンドのほうへ滑らせた。ル・シッフルの立場からはなんの意味もない。ボンドが最初の二枚のカードで1点だったとすれば、合計は10点で、つまりはゼロ、いわゆるバカラになる。あるいは、最初の二枚の点数は2か3、4か5かもしれない。その場合は三枚めの9を足せば、ボンドの点数は最大でも4にしかならない。

手札が3点のとき相手に9のカードを出せば、このゲームではいちばん厄介な場面のひとつになる。もう一枚カードを引いても引かなくても、勝ち目はほぼ五分五分。ボンドは、ル・シッフルが難問に汗をかくにまかせておいた。胴元がボンドの9点と同点にもちこめるのは6のカードを引いた場合だけなので、もし友好的な雰囲気でゲームが進んでいたら、ボンドも最初の二枚のカードをさらしていたはずだった。

ボンドの三枚のカードは前のテーブルに置いてある。無個性なピンクの模様しか見えない二枚と、裏返しのハートの9。ル・シッフルからすればこの9のカードは、真実を告げているとも、さまざまな嘘の変種を語っているともつかないだろう。

秘密のすべては二枚のピンク模様のカードの裏、ふたりの女王《クイーン》がゲームテーブルの緑の布地にキスをしている側に秘められている。

鳥のくちばしめいたル・シッフルの鉤鼻《かぎばな》の両側を、汗のしずくがつたい落ちていた。厚い舌がぬらりと出てきて、真っ赤な切り傷を思わせる唇の端から汗を舐《な》めとる。それからル・シッフルはボンドのカードを見つめ、自分のカードを見て、またボンドのカードに目をむけた。

次の瞬間、ル・シッフルは全身からふっと力を抜き、カードシューからかすかな音とともにカードを一枚抜きだした。カードを裏返す。テーブルの面々が首を伸ばして見ようとする。すばらしいカードだ。5。

「胴元は八点」クルピエがいった。

ボンドがなにもいわずにすわっていると、ル・シッフルはいきなり獰猛《どうもう》な狼を思わせる笑みをのぞかせた。自分が勝ったと思っているにちがいない。

クルピエのレイクが、いかにも申しわけなさそうにテーブルの反対から伸びてくる。テーブルについていた面々のうち、この時点でボンドの敗北を確信していない者はひとりもいなかった。

レイクが二枚のピンク模様のカードを裏返した。陽気な赤の女王《クイーン》ふたりが笑顔で照明を見あげていた。

「こちらは9点」クルピエがいった。

テーブルの面々があげた驚きのあえぎ声がひとつになって立ちのぼり、つづいて騒がしい話し声があちこちからあがった。

ボンドは視線をル・シッフルへ滑らせた。この大男は心臓の上を強打されたかのように、ぐったりと椅子の背に体を沈みこませた。口が抗議するかのように一、二度開閉をくりかえし、右手がのどをさぐりはじめる。つづいてル・シッフルは、一気に顔をのけぞらせた。唇が血の気をなくして灰色になっている。

うずたかく積まれたプラークの山がテーブル上をボンドのほうへ押しやられると同時に、ル・シッフルはジャケットの内ポケットに手を入れると、とりだした札束をテーブルに投げ落とした。

クルピエが札束の金額を数えた。

「賭け額は一千万フラン」そう宣言してから、百万フランのプラークを十枚まとめてテーブルにぴしゃりと置く。

背水の陣か――ボンドは思った。ル・シッフルは引き返せない地点にまで追いつめられた。この金が最後の持ち金だろう。いまあの男はわたしが一時間前に立っていたところに立ち、わたしとおなじ最後の一手に出ているわけだ。しかしル・シッフルが負けても助けの手は差しのべられず、奇跡が起こって救われることもない。

ボンドはすわりなおして、タバコに火をつけた。席の横にある小テーブルに、いつの間にかヴーヴ・クリコのハーフボトルとグラスが置いてあった。だれが手配してくれたのかもたずねず、ボンドはグラスになみなみと注ぎ、大きくふた口で飲みほした。

それからボンドは、柔道の試合でまず最初に相手をつかもうとするときのように両腕を前へ伸ばして丸く曲げたままテーブルにおくと、椅子にもたれかかった。

ボンドの左にすわっているプレイヤーたちは、みな口をつぐんだままだ。

「バンコ」ボンドはまっすぐル・シッフルへむけて、賭けに応じる返事をした。

またしても二枚のカードがボンドのもとへ寄せられた。今回クルピエは、ボンドの二本の腕で囲われているために緑色の礁湖《ラグーン》のように見えるあたりに、カードを滑らせた。

ボンドは右手の指を目隠し状に曲げて、すばやく視線を下へむけると、すぐに二枚のカードを裏返してテーブルの中央に飛ばした。

「9」クルピエがいった。

ル・シッフルは自分の二枚のキングをじっと見おろしていた。

「胴元《バカラ》は0」そういうと、クルピエは大量のプラークの潮流をテーブルの反対側へむけた。

押されたプラークの山が、ボンドの左腕が落とす影のなかにぎっしり積まれた百万フランといっしょになっていくのを、ル・シッフルはじっと見つめていた。それからゆっくりと立ちあがると、ひとことも話さずにプレイヤーたちのそばを通って、手すりの出入口を目指す。ビロードに包まれたチェーンをはずして、下へ落ちるにまかせる。見物人たちがふたつに割れて道をつくった。だれもが興味と若干の恐怖がいりまじった視線をむけていた——まるでル・シッフルが、あたりに死の臭気をただよわせているかのように。ついでその姿は、ボンドの視界から消えた。

ボンドは立ちあがると、目の前の山から十万フランのプラークを一枚とってテーブルの反対側にいるテーブル主任に滑らせた。主任の大げさな感謝の言葉を途中でさえぎり、今度はクルピエに勝ち金のプラークを両替窓口《ケッス》まで運んでくれと頼む。ほかのプレイヤーたちがそれぞれの席を立っていた。胴元がいなくなった以上、もうゲームはおこなわれず、そもそもいまは午前二時すぎだ。ボンドは左右の席のプレイヤーたちと愛想よく挨拶をかわし、頭をさげて手すりをくぐって外へ出ると、待っているヴェスパーとフェリックス・

ライターのもとへ近づいた。

三人はそろって両替窓口へむかった。ボンドはカジノの役員たち専用のオフィスへ招かれた。デスクにボンドが勝って得た多額のプラークが積みあげられていた。ボンドはポケットの中身をその山に足した。

すべてを合計すると、七千万フランを超えていた。

ボンドはフェリックス・ライターが出資した分を現金で受けとり、残りの約四千万フランはクレディ・リヨネ銀行で現金化できる小切手に換えてもらった。役員たちはボンドの勝利をあたたかく祝福する言葉をかけた。さらに役員たちは、また夜になったらカジノで遊んでくださることを願っている、といった。

ボンドはどっちつかずの返事をしてから、バーへ行って、ライターに金を返した。それからふたりはシャンパンを一本あけがてら、先ほどのゲームのことを話した。ライターはポケットから四五口径の実弾をとりだしてテーブルに置いた。

「例の銃はマティスにわたしたよ」ライターはいった。「で、どこかへもっていった。きみがいきなりうしろへ倒れたときには、マティスもわたしたち同様に困惑していたらしい。あのときマティスは人だかりのずっとうしろで、部下のひとりとならんで立っていたよ。ちなみに銃をもっていた用心棒はあっけなく逃げていった。銃を目にしたときの連中、自分たちのケツを蹴り飛ばしたがっていたな。どんな運命をまぬがれたかをきみにも知ってもらいたいといって、マティスがこの実弾をよこした。弾丸の先端に十字を刻んでダムダム弾みたいに改造してある。これで撃たれていたら、体内で弾丸の先端が広がって、きみはさぞやひどい目にあっただろうね。しかし連中は、これをル・シッフルと結びつけられなかった。あの用心棒はひとりでここへ来てた。カジノの入場カードを取得するのに、あの男が記入した書類を連中が入手したよ。もちろん、中身は全部でたらめだ。そのときにステッキを場内にもちこむ許可も得ていたよ。戦傷者年金の受給証をもっていたそうだ。あいつらはじつに用意周到だな。ま、連中はあの用心棒の指紋を採取し、ブラン式電送写真でパリへ送っているというんで、朝にはあの男についてもう少しほかの情報もわかるだろうさ」

ライターは箱をとんとんと叩いて、またタバコを一本抜きだした。

「ま、とにかくおわりよければすべてよし、だ。どうなることかと不安にもなったが、最後にはル・シッフルの息の根をとめたじゃないか。きみならやってくれると思っていたよ」

ボンドは微笑んだ。「例の封筒ほどありがたかったものは、生まれてこのかたなかったね。あのときは、いよいよ一巻のおわりかと思っていたよ。楽しい気分なんかじゃなかった。もつべきものは窮地の友だ。いずれ、この借りを返させてくれ」

ボンドは立ちあがった。

「これからホテルへもどって、こいつを片づけておこう」そういってポケットを叩く。

「ル・シッフルの死刑執行令状をもったまま、あちこちふらふらしたくないんだ。やつが変な気を起こさないともかぎらない。その用事がおわったら、ささやかな祝いをしたいね。きみはどう思う?」

ボンドはヴェスパーに顔をむけた。ヴェスパーはバカラのゲームがおわってから、ほとんど口をひらいていなかった。

「ベッドにはいる前に、ナイトクラブでシャンパンでも飲まないか? 〈ロワ・ガラン〉というクラブだ。ここのラウンジを抜けていった先にある。楽しそうな店だよ」

「ええ、ぜひ飲みたいわ」ヴェスパーはいった。「あなたが儲けを始末してくるあいだ、わたしは身なりをととのえてくる。カジノの玄関ホールで待ちあわせましょう」

「きみはどうする、フェリックス?」ボンドはできればヴェスパーとふたりきりで飲みたいと思いながら、ライターにたずねた。

ライターはボンドの顔を見て、そんな思いを読みとったようだ。

「いや、朝食の前に少し寝ておきたいな」ライターは答えた。「きょうはいろいろ大変な一日だったし、あしたになればパリからあと始末の雑務を押しつけられるに決まってる。片をつける必要のあることがいくつか残っていてね——いや、きみたちが思いわずらう必要はない。そいつはわたしの仕事だ。さあ、きみをホテルまで送っていこう。なに、財宝を積んだ船を港まで安全に届けるようなものだ」

ボンドとライターは満月の光が投げる影のなかをのんびり歩いて引き返した。ふたりのどちらも銃に手をかけていた。午前三時になるのに出歩いている人もいたし、カジノの中庭にはまだずらりと車がとまっていた。

徒歩での短い道のりでは、なにごともなかった。

ホテルにたどりつくと、ライターはボンドの部屋まで付き添うといってきかなかった。客室はボンドが六時間前に出たときと変わらなかった。

「歓迎委員会の出迎えはなかったな」ライターがいった。「しかし、向こうが最後の最後で攻撃を仕掛けてくるのを見逃すわけにはいかない。わたしもこのまま寝ないで、きみたちにつきあっていたほうがいいか？」

「いや、そっちは寝てくれ」ボンドはいった。「こちらは心配いらない。あの連中も金をもっていないわたしに興味はないだろうし、こちらはこちらで金を守る手だてのあてはある。いろいろとありがとう。いつかまた、いっしょに仕事ができるといいな」

「それはこちらもおなじさ」ライターは答えた。「ただし、いざ必要になったらいつでもきみが9のカードを引けることと、ちゃんとヴェスパーを連れてくることが条件だぞ」そっけなくそういい添えてから、ライターは外へ出てドアを閉めた。

ボンドは快適さを与えてくれる客室にむきなおった。

大きなテーブルという混みあった闘技場と三時間にもおよんだゲームでの神経の緊張の

あとでは、つかのまでもひとりになれたことがうれしかったし、ベッドに用意されたパジャマや鏡のある化粧テーブルに用意されたヘアブラシに歓迎されたことも喜ばしかった。ボンドはバスルームに行って冷たい水で顔を洗い、刺戟的な味のマウスウォッシュで口をゆすいだ。後頭部と右肩の打ち身を指でさぐる。きょうだけで二回も殺されかけて間一髪で逃れたことを、陽気な気分で思い返す。このあとは夜っぴて起きていて、やつらがふたたび襲ってくるのを待ちかまえているべきか？　それともいまごろル・シフッルはもうル・アーヴルだかボルドーだかを目指し、SMERSH《スメルシュ》の目と銃から逃れられる辺鄙《へんぴ》な世界の片隅へ行くための船をつかまえようとしているのか？

　ボンドは肩をすくめて思いをふり捨てた。マタイによる福音書もいっている――明日のことを思いわずらうな、その日の苦労はその日だけで充分である。いっとき鏡をのぞきこみながら、ヴェスパーの身持ちのよさについて思いをめぐらせる。あの冷たく傲慢《ごうまん》な肉体をものにしたい。あの超然とした青い目に涙と欲望があふれるさまを見たいし、あの黒髪をわが手につかみ、あのすらりとした肉体を組み敷いて弓なりにそらせてやりたい。ボンドがすっと目を細くすると、鏡のなかのボンドが飢えもあらわに見返してきた。

　ボンドは鏡からむきなおると、ポケットから四千万フランの小切手をとりだし、きわめて小さく折り畳んだ。それから客室のドアをあけて、廊下の左右に目を走らせる。ドアを大きくあけたまま、足音やエレベーターの物音がしないかと耳をそばだてつつ、ボンドは小型ドライバーでの作業にとりかかった。

五分後、最後に自分の手作業の出来ばえに目を走らせてから、ボンドは新しいタバコをケースに補充し、客室から出てドアに鍵をかけた。そのあと廊下を歩き、ホールを通り抜け、月明かりの射す外へ出た。

14 「薔薇色の人生《ラ・ヴィ・アン・ローズ》?」

ナイトクラブ〈ロワ・ガラン〉の入口は、二メートル以上の高さがある黄金の額縁を利用していた――かつてはヨーロッパ貴族の肖像画をおさめていた品かもしれない。クラブは〝キッチン〟――一般用のルーレットやブールのためのスペースで、いまもいくつかのテーブルでゲームが進んでいた――の奥の目立たない片隅にあった。ヴェスパーの腕をとって金めっきされた額縁の入口を越えさせてやりながら、ボンドは両替窓口《ケッス》から金を借りて手近なテーブルに最高額を叩きつけるような遊びをしたいという衝動をこらえた。そんな真似は、しょせん〝俗物《ブルジョワジー》どもの胆をつぶさせるため〟だけの傲慢《ごうまん》で安っぽい行為でしかないとわかっていたからだ。

ナイトクラブは狭くて薄暗く、明かりといえば金めっきのほどこされた燭台《しょくだい》のキャンドルが投げるぬくもりのある光だけだった。その光が、やはり金色の額縁におさまっている壁の何枚もの鏡で反復されている。壁には臙脂《えんじ》色の絹が張られ、椅子や長椅子《バンケット》は同系色の赤いフラシ天張りだ。店のいちばん奥では、ピアノとエレキギターとドラムという編成のトリオが抑えた甘い音色で〈薔薇色の人生《ラ・ヴィ・アン・ローズ》〉を演奏していた。静かに脈搏《みゃくう》っている空気から、誘惑の気配がしたたり落ちている。ボンドには、店内にいるカップルのすべてがテーブルの下で熱っぽく体をまさぐりあっているかのように感じられた。

ふたりは入口近くのテーブル席に通された。ボンドはヴーヴ・クリコのボトルとスクランブルエッグのベーコン添えを注文した。

しばらくすわって音楽に耳をかたむけたのち、ボンドはヴェスパーにむきなおった。

「任務がおわったいま、こうしてきみとふたりで腰を落ち着けていると最高の気分になれる。すばらしき一日の締めくくり方だ——ご褒美といってもいい」

ボンドはてっきりヴェスパーが笑みをのぞかせると思ったが、ヴェスパーはいささかそっけなく「ええ、それもそうね」と答えただけだった。見たところ、音楽を真剣にきいているように見える。テーブルに片肘をつき、手で——手のひらではなく手の甲で——あごを支えている。ボンドはヴェスパーの手の関節が白いことに気がついた——強く手を握りしめているかのように。

ヴェスパーは——画家がクレヨンをもつように——右手の親指と人差し指と中指でボンドのタバコをつまみ、落ち着いた顔で吸っていたが、先端に灰がないにもかかわらず灰皿にとんとん叩きつけていることが何度かあった。

ボンドがそうした細かい点に気づいたのは、ひとえにヴェスパーのことを強く意識していたからだったし、自分が感じているぬくもりやリラックスした官能的な気分にヴェスパーを引きこみたかったからだ。しかし、ヴェスパーのよそよそしい態度もわからないではなかった。自衛したいという意識からともとれるが、宵《よい》の口にボンドが冷淡に接したことの意趣返しかもしれない。考えぬいた末の冷たい態度だったが、拒絶ととられたことはわかっていた。

ボンドは焦らなかった。シャンパンを飲み、きょうの出来事やマティスとライターの人物評、これからル・シッフルがたどる道筋などについて少し話す。ただし発言に気をくばり、任務についてはヴェスパーがロンドンでの要旨説明《ブリーフィング》で耳にしたはずのこと以外は話さないようにしていた。

ヴェスパーはおざなりな返事をしていた。もちろん自分たちは、ふたりの用心棒に気がついていた——ヴェスパーはそう語った——しかし、ステッキの男がボンドの椅子のうしろに立ったときにも、あまり重視しなかった。よもやカジノのなかで妙な真似をするとは考えられなかったのだ、と。またボンドとライターが歩いてホテルにむかってすぐ、パリに電話をかけてギャンブルの結果をMの代理に報告した、とも語った。報告のときには言葉を選ぶ必要があったし、代理の情報部員はコメントひとついわずに電話を切った。結果にかかわらず報告するようにいわれていたのだ。Mからはゲームの結果がわかり次第、昼夜問わず、いつでも情報を直接伝えてくるようにと指令があった。

ヴェスパーが話したのはそれだけだった。シャンパンを少しずつ飲み、めったにボンドのほうを見なかった。笑みひとつのぞかせなかった。ボンドはもどかしくなった。シャンパンをあおり、追加でもう一本注文した。スクランブルエッグが運ばれてきて、ふたりは黙ったまま食べた。

午前四時、ボンドが勘定を頼もうとしたところに給仕長がふたりのテーブルに近づき、ミス・リンドか、とたずねた。それから給仕長はヴェスパーにメモをわたした。メモを受けとったヴェスパーは、すばやく中身に目を通した。

「あら、ただのマティスからの伝言」ヴェスパーはいった。「玄関ホールまで来てほしいっていってる。あなたあてのメッセージがあるって。夜会服を着ていないとかなんとか、こっちへ来られない理由があるのね。すぐにもどってくる。この用事がおわったら、ふたりでいっしょにホテルへもどりましょう」

ヴェスパーはこわばった笑みをボンドにむけた。

「今夜のわたしは、いっしょにいて楽しい相手じゃないみたい。きょうは一日、ずっと神経が張りつめてたから。ほんとにごめんなさい」

ボンドは生返事をひとつすると、立ちあがってテーブルを押しやった。

「勘定はすませておく」ボンドはいい、出口まで数歩で歩いていくヴェスパーを見送った。

それからまた腰をおろし、タバコに火をつける。体から力が抜けた気分だった。ふいに自分が疲れていることに気づく。前日の深夜にもカジノで経験したが、いままた室内の息づまるような空気が意識されてくる。ボンドは勘定書を頼み、残っていたシャンパンを飲んだ。苦い味だった――飲みすぎになるときの最初の一杯は決まってそんな味がする。できればマティスの陽気な顔を見て、なにか新しい話のひとつもききたかったし、祝いの言葉のひとつもかけてもらいたかった。

いきなり、ヴェスパーにわたされたメモが怪しく思えはじめた。あんなメモをわたしてくるのは、マティスのやり方ではない。あの男ならカジノのバーに腰をすえて、ボンドとヴェスパーのふたりを誘ってくるはずだし、そうでなければ服装にはかまわずにナイトクラブにいるふたりのもとへ押しかけてくるだろう。そうやってみんなでいっしょに笑い、マティスは大いに楽しんだはずだ。マティスにはボンドに話すことがたくさんある――ボンドがマティスに話すこと以上に。逮捕されたブルガリア人が取調べでさらになにか話していたかもしれない。ステッキをもっていた男の追跡。カジノから去っていったあとのル・シッフルの動向。

ボンドの全身が震えた。急いで勘定を払うと、釣り銭も待たずにテーブルを押しやって立ちあがり、給仕長やドアマンの〝おやすみなさい〟の挨拶に応えもせず足早にクラブの出入口を通り抜けた。急いでゲーム室を通り抜け、長い玄関ホールの左右に丹念に視線を走らせる。罵《ののし》りの文句を吐き、さらに足どりを速める。目についたのはクロークのひとりふたりの係員と、預けた品を受けとろうとしている夜会服姿の数人の男女だけだった。ヴェスパーの姿はない。マティスも見あたらない。いまではボンドは走っているも同然だった。玄関に出ると石段の左右に目を走らせ、さらに残っている数台の車のほうにも目をむける。

ドアマンが近づいてくる。

「タクシーをご所望ですか、お客さま?」

ボンドは手をふってドアマンを遠ざけ、暗い影のなかに視線を飛ばしながら玄関前の石段を駆け降りる。汗をかいたこめかみに夜風が涼しく感じられた。

石段を半分ほど降りたところで、ずっと右の遠くからかすかな悲鳴めいた声がきこえ、車のドアを閉める音もきこえてきた。つづいて排気管から低いうなりや断続的な轟音《ごうおん》をあげながら、甲虫めいた鼻づらのシトロエンが影から猛然と月明かりのなかに飛びだしてきた。前輪が空《から》まわりして、前庭のゆるい砂利を勢いよく跳ね飛ばす。

シトロエンの車体後部が、柔軟なスプリングのせいもあって上下に揺れていた——後部座席で荒々しい格闘がいままさに進行中であるかのように。

それからシトロエンは荒々しいうなり声をあげ、砂利をシャワーのように降らせながら広い出入口ゲートをめざして突き進みはじめた。後部座席のひらいた窓から小さな黒い物体が投げだされ、鈍い音をたてて花壇に落ちた。シトロエンが急ハンドルで左折してタイヤが大通りの路面をとらえると、痛めつけられたゴムが悲鳴をあげた。ギアをセカンドに入れたシトロエンの排気音が、耳もつぶれそうなほど反響していた。つづいてシトロエンは一気にギアをトップに入れて、商店が両側にならぶ目抜き通りを海岸通りへむかって疾走しはじめ、音はたちまち遠ざかって小さくなった。

ボンドには、花壇で見つかるのがヴェスパーのイブニングバッグだとわかっていた。バッグを拾って砂利敷きの庭を走り、明るく照らされた石段まで引き返しながら、ボンドはバッグのなかを調べた。ドアマンがボンドの近くをうろちょろしていた。

バッグには女がもち歩くお決まりの品々のほか、くしゃくしゃに丸めた紙があった。

少しでいいから玄関ホールに出てきてもらえないか？　きみの連れに伝えたいニュースがある。

ルネ・マティス

15　黒兎と灰色《グレイハウンド》の猟犬

にせの手紙をでっちあげるにしても、ここまで杜撰《ずさん》なでっちあげはないだろう。

ボンドは一気にベントレーに駆け寄った——夕食後にふとした思いつきでここまで車を走らせてきたが、いまはその思いつきに感謝したかった。チョークをいっぱいに引くと、すぐにエンジンがスターターに反応した。エンジンの轟音《ごうおん》がドアマンのためらいがちな言葉をたちまちかき消す。次の瞬間、後輪が跳ねあげた砂利が制服のストライプのスラックスにばらばらと降りかかるにおよび、ドアマンはあわてて飛びすさった。

ゲートを出たところで車体が左に傾くと、つくづくシトロエンの前輪駆動と車高の低さがうらやましくなった。ついでボンドはぐんぐんとギアを切り替え、自分を追跡モードにセットした。町の目抜き通りの左右の建物から轟然たる排気音が跳ねかえってくる——つかのま、ボンドはその反響を楽しく耳で味わっていた。

たちまちボンドの車は海岸通りを走っていた。昼間にも車で走っていたので、砂丘を抜けるこの広い幹線道路の路面の状態がすばらしいことも、あらゆるカーブの中央分離帯に夜間反射装置のガラス玉がたっぷり埋めこまれていることも知っていた。ひたすらエンジンの回転数をあげ、スピードを時速百三十から百四十五キロにまであげる。マーシャル製の大型ヘッドライトは闇の壁をつらぬいて、八百メートル近く先まで安全な白い光のトンネルを穿《うが》っていた。

　シトロエンがこの方向に走っていったことはわかっていた。町をつらぬいていく排気音が前方からきこえたし、カーブにはいまもわずかな土埃がただよっていた。このぶんだと、もうじき相手のヘッドライトの光の柱が遠くに見えてきそうだ。風もなく、空気は澄みわたっている。とはいえ沖合では夏の靄《もや》が出ているらしく、ずっと先の海岸のあたりから、鉄の牛がいたらこんな鳴き声をあげそうな響きの霧笛がおりおりにきこえてきた。

　車を走らせ、ぐんぐんスピードをあげて夜闇を疾走しながら、ボンドは頭の半分でヴェスパーを呪い、この仕事にヴェスパーをよこしたＭを呪った。

　これこそ憂慮《ゆうりょ》していた事態そのままではないか。自分なら男の仕事もできると思いこんでいる愚かな女どものやることといったら。女たちは家庭におさまって鍋やフライパンでの料理に専念し、着る服の心配と噂話だけをして、男の仕事は男にまかせておけばいいのに、なぜそうできないのか？　そのあげく、ひとつの任務がこのうえなく上首尾におわったところを狙ったかのように、こんな事態になるとは。あんな古くさい策に引っかかって誘拐され、おそらく身代金を要求されることになるなんて、ヴェスパーという女は連載漫画に出てくる度しがたいヒロインそのままではないか。馬鹿なクソ女め。

自分が投げこまれた窮境を思うにつけ、ボンドのはらわたは煮えくりかえった。

ああ、そうなるに決まっている。単純明快な物々交換。片やあの女、片や例の四千万フランの小切手。そんな取引に応じるものか——応じるかどうか考えるものか。ヴェスパーも情報部のひとりだ。だったら、自分がなにに立ちむかっているかは知っていたはずだ。Mに問いあわせる気もない。今回の任務はヴェスパー以上に重要だ。残念というほかはない。ヴェスパーはいい女だが、こんな幼稚な罠に引っかかってたまるか。断じてだ。シトロエンに追いつくための努力は惜しまないし、やつらとの銃撃戦も辞さないが、その過程でヴェスパーが流れ弾の犠牲になったらなったで、これもまたあまりにも残念だというほかはない。手は尽くす気だ——ヴェスパーがどこかの隠れ家に運びこまれる前に助けだそうと努力はする。しかし追いつけなかったら、ホテルへ引き返して眠りにつき、この件については口を閉ざしていよう。夜が明けたらマティスにヴェスパーはどうしたのかとたずねね、でっちあげの手紙を見せよう。金とヴェスパーを交換しようという話をル・シッフルからもちかけられても、だれにも話さずにおく。ドアマンがしゃしゃり出てきて自分が見た一部始終を話しても、ヴェスパーと酒に酔ったあげく口論になってしまった、という口実で切り抜ければいい。

ボンドはこの問題で激怒の炎をめらめらと燃やしつつ、大型の車を海岸通りに猛然と疾駆させた——カーブにさしかかれば、ロワイヤルへとむかう車や自転車が反対車線にいないかと目を光らせつつ、機械的にハンドルを操作する。直線コースともなれば、アマースト・ヴィラーズ製のスーパーチャージャーがベントレーの二十五馬力に拍車をくれて、エンジンが耳をつんざくような苦悶の悲鳴を夜空にむけてふりしぼる。エンジンの回転数がぐんぐん上昇し、スピードメーターの針は時速百八十キロを超えて二百キロに達しようとしていた。

いいペースで相手との距離をつめていることはわかっていた。乗っている人数が多いのだから、路面コンディションに恵まれたこの道路でもシトロエンは百三十キロが御《おん》の字だ。ボンドはふと思い立ってスピードを時速百十キロにまで落とすと、フォグランプを点灯して、マーシャル製のヘッドライトを消した。目がくらむほど明るいメインのヘッドライトが消えると、二、三キロ先の海岸沿いを走っているもう一台の車のライトが見えてきた。

ダッシュボードの下を手さぐりし、隠しホルスターから銃身の長い四五口径のコルト・アーミー・スペシャルをとりだして、隣のシートに置く。この銃があり、運に恵まれて路面の状態がよく、百メートルほどまで距離をつめられれば、シトロエンのタイヤなりガソリンタンクなりを撃ちぬくこともできるだろう。

ついでボンドはふたたびヘッドライトを点灯し、エンジンに悲鳴をあげさせて追撃を再開した。気分は澄みわたって落ち着いている。ヴェスパーの命という問題は、もはや問題ではなくなっていた。ダッシュボードの青い光に浮かびあがったボンドの顔は、凄みをたたえつつも冷静な表情を浮かべていた。

前方を走っているシトロエンには、三人の男とひとりの女が乗っていた。

運転しているのはル・シッフル——柔軟な巨体を前のめりにして、両手を軽くハンドルにかけて繊細な操作をしている。隣にすわっているのは、カジノにステッキをもちこんでいた、ずんぐりした体形の男だ。男は左手を下へ伸ばし、車のフロアとほぼおなじ高さから突きでている太いレバーをつかんでいた。運転席のシート位置を調節するレバーだろうか。

後部座席には長身瘦軀の用心棒がすわっている。くつろいだ姿勢で背をシートにあずけ、車が無鉄砲な猛スピードで走っていることも意に介さない顔で天井を見あげていた。男は隣に投げだされているヴェスパーの剝《む》きだしの左太腿《ふともも》に右手を置いていた——いかにも素肌を撫でまわしているようなかたちで。

両足は腰まであらわにさせられていたが、それ以外にはヴェスパーは頭陀袋《ずだぶくろ》も同然だった。裾の長い黒のビロードのスカートがめくりあげられて腕と頭を包み、頭の上でロープをつかって縛られていたからだ。顔があるところは息ができるように、ビロードの生地に小さな裂け目をつくってある。それ以外は縛られていなかったが、ヴェスパーは身じろぎもせずに横たわったままで、車の動きにあわせて体が気だるげに揺れていた。

ル・シッフルは頭の半分を前方の道路に集中させ、残り半分はバックミラーにのぞくボンドの車のまぶしいヘッドライトに集中させた。逃げる兎のシトロエンと追いすがる猟犬のベントレーの距離が一キロ半を切ってもル・シッフルに焦りの色はなく、そればかりかスピードを時速百三十キロから百キロを切るあたりにまで落とした。カーブをなめらかにまわりこんでからも、いちだんと減速する。前方にミシュラン社が立てた道路標識があり、この幹線道路と細い地方道路が交差していることを示していた。

「用意しておけ」ル・シッフルは隣席の男に鋭い口調で命じた。

男はレバーを握った手に力をこめた。

十字路まで百メートル以下になると、ル・シッフルはさらに時速五十キロにまで減速した。ミラーではボンドの車の巨大なヘッドライトがカーブを煌々《こうこう》と照らしていた。

ル・シッフルは腹を決めた顔を見せた。

「いまだ」

助手席の男がレバーを一気に上へ引いた。車体後部のトランクが鯨《くじら》の口のように大きくひらいた。路面からまず涼しげな金属音があがり、つづいて車が鎖を引きずって走っているかのようなリズミカルな騒がしい音が響いてきた。

「切って落とせ」

男が一気にレバーを下へ押しこむと同時に、鎖めいた音が最後に一回だけ大きくなって、すぐに途切れた。

ル・シッフルはミラーに目をむけた。ボンドの車がちょうどカーブに進入してきた。ル・シッフルは手早くギアを入れ替え、急ハンドルで一気に左折してシトロエンを小道に乗り入れ、同時にライトを消した。

それから急ブレーキで車を停止させる。三人の男たちはすかさず車から外へ降り立ち、低い生垣に身を隠しつつ交差点まで引き返した。交差点はいまやベントレーのヘッドライトのまばゆい光に照らされていた。三人の男たちの全員がリボルバーを手にしていたうえ、長身瘦軀の男は右手に大きな黒い袋のような品をたずさえていた。

ベントレーが悲鳴じみた音をあげながら、特急列車の勢いで男たちのもとへ接近してきた。

16　身の毛がよだつとき

上体と両手のなめらかな動きで大きな車をあやしつつタイヤの傾き《キャンバー》を補正し、飛ぶようなスピードでカーブをまわりながら、ボンドは頭のなかで二台の車の距離がますます縮まった場合の行動計画を練っていた。敵の運転手はチャンスがありしだい、横道にそれて逃げようとするだろう。カーブを抜けると前方に車のライトが見あたらなかったので、アクセルにかけていた足を浮かせたのも、ミシュラン社が立てた道路標識が見えるとすぐにブレーキを踏む準備にかかったのも、ごく自然な動作だった。

センターラインの右側の路面に黒っぽい影のような箇所があった。道ばたの木が落としている影だろうと思いながら近づいたときには、時速はすでに百キロを下まわっていた。それでも、危険を回避するには手おくれだった。ぎらぎら光る鉄釘《てつくぎ》の小さなカーペットが、あっという間に左側のタイヤの泥よけの下に吸いこまれた。次の瞬間、タイヤは釘のカーペットに乗りあげた。

ボンドはとっさに全力でブレーキを踏みこみ、予想される車体の左への傾きを打ち消すべくハンドルを握った両手に力をいれて備えた。しかし車のコントロールを維持できていたのは、ほんの一瞬にすぎなかった。左側の前後のタイヤからゴムが剝《は》がれ落ちて、金属のリムが路面のアスファルトに食いこみ、重量級の車が乾いた路面《ドライ・スキッド》でのスリップで横滑りしたあげく、道路左側の擁壁《ようへき》に激突した。衝撃でボンドは運転席からフロアに叩き落とされた。それから車はまた道路のほうをむいて、ゆっくりと左右の後輪で立ちあがる格好になった——前輪が空《から》まわりし、ヘッドライトが空を探索した。ほんの一瞬だったが、ガソリンタンクをいちばん下にして直立した車は、天へむけて前肢をふりあげている巨大なカマキリのようだった。しかし次の瞬間、車はゆっくりとうしろへ倒れこんで、ボディやガラスが激しい音とともに壊れて砕けちった。

それにつづく耳がつぶれたかのような静寂のなか、右前輪だけが少しのあいだささやきめいた音をたてて回転していたが、すぐにきしみ音をひとつあげて動きをとめた。

ル・シッフルと手下の男ふたりは、隠れ場所から数メートル歩くだけでよかった。

「銃はしまって、あの男を車から引きずりだせ」ル・シッフルはぶっきらぼうに命じた。「周囲にはわたしが目を光らせている。あの男の扱いには気をつけろ。死なれては困る。急げ。もう空が白んできてるぞ」

ふたりの男たちは地面に膝《ひざ》をついた。片方が長いナイフをとりだしてコンバーティブルの幌の側面を切り裂いて、ボンドの肩をつかんだ。ボンドは意識をうしなっていて、まったく動かなかった。もうひとりが上下さかさまになっている車と擁壁のあいだに割りこみ、ひしゃげた窓枠から無理に体を車内に押しこんだ。男はハンドルと幌の布地にはさまれているボンドの足をつかんだ。それからふたりは幌にあいた穴をつかって、すこしずつボンドの体を車外へ引きだした。

ようやくボンドを道路に横たえたときには、ふたりとも汗だくで、土埃とオイルまみれになっていた。

痩せた男がボンドの鼓動を確かめ、左右から顔に平手打ちを食らわせた。ボンドの口からうめき声が洩れ、片手が動いた。痩せた男はふたたびボンドの顔を平手で打った。

「もう充分だ」ル・シッフルはいった。「そいつの腕を縛って車に積みこめ。これをつかうんだ」いいながら電気ケーブルのロールを男にわたす。「ポケットの中身を全部出して、銃をわたしによこせ。ほかにも武器をもっているかもしれないが、なに、あとでとりあげればすむ」

ル・シッフルは痩せた男から受けとった品々やボンドのベレッタを、ろくに検分もせずに、自分の服の大きなポケットに押しこんだ。あとの作業はふたりの手下にまかせ、自分は車へ引き返す。その顔には喜びも昂奮も浮かんではいなかった。

ボンドは、電気ケーブルが手首に食いこむ鋭い痛みで意識をとりもどした。棍棒でめったうちにされたかのように全身が痛んだが、力ずくで引き立てられ、シトロエンのエンジンがすでに低い音をたてて動いている細い脇道にむけて背中を押されたときには、どこの骨も折れていないことが感じとれた。しかし、のるかそるかの脱出を試みたい気分ではなかったので、ひとつも抵抗せず、車の後部座席に押しこまれるがままにされていた。

いまのボンドは意気銷沈しきって、肉体の力ばかりか意思の力も奪われていた。そもそも過去二十四時間で、過度な心身の負担をかかえこんでいた――そこへもってきて、敵によるこの最後の一撃がほぼ決定打になった。今度ばかりは奇跡の到来はないだろう。いまの自分の居場所を知っている者はひとりもいないし、だれかが不在に気づくとしても夜明けのしばらくあとになる。大破した車はすぐに発見されるだろうが、所有者がボンドだと突きとめられるまでには数時間かかる。

それからヴェスパー。ボンドは隣でだらしなく体を伸ばしてすわって目を閉じている痩せた男の先へ視線をむけた。最初にこみあげてきたのは軽蔑めいた感情だった。なんと愚かな女だ――スカートを頭の上にまでめくりあげられて、鶏よろしく縛りあげられてしまうとは。まるでこの一件のすべてが、どこかの寄宿舎のいたずらにすぎないかのようだ。しかし、そこでボンドはヴェスパーを哀れに思った。剝《む》きだしになった両足が、子供の足のように頼りなく見えてならなかったからだ。

「ヴェスパー」と抑えた声で名前を呼ぶ。

後部座席の隅の頭陀袋《ずだぶくろ》からはなんの声もきこえなかった。ボンドはいきなり背すじの冷えるような思いをさせられたが、そのときヴェスパーがわずかに身じろぎした。

同時に痩せた男が、ボンドの心臓のあたりに手の甲で強烈な一打を見舞ってきた。

「黙れ」

ボンドは痛みに耐えられず、次の一打に備えて身を守るために体をふたつ折りにしたが、うなじに打撃を食らっただけだった。このせいで体が逆に海老《えび》ぞりになって、肺の空気が歯のあいだから鋭い音をたてて噴きだした。

痩せた男の一撃は、手刀を正確に強く叩きつけてくるプロならではのものだった。正確な手さばきに苦労をいっさいのぞかせないことが、かえって空恐ろしかった。いまはまた、だらしなくすわる姿勢にもどって目を閉じている。他人に恐怖をいだかせる人物、邪悪そのものの男だ。機会があればこの男を殺しておきたい——ボンドはそう思った。

いきなり車のトランクが一気にあけられ、金属がぶつかりあうやかましい音がつづいた。釘を立てた鎖帷子《くさりかたびら》状のカーペットを三人めの男が路上から回収してくるのを待っていたようだ。かつてフランスのレジスタンスがドイツ軍の参謀用自動車の走行を妨げるためにつかった道具——釘を立てた道具——を応用したものだろう。

またしてもボンドはこの連中の行動に無駄がいっさいないことや、彼らがつかっている道具がすぐれたプロ仕様であることに思いを馳せた。もしやMは、ル・シッフル一味の実力と用意周到さを見くびっていたのだろうか？　ボンドはロンドンに責任を押しつけたい気持ちを抑えた。そんなことは自分が見越していて当然だった——かすかな兆候をとらえて警戒をたやさず、際限のないほどの予防策を講じておくべきだった。敵がこうした反撃の準備をしているあいだ、自分がただ〈ロワ・ガラン〉でシャンパンを飲んでいたことを思うと穴があったらはいりたい気持ちになる。ボンドはおのれを呪い、戦いに勝った、敵は尻尾を巻いて逃げていったなどと考えたおのれの傲慢《ごうまん》さをも呪った。

このあいだル・シッフルはずっと無言だった。トランクが閉まるとすぐ、外に残っていた男がル・シッフルの隣に乗りこんできた——ボンドにはひと目であのときの男だとわかった。ル・シッフルはただちに勢いよく車をバックさせて、広い幹線道路に引き返した。つづいてル・シッフルがシフトレバーを操作して次々にギアを切り替えると、車はたちまち時速百十キロを上まわるスピードで海岸通りを走っていた。

このころには夜明けになっていた——午前五時前後だろうとボンドは見当をつけ、さらにあと二、三キロも走れば、ル・シッフルが借りている別荘に通じる道の入口があるはずだと思った。連中がヴェスパーをあの別荘へ連れていく可能性にも思いいたらなかった。ヴェスパーが大魚をおびき寄せる餌の小魚だったとわかったいま、全体の構図がすっきり見えてきた。

愉快な構図ではなかった。囚われになってから初めて、恐怖がボンドを訪れて、背すじを這いのぼってきた。

十分後、シトロエンは急ハンドルで左折した。そこかしこに雑草が生い茂る狭い脇道を百メートル弱進み、表面の化粧漆喰《しっくい》が劣化したまま放置されている左右の石柱のあいだを抜けると、高い塀に囲まれた手入れもろくにされていない前庭に出た。やがて車は、塗装が剝げかけている白い玄関ドアに近づいた。ドアフレームには錆《さ》びた呼び鈴のボタンがある。その上に木の表札があり、トタン板の文字が貼りつけてあった――上は別荘名の《夜《ノ》興《クタンビュル》館《レ》》、その下に《ご用の方は呼び鈴をどうぞ》とあった。

コンクリートづくりのファサードを見たかぎり、この別荘は典型的なフランス海岸地域様式の建物だ。夏の避暑客に貸しだすためにロワイヤルから清掃スタッフの女性が派遣されてきて、床に落ちている金蠅《きんばえ》の死体をそそくさと掃きだし、閉めきりの部屋のこもった空気を急いで入れ替えているところが目に浮かぶ。室内や外壁の木材部分には五年に一度、新しく白い水漆喰が塗りたくられ、それから数週間は別荘も世界に笑みをのぞかせる。しかし、冬の雨が影響をおよぼして、閉じこめられた蠅が活動すると、たちまち別荘は荒れ果てた外見に逆もどりだ。

とはいえ、きょうの朝のル・シッフルの腹づもりには――その腹づもりがボンドの見立てどおりなら――この別荘はうってつけの場所だろう。ボンドが囚われたあの場所からここまで、ほかには一軒の家もなかったし、前日の偵察行のときに気づいたことだが、ここから南へ十キロほどは農家がぽつぽつと点在しているだけだ。

痩せた男の鋭い肘打ちをあばらに食らわされて車から追い立てられたボンドには、ル・シッフルがこれから数時間、邪魔のはいらない状態で自分たちふたりを独占できることがわかっていた。また肌を恐怖が這いまわった。

ル・シッフルは鍵で玄関ドアをあけて屋内に姿を消した。そのあとから、早朝の光で見ると信じられないほどはしたない姿のヴェスパーが、小突かれて別荘にはいっていった——ボンドが内心〝コルシカ人〟と名づけた男に、フランス語で猥雑《わいざつ》な言葉をたっぷり浴びせかけられながら。ボンドは痩せた男に自分を小突くチャンスを与えまいと、すばやくヴェスパーのあとにつづいた。

錠前内で鍵がまわされ、玄関ドアが施錠された。

ル・シッフルは玄関ホール右手の部屋の戸口に立っていた。一本だけ立てた指をボンドにむけて曲げ、無言のまま蜘蛛《くも》のようにさし招いていた。

ヴェスパーは廊下をそのまま引き立てられて、別荘のさらに奥へむかっていく。ボンドは唐突に心を決めた。

力いっぱい後方へ蹴りだした足が痩せた男の向こう脛《ずね》をとらえ、男の口から口笛めいた苦痛の声を引きだすと同時に、ボンドはヴェスパーを追って廊下を一気に走りだした。武器は足だけだ。その足でふたりの用心棒にできるかぎりダメージを与えてやり、できればヴェスパーとせわしないながら二、三の言葉をかわしたいということ以外、なんの計画もなかった。ほかに立てられる計画もなかった。とにかくボンドは、ヴェスパーに決して屈するなと告げたかった。

コルシカ人が騒ぎの気配にふりかえったときには、ボンドはこの男に追いついていた。フライングキックで宙を切ったボンドの右の靴が、コルシカ人の下腹を狙って迫っていた。コルシカ人は電光石火のすばやい身ごなしで飛びすさって、廊下の壁に体をぶつけた。ボンドの靴が空気を裂く音をたてながら腰のすぐ近くをかすめていくと同時に、コルシカ人はすばやい――しかし、どことなく繊細な――動作で左手を突きだし、キックの頂点に達したボンドの靴を両手でつかんで、一気にねじりあげた。

体のバランスを完全に突き崩されて、ボンドの残る足も床から離れてしまった。中空でボンドの体はぐるりと一回転したばかりか、蹴りかかったときの勢いもくわわったせいで、横向きのまま落ちて床に叩きつけられた。

体から空気がすべて叩きだされ、ボンドはしばしそのまま横たわっていた。痩せた男が近づき、ボンドの服の襟をつかんで引き立たせ、壁に押しつけた。男の手には銃があった。もの問いたげな目でボンドをにらみすえる。それから痩せた男は急ぐようすもなく上体をかがめると、拳銃の銃身でボンドの左右の向こう脛を一気に薙《な》ぎ払った。ボンドはうめき声を洩らして、床に膝をついた。

「この次ふざけた真似をしたら、歯をおなじ目にあわせてやるぞ」男は下手くそなフランス語でいった。

ドアが荒っぽく閉まる音がした。ヴェスパーとコルシカ人の姿が見えなくなった。ル・シッフルは一、二メートル歩いて廊下に出てきていた。ふたたび指を一本立ててから、その指をくいっと曲げる。それからこの男は初めて言葉を口にした。

「来たまえ、わが友よ。これでは時間の無駄をしているばかりだ」

その言葉は英語で、訛《なまり》は寸分もなかった。声は低く物静かで、焦るようすはまったくない。感情をいっさいうかがわせていなかった。医者が待合室にいる次の患者を呼びだしているところだといわれても信じそうだった――それも、看護婦相手にずっと弱々しい説得を試みていたヒステリックな患者を。

ボンドはまたしても自分が無力で無能だと感じていた。さっきのコルシカ人のように、あわてず騒がず最小限の動作でボンドをあしらえるのは柔道の師範だけだ。ボンドに報復したときの痩せた男の計算されつくした正確なわざも、おなじく冷静きわまる職人芸だった。

ボンドは従順とさえいえる物腰で廊下を引き返していった。この連中に逆らってぶざまな真似をしでかした結果、体にいくつか痣《あざ》が増えただけだった。

痩せた男にうしろから急《せ》かされるようにして部屋に足を踏み入れながら、ボンドは自分の命運すべてがこの連中の手にすっかり握られてしまっていることを意識していた。

17 「わがちびすけくん」

だだっ広くて殺風景な部屋だった――フランス・アールヌーヴォー様式の安物の家具が、申しわけ程度に配されている。居間としてつかわれていたのか、それともダイニングルームなのかは一見して判断できなかった。ドアの反対側の壁は、すぐに壊れそうな粗悪なつくりの鏡つきサイドボード――オレンジ色のひび焼きの果物用の皿や、塗料で色づけされた二台の木製の枝つき燭台《しょくだい》を見せている――にあらかた占領されていたが、部屋の反対の壁に置いてある褪《あ》せた薄紅色のソファとそぐわないからだ。

雪花石膏《アラバスター》のシャンデリアの下の部屋の中央には、あってしかるべきテーブルが見あたらなかった。そこにあるのは明暗の異なる茶色を組みあわせた未来派芸術風の柄《がら》の、汚れた小さなカーペットだけだった。

また窓ぎわには、彫刻をほどこされたオーク材製で赤いビロードの座面をもつ、この部屋には似つかわしくない玉座のような椅子があり、空《から》の水差しとふたつのグラスを載せたローテーブルがあり、丸い籐の座面でクッションのない質素な安楽椅子もあった。

窓のベネチアンブラインドは半分おろされて外の景色は見えなかったが、隙間から早朝の日光が何本もの棒になって射し入って、わずかばかりの家具や、色鮮やかな壁紙としみのある茶色い床板の一部を照らしていた。

ル・シッフルは籐の椅子を指さした。

「あれがうってつけだ」と、痩せた男に話しかける。「急いでやつの支度をととのえろ。抵抗したら、ほんの少しだけ痛めつけてやれ」

ル・シッフルがボンドにむきなおった。大きな顔にはなんの表情もなく、丸い目に関心の光は少しもなかった。

「服を脱げ。抵抗のそぶりを見せたら、一回ごとにベイジルが指の骨を一本へし折るぞ。わたしたちは本気だ――きみの健康状態などにはこれっぽっちも関心はない。きみが生きるか死ぬかは、これからのわたしたちの会話の結果いかんで決まる」

ル・シッフルは痩せた男にジェスチャーで合図し、自分は部屋を出ていった。

痩せた男の最初の行動は奇妙だった。先ほどボンドの車の幌を切り裂くのにつかった折りたたみナイフの刃を出して、小さな安楽椅子をつかむと、手早く籐の座面を切りはじめたのだ。

それから男は刃を出したままのナイフを上着の大きなポケットに万年筆のように差し、ボンドのところへ引き返してきた。ボンドを日ざしの射しいってくるほうへむけると、手首を縛っている電気ケーブルをほどいた。すばやくわきへ移動したときには、男の右手にナイフがかまえられていた。

「早くしろ」

ボンドは腫《は》れた手首をさすりつつ、ぐずぐず抵抗することで時間をどれだけ浪費させられるだろうかと自分相手に議論した。だが、稼げた時間はほんの一瞬だけだった。瘦せた男がすばやく進みでてくると同時に、空いている手を上からさっとふりおろしてボンドのディナージャケットの襟首をうしろからつかんだかと思うと、ジャケットをそのまま下へ引きおろして、あっというまに両腕を背中で固定してしまったのだ。警官がつかう昔ながらの身柄確保のこの方法に、ボンドもやはり定番の対抗手段をとった——しゃがみこんで床に膝《ひざ》をついたのだ。しかし、瘦せた男はボンドにあわせてしゃがみこみ、同時にナイフをぐるりとまわしてボンドの背中にふりおろした。鋭利な刃物が〝じゅうっ〟という音をたてて布地を切り裂いたかと思うと、両腕がいきなり自由になり、左右に切り分けられたジャケットが体の前側に落ちてきた。

ボンドは毒づいて立ちあがった。瘦せた男はすばやくもとの位置にまで引き下がり、いままたリラックスした右手にナイフをかまえていた。ボンドはまっぷたつに切り裂かれたジャケットが腕から抜けて床に落ちるにまかせた。

「脱げ」瘦せた男は、痺《しび》れを切らせた気配がわずかにのぞく声でいった。

ボンドは男の目をじっと見つめながら、ゆっくりとシャツを脱ぎはじめた。

ル・シッフルがせかせかした足どりで部屋にもどってきた。香りからするとコーヒーがはいっているらしいポットを手にしている。ポットを窓ぎわのテーブルに置く。おなじそのテーブルに、ル・シッフルは二個のありふれた日用品も置いた。ひとつは籐をねじりあわせてつくられた一メートル弱ほどの絨緞叩き《カーペットビーター》、もうひとつは料理をとりわけるための食卓用ナイフだ。

ル・シッフルは玉座のような椅子にゆったりくつろいだ姿勢ですわると、コーヒーをグラスのひとつに注いだ。片足を小さな安楽椅子に引っかけて、自分の真正面に引き寄せる——安楽椅子の籐の座面は切りとられ、いまでは円形の木の枠しか残っていなかった。

ボンドは全裸で部屋のまんなかに立っていた。肌の白い全身いたるところに生々しい打ち身がある。疲労とこれからの展開を見通していることの影響で、顔は血色をうしなった仮面になっていた。

「そこにすわるんだ」ル・シッフルが自分の前にある安楽椅子をあごで示した。

ボンドは椅子に歩みより、腰をおろした。

痩せた男が電気ケーブルを数本とりだした。男はケーブルでボンドの手首を椅子の肘掛けに、足首を椅子の前側の二本の脚に縛りつけた。胸から左右の腋《わき》の下、さらに椅子の背もたれのあいだにもケーブルを二重に通して固定する。男は結び目をきっちり正確につくっていたし、縛るときに少しの遊びもつくらなかった。ケーブルのすべてがボンドの肉に食いこんでいた。椅子は脚が左右に大きく広がっているため、揺り動かすことすら不可能だった。

全裸で身を守るすべもなく、ボンドは生殺与奪の権を完全に握られていた。

ボンドの臀部と下腹部の器官は椅子の枠から沈み、床のほうへ突きでている。

ル・シッフルがうなずきかけると、痩せた男は足早に部屋を出てドアを閉めた。

テーブルにゴロワーズの箱とライターがあった。ル・シッフルは箱からタバコを一本抜いて火をつけ、グラスからコーヒーをひと口飲んだ。それから絨緞《じゅうたん》叩きを手にとると、持ち手をゆったりと膝の上に置いた——絨緞を叩くための三つ葉模様の部分が、ボンドがすわっている椅子の真下の床にあたっていた。

ル・シッフルは愛撫するかのような視線で、ボンドの目をじっくりのぞきこんだ。それから、膝に置いた両方の手首を一気に上へ跳ねあげた。

結果は驚くべきものだった。

ボンドの全身が抑えられない痙攣《けいれん》にそりかえった。声なき絶叫に顔が歪《ゆが》み、唇が引っぱられて歯が剝《む》きだしになる。同時に頭ががくっと後方へのけぞって、首すじに張りつめた腱《けん》が浮きでてきた。一瞬のあいだ全身の筋肉という筋肉が結び目のように浮きあがり、手足の指には関節が白くなるほどの力がこめられた。そのあと体がぐったり弛緩《しかん》して、全身に汗が噴きだしはじめた。のどの奥深くからうめき声が洩れでてきた。

ル・シッフルはボンドが目をあけるのを待っていた。

「わかったかな、ちびすけくん?」そういって肉づきのいい顔に淡い笑みをたたえる。

「これでおたがいの立場のちがいがはっきりしたのではないかね?」

ボンドのあごの先から汗のしずくがひと粒、ぽとりと胸に落ちた。

「さて、そろそろ本題にかかって、きみが引き起こした不幸な惨事をどれほど手早く片づけられるのかを見定めようじゃないか」

ル・シッフルは陽気な風情でタバコをふかしつつ、この場には不似合いな恐るべき道具で、ボンドがすわっている椅子の真下の床を警告するように叩いていた。

「わがちびすけくん」ル・シッフルは父親めいた口調だった。「子供じみた鬼ごっこはおしまいだ——そう、完全におしまいだよ。きみはうっかり大人のゲームの場に迷いこみ、それが苦痛に満ちた体験であることを身をもって学んだ。そう、きみには大人相手にゲームをするだけの能力も準備もないし、そもそもロンドンにいるきみの子守連中も愚かだな——シャベルやバケツみたいなおもちゃしか与えずに、きみをここへ派遣したとはね。とことん愚かで、きみにとっては不運というほかはない。

この教訓ぶくみの愉快な話がこの先どうなるのか、きみがききたがっていることは重々わかってはいるが、そろそろ冗談は切りあげよう」

いきなりル・シッフルは、それまでのからかい口調を引っこめ、憎しみに満ちた目で鋭くボンドをにらみつけた。

「金はどこだ？」

ボンドの充血した目がル・シッフルをうつろに見返していた。

ふたたび手首がスナップを効かせて上へ跳ね、ふたたびボンドの全身が苦痛にうねって、ねじくれた。

ル・シッフルは痛めつけられたボンドの心臓の苦しげな鼓動がおさまり、ボンドがつらそうに瞼《まぶた》をひらくまで、じっと待っていた。

「やはりひとこと説明しておくべきかな」ル・シッフルは口をひらいた。「わたしはね、きみがこちらの質問にきっちり答えるまで、きみの敏感きわまる部分をこんなふうに攻撃しつづけるつもりだ。わたしには一片の慈悲もなく、手をゆるめることはいっさいない。最後の土壇場できみが救出されることはないし、きみがここから逃げだせる見込みはゼロだ。これは最後に悪人が打ち負かされ、主人公は勲章をもらって美女とめでたく結婚するような夢物語もいいところの冒険小説じゃないよ。まことに残念だが、現実の世界ではそんなことにはならない。きみがこの先も強情に口を割らなければ、きみが正気をうしないかけるまで拷問をつづけるし、例の女もここへ連れてきて、きみの目の前で痛めつけてやる。それでも足りなければ、きみたちふたりをたっぷり苦しませて殺し、不本意だが、きみたちの死体は残したまま、快適な家が待つ外国へむかって旅立つよ。わたしはそこで有益かつ多大な利益の見こめる仕事をこなし、わたしがつくるはずの家族の胸にいだかれて、悠々自適の穏やかな老後を過ごすことになる。もうわかったね、ちびすけくん——どっちに転んでも、わたしはなにもうしなわない。きみがあの金をすなおにわたしてくれれば、それはそれでうれしい余禄になる。きみが金をわたすのを拒むのなら、わたしは肩をすくめて、みずからの道を歩むだけだ」

ル・シッフルは口をつぐみ、膝に置いた手首をわずかにもちあげた。籐の絨緞叩きの表面が軽く素肌に触れただけで、ボンドの全身の肉がすくみあがった。

「しかし、きみがこれ以上の苦痛を避け、命ばかりは助かりたいというのなら、その道はたったひとつだ。それ以外に希望をもてる道はない。ひとつもね。

さて、と」

ボンドは目を閉じ、激痛の訪れを待った。拷問は最初がいちばん苦しいことは知っていた。苦痛は拋物線《ほうぶつせん》を描いて変化する。急激に増大して頂点に達したのちは、神経が鈍麻して反応が次第に鈍くなり、その先に待っているのは意識の途絶と死だ。いまのボンドにできるのは、苦痛の頂点の到来を祈り、自分の意気がそれまでもちこたえることを祈り、そのあとじわじわと時間をかけて惰性で落下したのち、最後に意識が闇に塗りつぶされることを受け入れるだけだ。

ドイツ人や日本人に拷問されて生き延びた経験のある同僚たちによれば、いよいよおわりが近づいてくると、まずぬくもりに満ちた無気力状態という至高の時間がひとしきりつづき、やがて官能的とさえいえる薄闇に包まれるらしい。その薄闇のなかで苦痛が快楽に転じ、拷問者への憎しみや恐怖がマゾヒスティックな熱愛に転じるという。そんなふうに暴力で朦朧《もうろう》となったことを顔や態度にのぞかせないことこそ窮極の意志の試練だ——ボンドはすでに学んでいた。そんな状態になったと察しとられたが最後、敵はそれ以上の手間を省こうとして即座にボンドを殺すか、さもなければわざとボンドをある程度まで恢復《かいふく》させてから、苦痛がふたたび抛物線の出発点にもどるのを待つだろう。後者の場合、また最初から拷問をはじめるわけだ。

ボンドはほんの少しだけ目をあけた。

ル・シッフルはこの瞬間を待ちかまえていた。籐の絨緞叩きが床からガラガラ蛇のように一気に躍りあがった。くりかえし絨緞叩きを叩きつけられ、ボンドは悲鳴をあげながら椅子の上であやつり人形《マリオネット》のように体を痙攣させていた。

ル・シッフルがようやく叩くのをやめたのは、ボンドの苦悶の痙攣に、わずかながら反応が鈍くなる兆候がのぞいたからだった。そのままじっと椅子にすわってコーヒーを飲み、むずかしい手術のあいだに心電計を見ている外科医さながら、わずかに眉《まゆ》を曇らせていた。

ボンドがふたたび瞼をふるわせながら目をひらくと、ル・シッフルはボンドに話しかけた――ただし、このときには言葉にかすかな苛立ちがのぞいていた。

「あの金がきみの部屋のどこかにあることはわかっている」ル・シッフルはいった。「四千万フランを小切手に換えていたし、いったんホテルにもどったのも小切手を隠すためだったことはお見通しだ」

つかのまボンドは、この男がなぜそこまで断言できるのだろうかと不思議に思った。

「きみは部屋を出てナイトクラブにむかったが――」ル・シッフルはつづけた。「その直後、わたしの手下四人があの部屋を捜索した」

ムンツ夫妻もお手伝いをしたことだろうよ――ボンドは思った。

「子供っぽい隠し場所をずいぶん見つけたよ。トイレの水洗タンクを調べたら、浮玉コックからなかなか興味深い暗号解読の小さな手引書が見つかったし、抽斗《ひきだし》の裏にはきみの書類が何枚か貼りつけてあった。家具はどれも部品にまで分解し、きみの衣類とカーテンやベッドの寝具は全部切り裂いて調べた。あの部屋はくまなく虱《しらみ》つぶしに調べたし、設備のたぐいも全部とりはずした。それでもわたしたちが小切手を発見しなかったのは、きみにとっては不幸だね。見つかっていれば、いまごろきみはベッドで快適に過ごしていただろうし、麗しのミス・リンドもいっしょだったんだろうよ――こんな目にあうこともなく」いいながら、また手首を上へ跳ねさせた。

激痛のもたらす赤い靄《もや》ごしに、ボンドはヴェスパーのことを思った。ふたりの用心棒がヴェスパーをどんなふうに食い物にしているかは容易に想像できた。ル・シッフルのもとによこされる前に、ふたりはヴェスパーをできるかぎり慰《なぐさ》みものにするはずだ。ボンドはコルシカ人の分厚い濡れた唇や、悠然と残酷なことをおこなう痩せた男の性格を思った。こんなことに引きずりこまれるとは運のない哀れな女だ。哀れな馬鹿女。

ル・シッフルがまた話をしていた。

「拷問はたしかに恐ろしい所業だよ」新しく火をつけたタバコをふかしながら、そう話している。「しかし拷問する側にとっては単純きわまる仕事でもある。とりわけ拷問される〝受難者《ペイシエント》〟が――」〝患者〟という意味もある単語を口にしながら、にやりと笑いをのぞかせて、「――男性の場合にはね。きみにも事情はわかるね、わが友ボンドくん。男を拷問するのに凝《こ》った手法を追求する必要はない。こんな簡単な道具ひとつで――それをいうならこれ以外のどんな道具でも――ひとりの男に最大限の苦痛や必要なだけの苦痛を味わわせることができるんだ。小説であれ実録物であれ、戦争についての本で読んだことを鵜呑《うの》みにするものではないよ。これ以上に悲惨なことはないぞ。直接的な苦痛のためだけではない――拷問される側が、大事な〝男のしるし〟がじわじわ破壊されていくことや、拷問に屈しなければ最後には自分が男でなくなるということをいやでも考えてしまうからだ。

わが友ボンドくん、これはじつに悲しくも恐ろしい考えだね――肉体ばかりか精神も長いあいだ延々と苦しみつづけたあげく、最後の絶叫の瞬間にたどりつく。そのときさみは、いっそ殺してくれとわたしに懇願する。金をどこに隠したかを吐かなければ、いまの話すべてが現実になるのは避けがたいね」

ル・シッフルはグラスにコーヒーを注ぎたして飲みほした——左右の口角に茶色いコーヒーの痕が残る。

ボンドの唇が苦しげにうごめいていた。なにかをいおうとしている。それからようやく、ひどくかすれた声で短い言葉をなんとか押しだすことに成功した。

「飲み物……」ボンドはいい、舌先を口からのぞかせて乾ききった唇に往復させた。

「いいとも、ちびすけくん。うっかりしていて申しわけない」

ル・シッフルはもうひとつのグラスにコーヒーを注いだ。床にしたたり落ちた汗が、ボンドの椅子をとりまくように輪をつくっていた。

「そうとも、きみの舌が干からびないように気をつけていなくてはね」

ル・シッフルは絨緞叩きの持ち手の部分を自分の太い両足のあいだの床におろし、椅子から立ちあがった。ついでボンドの背後にまわり、汗に濡れた髪を片手でつかんで頭を一気に後方へそらした。それからボンドが噎《む》せないように、一回にひと口分のコーヒーを口のなかに注ぐ。飲ませおわると、ル・シッフルは髪をつかんでいた手を離した。ボンドの頭部ががくりと前に垂れて胸についた。ル・シッフルは自分の椅子にもどって、絨緞叩きを手にとった。

ボンドは顔をあげ、不明瞭な発音でこういった。

「あの金はおまえの役には立たないぞ」苦しげなしゃがれた声だった。「警察が調べて、おまえを割りだすに決まってる」

それだけ口にするのに疲れはてて、ボンドの頭はまた力なく前に垂れた。実際にはボンドは、肉体への影響をわずかに——本当にごく少しだけ——誇張する芝居をしていた。少しでも時間を稼ぎ、次の苦痛の機会を少しでも先延ばしにできるなら、どんな手でもつかうつもりだった。

「おっと、わが親愛なる友よ、話し忘れたことがある」ル・シッフルは狼じみた笑みをのぞかせた。「カジノでのささやかなゲームのあと、わたしときみはふたりだけで顔をあわせたんだよ。きみは信義を重んじるスポーツマンだから、わたしたちふたりで勝負を賭けたゲームをあと一回することに同意した。見あげた態度だったよ。英国紳士の見本といえる姿勢だね。

ただ、あいにくきみは負けた。きみは激しく動揺し、すぐロワイヤルをあとにしたが、行先はだれにもわからない。ただし紳士であるきみは親切にも、わたしにこういった事情のいっさいを書き記したメモを残した——わたしがなんの支障もなく小切手を換金できるようにという配慮でね。わかったかな、ちびすけくん。こちらはすべてを考慮している。だから、わたしにぬかりがあるのではという気づかいは無用だ」

ル・シッフルは悦にいった含み笑いを洩らした。

「さて、話を進めさせてもらう。わたしにはありあまるほどの時間があるし、正直にいえば、ひとりの男がどこまで耐えられるかを実地に確かめたくてね……ああ、秘密を明かせと催促されることにね」いいながら、硬い籐の道具で床を打って音を出す。

もう勝敗は決したわけか――心が二度と浮かびあがれない深みへ落ちていくのを感じながら、ボンドは思った。〝だれにもわからない行先〟とは地面の下か海面の下、あるいは大破したベントレーの下あたりか。どのみち死ぬしかないのなら、精いっぱい手のかかる死に方をしてやろう。マティスかライターが間にあうよう助けに駆けつけてくる望みはもうないが、少なくとも逃げだす前のル・シッフルを彼らがつかまえてくれる望みはある。そろそろ朝の七時だ。ベントレーもすでに発見されているだろう。いずれ劣らぬ悲惨なシナリオふたつから少しでもましなほうを選ぶにすぎないが、ル・シッフルによる拷問が長引けば、それだけこの男が報いを受ける可能性が高まる。

ボンドは顔をあげ、ル・シッフルの目をにらみすえた。

磁器のように白かった白目がいまは赤く充血していた。そのせいで瞳は、血のなかに浮かべたブラックカラントの黒い実のように見えていた。大きな顔のそれ以外の部分では黄色っぽい肌が汗で濡れ光っていて、例外は濃い無精ひげで黒く覆われているあたりだけだった。左右の口角には黒いコーヒーが上向きに跳ねたような汚れを残し、淡い笑みめいた印象をつくっていた。その顔にベネチアンブラインドの隙間から射している陽光が、うっすらとした縞《しま》模様を描きこんでいた。

「いやだ」ボンドは平板な口調で卑語を吐いた。「この——野郎」

ル・シッフルはうめき声を洩らし、激しい怒りもあらわに拷問を再開した。しかも、おりおりに野獣めいたうなり声をあげていた。

十分もつづくと、ボンドは気をうしなった——幸いなことに。

ル・シッフルはすぐさま手をとめた。道具をもっていないほうの手で顔に円を描くようにしながら汗を拭《ぬぐ》う。そのあと時計を見て心を決めたらしい。

ル・シッフルは椅子から立ちあがると、ぐったりと動かずに血を垂らしているだけのボンドの背後に立った。ボンドの顔は血色をうしなっていた——それどころか腰から上のどこを見ても、まったく血色がない。心臓のあたりで、皮膚がかろうじて小さく波打っていた。それがなかったら死んでいるように見えたことだろう。

ル・シッフルはボンドの左右の耳をつまむと、容赦なくねじりあげた。それから前に乗り出して、ボンドの左右の頬を数回にわたって強くひっぱたく。叩かれるたびに、ボンドの頭部が左右にぐらぐらと揺れ動いた。呼吸がゆっくりとながら、しだいに深くなってくる。半開きで舌を垂らした口から、野獣のうめきを思わせる声が洩れた。

ル・シッフルはコーヒーのグラスを手にとると、ボンドの口に少し流しこみ、残ったコーヒーをボンドの顔にぶちまけた。ボンドがのろのろと瞼をひらいた。

ル・シッフルは自分の椅子に引き返して待っていた。タバコに火をつけると、向かいでボンドがぐったりしている椅子の下の床にできた血だまりを見つめる。

ボンドがふたたび哀れっぽいうめき声を洩らした。人間とは思えない声だった。ついでボンドは目を大きく見ひらき、みずからの拷問者を朦朧とした目で見つめた。

ル・シッフルが口をひらいた。

「さあ、もうおしまいだ、ボンドくん。これからきみに片をつけさせてもらう。わかったね？　きみを殺すわけじゃない——片をつけるだけだ。それがすんだらあの女をここへ連れてきて、見る影もなく変わりはてたきみたちから情報を搾《しぼ》りとれるかどうかを確かめようじゃないか」

そういうとル・シッフルはテーブルへ手を伸ばした。

「さあ、ボンドくん、大事なお宝にさよならをいいたまえ」

18　岩山のような顔

第三の声がきこえること自体が異例だった。ここ一、二時間のあいだの儀式で要求されていたのは、拷問の恐ろしい物音に対抗するような二名の会話だけだった。意識が薄れかけたボンドには、第三の声がよく理解できなかった。しかし、次の瞬間にはいきなり完全な意識をほぼ半分までとりもどしていた。気がつけば、あたりのようすが見聞きできるようになっていた。戸口から響いた静かな一語と、それにつづく死のような静寂もはっきり感じとれた。ル・シッフルがゆっくりと顔をあげるところも、その顔に浮かんでいた純粋な驚きの表情――なにも知らずに驚いただけの表情――が、じわじわと恐怖の表情に変わっていくところも見えた。

「やめれ《シュトップ》」第三の声は訛《なまり》のある英語で静かにそういった。

つづいてボンドの耳は、背後から悠然と近づいてくる足音をとらえた。

「そいつをおりょせ《ドォロップ・イット》」訛のある声はつづけた。

ボンドが見ている前でル・シッフルが従順に手をひらき、握られていたナイフが床に落ちて乾いた音をたてた。

　ボンドは背後でなにが起こっているのかをル・シッフルの顔から必死に読みとろうとしたが、見えたのは事情がさっぱり理解できずに怯《おび》えている者の表情だけだった。ル・シッフルの口がさかんに動いてはいたが、上ずった〝あああっ〟という声しか出てこない。でっぷり肉のついた頬がぷるぷる震えているのは、なにか話したりたずねたりするために必要な唾を口のなかに溜めようとしているのか。腿《もも》に置かれた両手が、あてもなく小刻みに動いていた。そのうち片手がポケットへむかって少しだけ移動したが、すぐもとの位置に引きもどされた。じっと見つめているル・シッフルの丸い目が一瞬だけ下方へむけられたのを見て、ボンドは第三者がこの男に拳銃をつきつけていることを察した。

　一瞬の静寂。それから――

「SMERSH《スメルシュ》」

　その単語は、吐息にも似た音とともに発音された。その単語は、ほかになにもいう必要はないかのようにきっぱり断言する口調で発音された。最後の説明の言葉だった。すべての締めくくりの言葉だった。

「よせ」ル・シッフルはいった。「よせ。わたしは……」しかし、その声は尻すぼみに消えた。

　この男は釈明か謝罪をするつもりだったのかもしれない。しかし、相手の男の顔から見てとれたものが、あらゆる言葉を無用の長物にしてしまったにちがいなかった。

「おまえのふたりの手下。どちらも死んだ。おまえは愚か者、盗人、裏切り者。おれはソビエト連邦からおまえの始末のため、送りこまれた。おまえは運がいい――おれの時間が限られていて、あっさり撃ち殺すしかないからな。条件が許せば、おまえを精いっぱい苦しめてから殺すべしと指示されている。おまえが引き起こした厄介ごとがどんな結果を招くのか、手をこまねいて見ているわけにもいかなくてね」

訛の強い声が途切れた。室内が静まりかえり、きこえるのはル・シッフルの苦しげな息づかいだけだった。

窓の外から朝の鳥のさえずりをはじめ、目覚めつつある田園地帯の小さな物音がいろいろときこえてきた。何本もの帯になって射しこむ日ざしがさらに強くなり、ル・シッフルの顔に浮かんだ汗をぎらぎらと光らせていた。

「自分は有罪だと認めるか？」

ボンドは必死になって意識にしがみついた。力をこめて瞼《まぶた》を閉じまいとし、強くかぶりをふって頭をすっきりさせようとする。しかし全身の神経系統が麻痺《まひ》していて、メッセージを筋肉に届けられなかった。まっすぐ正面に見えている血色をなくした大きな顔と、そのなかで飛びだしそうになっている目玉に焦点をあわせているのが精いっぱいだった。

ひらきっぱなしの口から唾液が伝い落ちて、あごの先から垂れていた。

「ああ、認める」その口がいった。

鋭い〝ぷしゅっ〟という音がした——歯磨き粉のチューブの口にできた泡が弾けたような小さな音だった。それ以外の音はいっさいきこえなかった——いきなりル・シッフルの目が増えていた。第三の目は最初からある左右の目とおなじ高さで、ひたいの中央の真下、巨大な鉤鼻《かぎばな》が盛りあがりはじめるところに出現していた。小さくて黒いだけのその目には、睫毛《まつげ》も眉《まゆ》もなかった。

つかのま三つの目すべてが部屋の反対側を見つめているようだった。つづいて顔全体が、一気に片膝《かたひざ》のほうへ滑り落ちていくように見えた。最初からある左右の目がぐるりとまわって天井のほうをむく。重い頭部が横へ倒れていき、さらに右肩が、最後には上半身全体が椅子の肘掛けから外側に倒れこんだ。まるで椅子の横に反吐《へど》をぶちまけようとしているようだった。しかし現実には靴の踵《かかと》が短時間だけ床をかたかたと打っただけで、ほかの動きはいっさいなかった。

高い背もたれの玉座のような椅子が、肘掛けという腕で超然と死体を抱きかかえているようだった。

ボンドの背後で人が動くかすかな気配がした。うしろから伸びでた手がボンドのあごをつかんで引きあげた。

ほんの一瞬だったが、幅の狭い黒い仮面からのぞく一対のぎらぎら輝く瞳と目があった。

帽子のつばの下、鹿毛色の防水レインコートの襟の陰に、岩山めいた顔があるという印象だった。しかしそれ以上見てとることができないうちに、ボンドは頭を押しさげられてしまった。

「おまえは運のいい男だ」声の主はいった。「おれはおまえを殺せという命令を受けてはいない。おまえはきょう一日だけで二回も死をまぬがれた。ただし、おまえから所属組織にこう報告しておけ――ＳＭＥＲＳＨが殺さずに見逃したとすれば、偶然か手ちがいのどちらかだ。おまえの場合は最初に殺されずにすんだのが偶然、いま助かっているのは手ちがいだ。本来おれは、犬のクソにたかる蠅《はえ》みたいにこの裏切り者の周辺をうろつく外国のスパイを片端から殺せという命令を受けていて当然だったんだから。

　それでもおまえのもとに、おれの訪問のしるしくらいは残していくべきだろうな。おまえはギャンブラーだ。カード遊びをする。となると、いずれおれの組織のだれかを相手にゲームをする日も来るかもしれん。だったら、おまえがスパイだとまわりにわかったほうがいい」

　足音がボンドの右肩の後方へ移動した。つづいてナイフの刃をひらく〝かちり〟という音。灰色の素材の袖に包まれた腕が視界にはいりこんできた。毛むくじゃらの大きな手が汚れたワイシャツの袖からぬっと突きだす。手は万年筆の要領で細いナイフをかまえていた。ナイフはボンドの右手の甲の上でひととき静止した――そもそも右手は電気ケーブルで肘掛けに縛りつけられていて動かせない。ナイフの切先がすばやく動いて、三本の直線を手の甲に刻んだ。さらに四本めが、三本の直線の終端部をつなぐように刻みこまれた——拳の関節のすぐ近くに。たちまち、鮮血が逆さの《M》の字めいた形に浮かびあがり、ゆっくりと床にしたたり落ちはじめた。

これまで味わわされてきた苦痛と比べれば無に等しい痛みだったが、ボンドをふたたび無意識に突き落とすには充分だった。

足音がゆっくり室内を移動して遠ざかっていく。そしてドアが静かに閉じられた。静まりかえった室内に、閉ざされた窓から夏の日の陽気な物音が小さく忍びこんできた。左側の壁のずっと高いところに、小さなふたつのピンクの照り返しが映っていた。ブラインドごしに縞《しま》模様になって射しこむ六月の日ざしが、約一メートルの間隔で床にふたつできている血だまりに反射し、光が上にむかってできた照り返しだった。

太陽の動きにあわせて、ピンクの照り返し部分もゆっくりと壁の上を移動していた。移動しながら、どちらの照り返しもだんだん大きくなっていた。

19 白いテント

夢のなかで夢を見ているのは、ほどなく目が覚めるしるしだ。

そのあと二日間、ボンドは意識をとりもどすことなく、ずっとそんな状態だった。えんえんと夢がつづき、大半は恐ろしい内容で苦痛に満ちてもいたが、それでも夢をさえぎる努力はいっさいしなかった。自分がベッドに仰向けで寝ていることや体を動かせないことはわかったし、わずかな光が意識に射しているような瞬間には、まわりに他人がいることも察しとれたが、目をあけて現実世界に立ちかえろうという努力はひとつもしなかった。暗闇にいると安心できた。だから、ボンドは暗闇を抱き寄せていた。

そして三日めの朝、ボンドは血まみれの悪夢にうなされ、全身を震わせてしとどに汗をかきながら目を覚ました。だれかがひたいに手をあてていたが、ボンドはこの手を悪夢と関連づけてしまった。片腕をもちあげて手を払いのけ、本来のもちぬしのもとに叩きかえしてやろうとしたのだが、そもそも腕があがらなかった。全身がストラップでベッドに固定され、さらに胸から足までが大きな白い柩《ひつぎ》のようなものですっぽり覆われて、ベッドの足もとまでの視界がさえぎられていた。ボンドは罰当たりな言葉をあれこれ叫んだが、それだけで体力がたちまち底をつき、言葉はすすり泣きに飲みこまれた。絶望と自己憐憫《れんびん》の涙がこみあげて両目からあふれた。

女性の声が話しかけ、ボンドにもその言葉がだんだん理解できてきた。親切な声のようだった――それでゆっくりとだが、自分が気づかわれていることや声の主が敵ではなく友人であることがわかってきた。なかなか信じられなかった。自分がいまもまだ囚われの身であり、まもなく拷問が再開するにちがいないと固く信じこんでいたからだ。ラベンダーの香りのする冷たい布でやさしく顔を拭かれているのを感じたのを最後に、ボンドはまた夢の世界にもどっていった。

数時間後にまた目を覚ましたときには、恐怖がすっかり消え、ボンドはゆったりくつろいだ物憂げな気分を感じていた。日ざしがさんさんと射しこむ部屋は明るく、窓ごしに庭園の物音が流れてくる。そしてその背景に流れているのは、海岸に打ち寄せるさざなみの音だ。頭を動かすと〝かさかさ〟という音がきこえ、つづいて枕の横に腰をおろしていた看護婦が立ちあがって、ボンドの視界に姿をあらわした。愛らしい風貌の看護婦はにこやかに微笑みながら、ボンドの手首をとって脈搏《みゃくはく》をはかった。

「ようやく目を覚ましてくれてほっとしました。生まれてこのかた、あんなにもおぞましい言葉は初めてでしたから」

ボンドは看護婦に微笑みかえした。

「で、ここはどこかな？」質問したボンドは、その声がしっかりとしていて明瞭なことに我ながら驚いた。

「ロワイヤルにある小さな私立病院です。わたしはあなたの看護のためにイギリスから派遣されてきました。看護婦はふたりです――わたしはギブスン看護婦。少し横になって安静にしていてください――あなたが目覚めたことを先生に伝えてきます。運びこまれてからあなたがまったく目を覚まさないので、みんな、とても心配していたんですよ」

ボンドは目を閉じると、精神だけで肉体の状態を確かめていった。痛みがいちばん強いのは手首と足首、およびロシア人のナイフで皮膚を切られた右手だ。体の中心部にはなんの感覚もなかった。局所麻酔をほどこされているのだろう。そこ以外の全身は、どこもかしこもくまなく殴られたかのように鈍く痛んでいた。体じゅうにきっちり巻かれた繃帯《ほうたい》が感じられたほか、首やあごの無精ひげがシーツをくすぐるのも感じられた。伸び具合からして、少なくとも三日はひげを剃《そ》らずに過ごしたにちがいない。つまり、早朝に拷問されたあの日から二日たったことになる。

ボンドが頭のなかで質問事項の短いリストを作成していたそのとき、ドアがあいて医師が先ほどの看護婦をしたがえて部屋にはいってきた。そのうしろに、見慣れたマティスの姿があった。マティスは満面の笑みの裏側に憂慮《ゆうりょ》をのぞかせ、唇に指を立てて話さなくてもいいとボンドに伝えると、抜き足差し足で窓ぎわに歩み寄って椅子に腰かけた。

医師は若々しく知的な風貌のフランス人で、参謀本部第二局で任務についていたところをボンドの治療のために当地へ呼び寄せられたのだ。医師はベッドに近づき、ボンドの横に立つと、片手をボンドのひたいにあてがったまま、ベッドのうしろにかかっている体温表に目をむけた。

ついで口をひらくと、率直な言葉が出てきた。

「ミスター・ボンド、あなたには質問がさぞたくさんあることでしょう」医師は非の打ちどころのない完璧な英語でいった。「わたしはそのほとんどにお答えできます。あなたの体力を浪費するのは本意ではないので、わたしからまず重要な事実をかいつまんでお話しします。そのあとで、あなたから二、三のこまかい話をききたがっているムシュー・マティスと数分ほどお過ごしいただけそうです。本来なら、こういった話はまだ早いんですよ。しかし、わたしとしてはあなたの精神状態を安定させたくもあります。そうすれば、あなたの精神状態にあまり手間ひまを割《さ》かれることなく、あなたの肉体を治療する仕事に専念できますのでね」

ギブスン看護婦は医師のための椅子をベッド近くに引き寄せ、病室から出ていった。

「あなたがここへ運ばれてきてから二日たっています」医師はつづけた。「ロワイヤルにむかっていたひとりの農夫があなたの車を見つけ、警察に通報しました。そのあと多少の時間は要しましたが、あなたの車だという情報をムシュー・マティスがつかみ、すぐ部下たちを引き連れて〈夜興館《レ・ノクタンビュル》〉へむかいました。そしてあなたとル・シッフル、それにあなたのご友人のミス・リンドの三人を見つけたのです――ミス・リンドには怪我はありませんでしたし、本人の話によれば性的暴行もいっさいなかったそうです。当初こそショックで茫然としていましたが、いまは完全に恢復《かいふく》してホテルに滞在しています。あなたが完全に恢復してイギリスへ帰国できるようになるまで、ロワイヤルにとどまって、あなたの指示に従うように、ロンドンの上司から命令されているとのことです。

ル・シッフルのふたりの用心棒は死にました――どちらも背後から頭部に三五口径の弾丸を一発だけ撃ちこまれて、殺害されていました。ふたりの死顔になんの表情も浮かんでいなかったことから、ふたりとも殺害者の姿を見ておらず、気配さえ察していなかったと考えられます。ふたりの死体はミス・リンドのいた部屋で発見されました。ル・シッフルもおそらくおなじ拳銃で、両目のあいだを撃ちぬかれて死んでいました。あなたはル・シッフルが殺される場面を目撃したんですか？」

「いかにも」ボンドは答えた。

「あなたが負った怪我はかなり深刻ですし、それなりに多くの血をうしなってもいましたが、さいわい命に別状はありません。すべて順調なら、あなたはいずれ完全に恢復しますし、どの肉体的機能にも障害は残らないでしょう」医師は真面目くさった笑みをのぞかせた。「しかし、あと数日は痛みも残りそうです。そのあいだ、あなたを少しでも楽にすることがわたしの仕事です。こうして意識をとりもどしたのですから、両腕の拘束は解きましょう。ただし、体を動かすのはまだ禁物ですし、お休みになるときには看護婦がまた腕を固定します。とにかく、いまなによりも大事なのは、休息をとって体力をとりもどすことです。もっかのところ、あなたは心身両面におけるショックのせいで深刻な状態にあります」医師はいったん言葉を切ってから――「拷問はどのくらいの時間つづいていたんですか？」

「一、二時間程度だね」ボンドは答えた。

「だったら、あなたがいまも生きているのは驚くべきことですよ。おめでとうをいわせてください。あなたとおなじ目にあっても耐えられる男はまずいないといっていい。それが多少の慰《なぐさ》めになるでしょうか。ムシュー・マティスからもお話があるでしょうが、わたしは同様の扱いをされてきた多くの人々の治療にあたってきました。しかし、あなたのように耐えぬいた人はひとりもいませんでした」

医師はしばしボンドを見つめてから、ぶっきらぼうにマティスのほうへ顔をむけた。

「では十分間限定でお願いします。時間になったら強制的に追いだしますからね。この患者の体温が上昇したら、責任はきっちりとってもらいます」

医師はそういうと、ふたりに満面の笑みを見せて病室をあとにした。

マティスがベッドに近づき、医師用の椅子にすわった。

「いいやつだな」ボンドは医師のことをいった。「気にいったよ」

「参謀本部第二局——つまりうちの局のスタッフだよ」マティスはいった。「実に優秀な男だ。そのうちあの男にまつわる逸話のひとつもきかせてやろう。あいつはきみが生き延びたことを奇跡だと思ってる。いや、ぼくもそう思ってるよ。

まあ、あいつの話はあとまわしでいい。きみも察しているとは思うが、いくつかはっきりさせておきたくてね。パリからそうせっつかれているし、もちろんロンドンからも矢の催促、われらが親友のライターを通じて、ワシントンからもせっつかれているありさまだ。そういえば——」マティスはいったん言葉を切った。「——Mからきみへの個人的な伝言を預かってる。ぼくに直接電話をかけてきたよ。今回のきみの働きに感銘をうけたと、それだけ伝えてくれとのことだ。それだけかとたずねると、Mは『では、大蔵省が大いに胸を撫でおろしていると伝えてほしい』といって電話を切ったよ」

ボンドは満足してにやりと笑った。なによりも喜ばしかったのは、今回Mがみずからマティスに電話をかけたという事実だった。前代未聞だった。Mという人物の素性はもちろんのこと、そんな人物の存在すら公式には認められていない。ここからも、今回の事件が機密保持に特段の関心をいだくロンドンの組織内部にどれほどの騒ぎを起こしたのか、ボンドには察しがついた。

「ぼくたちがきみを見つけた日に、ロンドンから背の高い痩せた片腕の男がやってきた」マティスはつづけた——こうした組織がらみの詳細な内幕話こそ、なによりもボンドの興味をかきたて、ボンドを喜ばせると知っていたからだ。「その男が看護婦たちの手配をはじめ、一切合財をとりしきっていった。きみの車だって、もう修理に出してある。話からするとヴェスパーの上司のような感じだったな。ヴェスパーとふたりでずいぶん長く過ごしていたし、きみの世話をするようにという厳格な指示も出していたよ」

S課の課長だろうとボンドは思った。なるほど、本部の連中はわたしのためにレッドカーペットを用意したのだ。

「さて」マティスはいった。「本題にかかろう。ル・シッフルを殺したのはだれだ?」

「SMERSH《スメルシュ》」ボンドはいった。

マティスは低く口笛を吹いた。

「驚いたね」感にたえた口調でそういう。「やつらは本当にル・シッフルを狙ってたんだな。見た目はどんなやつだった?」

ボンドはル・シッフルの死に先立つ出来事を簡潔に説明していった——ただしいちばん肝心な情報以外は、大半の部分をカットした。この説明にボンドは消耗し、いざ話しおわったときにはほっとした。頭のなかであの現場に立ち帰れば悪夢のすべてが目を覚まして、ひたいから汗がしたたり、体の奥から痛みがずきずきと湧き起こってくる。

マティスは自分のやりすぎを察した。ボンドの声がどんどん弱々しくなり、目がどんどん曇ってきたからだ。手帳をぱたりと閉じ、ボンドの肩に手をかける。

「どうか許してくれたまえよ、わが友」マティスはいった。「すべてはおわっているし、きみはもう安全に守られている。なにも問題はないし、計画は全面的に大成功だ。ぼくたちはもう、ル・シッフルがふたりの共犯者を射殺したのち、組合基金の使いこみにまつわる追及に耐えられないと見て自殺した、と発表した。ストラスブールや北東部では大騒ぎだ。あっちではル・シッフルが偉大な英雄で、フランスにおける共産党の大物と考えられていたからな。そこへもってきて売春宿とカジノの話も出たものだから、ル・シッフルの組織は完全にひっくりかえされて、だれもかれも火傷《やけど》した猫みたいに泡を食って走りまわってる。現時点で共産党は、ル・シッフルが精神に異常をきたしたと発表してる。しかし、その発表もあまり効果はないようだ――共産党書記長のモーリス・トレーズが神経をやられたのがそんなに遠くない昔だからね。そんな発表をしたところで、党の大物たちがみんなボケたと思われるのがおちさ。連中、いったいどんな手でこの騒ぎを収拾させることやら……」

マティスは自分の熱弁が望んだ効果を発揮したことを見てとった。ボンドがこれまでよりも目を輝かせていたのだ。

「これで残る謎はひとつになった」マティスはいった。「それをきいたら出ていく。約束だ」いいながら腕時計に目を落とし、「あの医者がいますぐにもぼくの生皮を剝《は》がしにきそうだな。さて、賭けに勝った金はどうした？　どこへやった？　どこに隠したのかな？　ぼくたちもホテルのあの部屋はくまなく捜索した。あの部屋にはなかった」

ボンドはにやりとした。

「あるんだよ」ボンドはいった。「部屋といえるかどうかは微妙だけどね。ホテルの客室のドアに、小さな黒いプラスティックの部屋番号のプレートが出ているだろう？　もちろんドアの廊下側に。あの晩ライターが部屋を出たあと、わたしはドアをあけ、プレートのネジをはずして折り畳んだ小切手を裏におさめてから、ネジでプレートを留めなおした。いまもまだあそこにあるはずだよ」ボンドは微笑んだ。「愚かなイギリス人でも、こうやって賢いフランス人に教えてやれることがあるというのはうれしいね」

マティスは楽しげに笑い声をあげた。

「ムンツ夫妻の企みをぼくが教えてやったことへの返礼のつもりか？　だったら、ああ、これでおあいこだね。ついでにいっておけば、あの夫婦はぼくたちが逮捕した。今度の一件に金で雇われただけの蝿《はえ》なみの小物だったよ。ま、数年間は牢屋暮らしをさせてやるつもりだ」

医師が猛然と病室にはいってきてボンドに目をむけ、マティスはそそくさと椅子から腰をあげた。

「出ていってください」医師はマティスにいった。「出ていったら、もう二度とここへは来ないように」

マティスはボンドにむけて陽気に手をふり、かろうじて別れの言葉をせわしなく口にしたが、それっきり病室から押しだされてしまった。激した調子のフランス語の会話が廊下をしだいに遠ざかっていくのがボンドにもきこえていた。疲れきって横たわってはいても、いましがた耳にしたすべての話のおかげで気が晴れていた。ヴェスパーのことを考えている自分に気づかされながら、たちまちボンドは途切れがちな眠りへただよい落ちていった。

まだ答えの出ていない疑問がいくつか残っていたが、あとまわしでもいいだろう。

20　悪の性質

ボンドの恢復《かいふく》ぶりは目ざましかった。四日後にマティスが病室に来たときには、もうベッドで上体を起こしていたし、腕も自由になっていた。下半身はいまでも楕円形のテントのようなもので覆われていたが、顔は元気そうだったし、刺すような痛みに目を細くするのもたまのことになっていた。

マティスは意気銷沈した顔を見せていた。

「さあ、これがきみの小切手だ」マティスはボンドにいった。「そりゃまあぼくだって四千万フランをポケットに入れて歩きまわるのは楽しかったが、やっぱりきみのサインをもらって、ぼくがクレディ・リヨネ銀行のきみの口座に入金しておいたほうがよさそうだ。ＳＭＥＲＳＨ《スメルシュ》の男は見あたらない。どこにも足跡ひとつない。あの別荘には歩いていったか自転車をつかったにちがいないね。きみはその男が別荘にやってきた物音をきいていなかったし、手下の用心棒ふたりも明らかに物音をきいていなかったようだからね。まったくもって腹立たしい。ぼくたちはＳＭＥＲＳＨという組織のことをほとんど把握してないし、事情はロンドンもおなじだ。ワシントンはいろいろ知っていると話していたが、中身は難民連中が聴取でしゃべったお決まりのむだ話ばかりだった。しょせん、イギリスの往来を歩いている連中をつかまえて秘密情報部のことをたずねたり、普通のフランス人をつかまえて参謀本部第二局のことをきくようなものじゃないか」

「おそらくレニングラードからワルシャワ経由でベルリンへはいったんだろうな」ボンドはいった。「ベルリンまで来れば、そこからヨーロッパ各地へむかう多数のルートが利用できる。いまごろはもう故国に帰りついているだろうし、わたしを撃ち殺さなかった件で上から叱られているんじゃないか。先の戦争からこっち、Mに命じられてこなしたひとつふたつの任務がらみで、あっちの国にもわたしについての多くの情報をおさめたファイルがありそうだ。どうもあの男は、わたしの手にナイフで頭文字を彫りつけようと思いついた自分を切れ者だと考えていたふしがあってね」

「その頭文字というのはなんなんだ?」マティスがたずねた。「医者は、角張ったMの字をひっくりかえして小さな尻尾をつけたみたいだと話していたぞ。さっぱり意味がわからないといってたな」

「まあ、こっちは気絶する前にちらりと見たきりだが、そのあと繃帯《ほうたい》をとりかえるときに傷痕を何回か見たこともあり、いまではロシア語でつかわれるキリル文字の Щ《シシャー》 だと考えているよ。上下さかさまのMの字に尻尾をつけたような文字だ。そう考えると筋が通る

――ＳＭＥＲＳＨというのはロシア語の〝スパイに死を《スメールチ・シュピオナム》〟からつくった略語だからね。あの男はわたしに〝スパイ《シュピオン》〟の烙印《らくいん》を捺《お》したとでも思っているんだろう。面倒な話だ。ロンドンに帰れば、病院に行って手の甲全体に新しい皮膚を移植してもらえとＭがいうに決まってる。しかし、そんな手間をかけても意味はない。もう辞めると決めたんだ」

マティスはあんぐり口をあけたままボンドを見つめた。

「辞めるだって？」信じがたいといいたげな口調だった。「いったいなんのために？」

ボンドはマティスから目をそむけた。それから繃帯を巻かれた両手を見おろす。

「拷問で痛めつけられていたあのとき――」ボンドはいった。「――いきなり生きていることがすばらしく思えてきたんだ。いざ拷問をはじめる前にル・シッフルが口にしたひとことが、そのあとも頭を離れなくなった――〝子供じみた鬼ごっこ〟というフレーズだ。ル・シッフルは、わたしがやっているのはしょせん〝子供じみた鬼ごっこ〟だといったんだよ。それで……突然その言葉のとおりではないかと思えてきたんだ。

わかるだろう？」ボンドはあいかわらず繃帯に目を落としたまま言葉をつづけた。「若いころには正邪の区別をつけるのは簡単だ。しかしだんだん年をとるにつれ、区別がむずかしくなる。学校に通っているころなら、自分から見て悪党と英雄を決めるのは簡単だし、大きくなったら英雄になって悪党を殺したいと思いながら育つものだ」

ボンドは依怙地《いこじ》な目でマティスを見つめていた。

「ともあれ、過去数年間でわたしはふたりの悪党を殺している。最初はニューヨーク——日本の領事館があったロックフェラーセンターにあるRCAビルの三十六階で、われわれの暗号の解読にとりくんでいた日本人の暗号専門家を殺したんだ。わたしは隣の高層ビルの四十階に部屋をとった——そこからなら道の反対にある日本人の部屋がのぞけたし、仕事をしている日本人の姿も見えた。そこでわたしはニューヨークにあるうちの組織の支局から同僚をひとり呼び、望遠スコープとサイレンサーを装着した三〇口径のレミントンを二挺調達した。わたしと同僚は部屋に銃をもちこみ、それから数日間、じっとチャンスをうかがっていた。同僚が日本人にむけてライフルを撃ち、わたしが一秒後に引金を引いた。同僚の仕事はガラス窓に穴を穿《うが》つことだけだった——わたしがその穴をつかって日本人を狙撃できるようにね。ロックフェラーセンターのビルは、外の騒音をシャットアウトするために、どこも頑丈なガラスを入れてるんだよ。この作戦はうまくいった。予想どおり、同僚が撃った弾丸はガラスに穴を穿ったあとで、どこかへ逸《そ》れていって消えた。しかしわたしはすぐさま、同僚がつくった穴をつかって撃った。穴があいた窓をふりかえって見あげた日本人の口を撃ちぬいたよ」

ボンドはしばしタバコをふかしていた。

「仕事は手がたくこなした。手ぎわよく、きれいに片づけた。標的とこちらの距離は三百メートル弱。標的との直接の接触はいっさいなし。その次のストックホルムでの任務のほうは、そこまであっさりとはおわらなかった。戦争中、わたしたちを裏切ってドイツに味方したノルウェー人の二重スパイを殺さなくてはならなかった。この男はこちらのふたりのスタッフをつかまえてね――ふたりとも始末されてしまったようだ。さまざまな理由から、この仕事はいっさい無音ですませる必要があった。そこでわたしは現場を二重スパイの自宅フラットの寝室とさだめ、ナイフをつかうことにした。それで……まあ……二重スパイもすんなり死んではくれなかった。

このふたつの任務をこなしたご褒美に、情報部においてダブル0《オー》の称号を与えられた。自分が切れ者になった気分だったし、腕ききでタフな情報部員だという評価ももらった。情報部でダブル0《オー》の称号をもらったら、仕事で必要になれば他人を冷酷に殺さざるをえなくなる。

さて――」ボンドはここでまた顔をあげ、マティスに目をもどした。「ここまではまったく問題のない話だね。英雄がふたりの悪党を殺したわけだ。しかし、英雄ル・シッフルが悪党ボンドを殺そうとたくらみ、一方悪党ボンドは自分が悪党ではないことを知っていた場合は、メダルの裏側が見えてくる。悪党どもと英雄たちがみんなごっちゃで区別がつかなくなる。

もちろん――」マティスが異論を唱えようとしているところに、ボンドはこういい添えた。「愛国心の問題がつきまとうし、愛国心を引き入れれば完全にすっきり整理できる。

しかし、ある国家は善で別の国家は悪だという見方は、いささか時代遅れでもある。今日《こんにち》のわれわれは共産主義と戦っている。それはいい。もしわたしが五十年前に生まれていたら、現代のわれわれがそなえているような保守主義がいまの共産主義のようなものとみなされていたかもしれず、わたしたちはそいつと戦えと命じられて送りだされたかもしれない。現代では歴史がめまぐるしく動いて進み、英雄と悪党がいっときもやめずに役割を交替しつづけているんだ」

マティスはあきれかえった目でボンドを見つめていた。ついで自分の頭をとんとんと指先で叩き、その手をなだめるようにボンドの腕に置く。

「つまりきみは、きみを去勢しようと尽力したル・シッフルというご立派な男は、悪党の定義にあてはまらないと考えているんだね？」マティスはそうたずねた。「きみのそのたわごとをきいた人はだれでも、ル・シッフルがぶん殴ったのはきみの頭であり、そっち――」いいながらベッドのほうを手でさし示す。「――そう、そっちじゃないと勘ちがいしそうだ。とにかく、Mから次のル・シッフル的な人物を追えと命令されるまで待っているといい。きみなら標的をきっちり追いつめるだろう。ＳＭＥＲＳＨの件はどうする？　いわせてもらえば、あの手あいがヨーロッパを好き勝手にうろついて、自分たちのご大層な政治体制への反逆者だとみなした連中を殺してまわるのは気にくわないね。きみはとんでもない無政府主義者だ」

マティスはさっと両腕を頭の上へふりあげ、そのまま力なく体の横へ垂らした。

ボンドは笑い声をあげた。

「わかった」ボンドは話しはじめた。「われらが友人のル・シッフルを例にとろう。あの男を悪党呼ばわりするのは実に簡単だ。少なくともわたしにとってはね——あの男に忌まわしいことをされたんだから。いまこの部屋にル・シッフルがいたら、わたしはためらいなく殺す。しかしそれはわたし個人の復讐の殺人であり、なにやら高尚な道徳上の理由とか、わが祖国の国益のためとか、そういう行動にはならないと思う」

ボンドはマティスがどれくらい退屈しているだろうかと思いながら、その顔に目をむけた。というのもいま自分は、マティスにとっては単純な任務の問題にすぎないことを、あえて内省的に、かつ精緻に見つめなおして議論を展開しているからだった。

マティスがボンドに笑みを返した。

「話の先を頼むよ、わが友。こんなふうな新しいボンドくんを見るのは、ぼくにとっても興味深い。イギリス人というのは実に奇妙だな。入れ子細工の箱みたいだ。いちばん奥の核にたどりつくのに、ずいぶん時間がかかる。たどりついても、それだけの苦労に見あうわけじゃないが、過程は刺戟的だし、楽しくもあるな。話をつづけたまえ。きみの議論を展開させるといい。もしかしたら、次に不愉快な仕事から抜けたくなったとき、上司を説得するのにつかえるような理屈が出てこないともかぎらないからね」そういってマティスは、にたりと陰険な笑みをのぞかせた。

　ボンドはそんなマティスを無視した。

「さて、善悪をきっちり弁別するために、わたしたち人間はそれぞれの極端な状態をあらわすふたつのイメージをこしらえた——片やこれ以上ないほど深い闇をあらわし、片やこれ以上ないほど純粋な白のイメージだ。そしてわたしたちはそれを神と悪魔と呼んだ。しかしこの過程には、わずかなごまかしがある。神には明瞭なイメージがある——それこそ、ひげの一本一本までくっきり見えるほどだ。しかし、悪魔はどうだ？　悪魔はどんな見た目をしてる？」ボンドは勝ち誇った顔でマティスを見やった。

　マティスは皮肉っぽく笑った。

「女だな」

「それならそれでいい」ボンドはいった。「しかし、わたしはこの手のことをずっと考えてきて、いまでは自分がどちらの側に立つべきかがわからなくなっているんだ。悪魔やその弟子のル・シッフルみたいな連中が哀れに思えてね。悪魔はこれまでにも不遇の時節を過ごしてきたし、わたし自身は従来から敗者の側に立ちたいと思っている。わたしたちは、かわいそうな悪魔にチャンスを与えてこなかった。善については〝善の書《ザ・グッド・ブック》〟の別名をもつ聖書があり、善なる人間になるための方法だのなんだのが書いてある。ところが悪のことや悪人になる方法が書いてある〝悪の本〟なんてものはない。悪魔には、悪魔の十戒を書き残す預言者たちはいなかったし、一代記を書き残す弟子チームもいなかったからだ。悪魔の主張なるものは、完璧に本人不在のままつくりあげられているわけだ。わたしたちは両親や学校の先生から多くの説話をきかされたが、それ以外には悪魔のことをろくに知らない。さまざまな形態をそなえる悪の本質を学ぶための悪魔の本は存在しない――悪人たちにまつわる寓話や、悪人たちに材をとったことわざや、悪人たちの出てくる民話などをおさめた本はない。わたしたちにあるのは、善の程度がいちばん少ない人間という生きている標本か、そうでなければ善悪を判断するわたしたち自身の直観だけだ。

だからこそ――」だんだん議論に熱がこもってきて、ボンドは言葉をつづけた。「ル・シッフルという男はすばらしい目的に役立ったことになる――真に本質的な目的、おそらく最高かつ崇高のきわみの目的にね。ル・シッフルは悪としてこの世に存在することで――その存在の破壊に、わたしは愚かにも手を貸してしまったが――いわば悪の基準をつくりだしていた。その対極の善の基準は、悪の基準があることで――悪の基準があるからこそ――存在できる。わたしたちはあの男についての情報をろくにもたなかったからこそ、あの男の悪の程度を見つもれる特権を得られ、あの男と知りあえたことで、前よりもすぐれた人間、より高い徳をそなえた人間になれたんだ」

「ブラヴォー」マティスはいった。「つくづくきみを誇りに思うよ。いっそ毎日でも拷問されるべきだな。ぼくのほうも、今夜は忘れずに悪行に手を染めよう。いますぐにでもね。

これまでもわずかな点数は稼いでいるが――あいにく、どれもつまらない悪行ばかりだ」

そういって悲しげにいい添える。「しかし、せっかくこうして導きの光を目にできたのだから善は急げだ。これからはどんなにすばらしい時間を過ごせることか。さて、どこから手をつけるべきかな？　殺人？　放火？　それとも強姦？　いやいや、そのあたりはどれもちっぽけな悪事にすぎない。となると、その道の権威であるサド侯爵に教えを乞わなくては。ぼくはなにも知らない子供だよ――この種の問題の前にはただの子供だ」

　マティスは顔を伏せた。

「でもね、ボンドくん、ぼくらには良心というものがある。旨味たっぷりの罪に手を染めるのはいいが、そのあいだ良心氏にはいかなる処遇をしておくべきかね？　問題はそこだ。この良心氏はなかなかに狡猾《こうかつ》で、おまけに高齢だ――そう、この世に良心氏を産み落としたヒトザル一家なみに昔からいる。良心氏の問題はよくよく熟慮しておくことだ――うっかりすると、せっかくの悪行の楽しみがそこなわれてしまう。もちろん、まずまっさきに良心氏を殺しておくべきだが、そう簡単にはくたばってくれそうもない。かなりの難題になるはずだが、首尾よく殺せれば、ぼくたちはル・シッフルをも上まわる悪人になれるだろうね。

　きみには簡単だろうよ、ジェームズ。手はじめに辞職すればいい。じつにすばらしい思いつきだ――きみの新たなキャリアの門出を飾るにふさわしい。しかも単純。人はだれしも、辞表というリボルバーをポケットに隠しもっている。あとはその引金を引くだけで、いっぺんに祖国と良心の両方にでかい風穴をあけられる。殺人と自殺を一発の銃弾で成し遂げられるわけだ！　すばらしい！　なんと困難で、なんと栄光に満ちた仕事であることか！　ぼくについていえば、この新しき大義をいますぐ奉じるべきだろうね」

そういうと、マティスは腕時計を確かめた。

「よし、いいぞ。ぼくはさっそく悪行を実行してる。地元の警察署長との約束に、もう三十分も遅刻してるんだぜ」

マティスは笑いながら椅子から立ちあがった。

「こんなに楽しい思いは初めてだよ、ジェームズ。きみは本当にホールで講演をするべきだ。さて、きみの例のささやかな問題について……善人と悪人とか、悪党と英雄とか、そのたぐいを区別できないという問題だ。もちろん、頭のなかで抽象的に考えているぶんにはむずかしいだろうさ。秘密は個人としての実体験のなかにある——きみが中国人だろうとイギリス人だろうと、その点は変わらない」

マティスはドアの前で足をとめた。

「きみはル・シッフルから個人的にひどい目にあわされた……だから、もしル・シッフルがいま目の前にいたら殺したいと思っていると、そう認めたたね？

これからロンドンへ帰れば、そのときにはきみやきみの友人や祖国を破壊しようとたくらむル・シッフルの同族が、次々にあらわれる。連中のことはMが話してくれる。きみもとことん邪悪な男を自分の目で見たわけだから、その手の連中がどこまで邪悪になれるかを知っているだろうし、きみ自身やきみの愛する人たちを守るためなら、そのたぐいの連中を追いかけて破滅させるだろうよ。いざとなれば、きみも座して議論したりはしないはずだ。いまのきみは連中の見た目を知り、連中が人々をどんな目にあわせるかも知っている。そりゃ引き受ける仕事について、これまでよりも選《え》り好みをするようになるかもしれない。標的が本当にクロかどうかをしっかり確認したいと思うかもしれない。しかし、本当にクロまちがいなしの標的が大勢いるのも事実だ。だから、きみの仕事もまだたくさんあるし、きみはその仕事をこなす。きみがいつか恋に落ちて女といい仲になったり、妻子ができて面倒を見なくちゃならなくなれば、仕事ももっと簡単になるだろうね」

　マティスは病室のドアをあけ、戸口でまた足をとめた。

「まわりに血肉の通った人間がいるような環境に身をおきたまえよ、ジェームズ。主義主張のために戦うくらいなら、人間のために戦うほうが簡単だぞ」

　マティスは笑ってつづけた。

「だけど、きみ自身が人間になって、ぼくをがっかりさせることのないようにしてくれ。そんなことになったら、仕事のできる極上のマシンを一台うしなうことになるんだから」

　それだけいってマティスはさっと手をひとふりして、ドアを閉めた。

「おい」ボンドは声を張りあげた。
しかし、足音はすばやく廊下を遠ざかっていくばかりだった。

21　ヴェスパー

ボンドがヴェスパーと会わせてほしいと要望したのは、その翌日のことだった。これまでは会いたいと思わなかった。ヴェスパーがこの病院に毎日やってきてボンドの容態をたずねているという話はきかされていた。見舞いの花も届いた。ボンドは花がきらいで、ほかの患者にもっていってくれと看護婦に頼んだ。これが二回つづくと、花は届かなくなった。といっても、ヴェスパーの気分を害するのは本意ではなかった。単純に、女っぽいものを身のまわりに置きたくないだけだった。花は、送ってきた人物を常に思い出せとうながしているかのようであり、同情と愛情のメッセージをたえず送ってくるかのようでもあった。それがうとましかった。べたべた甘やかされるのはきらいだ。閉じこめられたようで息苦しくなる。

そのあたりの事情をヴェスパーに説明しなくてはならないと思うと、それだけでうんざりした。また、釈然としない点にまつわる質問、ヴェスパーの行動についての質問をひとつふたつしなくてはならないことにも気乗りしなかった。質問して答えをきいてしまえば、ヴェスパーがずいぶん間抜けに見えてしまうことも確実にわかった。一方ボンドは、Mに提出する一件の完全な報告書のことを考えなくてはならなかった。報告書でヴェスパーを批判がましく書きたくはなかった。そんなことを書けば、ヴェスパーがあっさり仕事をなくしかねない。

しかしなによりボンドは、さらに苦痛に満ちた質問につながるはずの答えを耳にしたくない一心で逃げていたのであり、ようやく自分でもそれを認める気になった。

医者からは頻繁に怪我の話をきかされた。医者はくりかえし、あれだけ恐ろしい打撃をこうむったにもかかわらず、肉体に深刻な後遺症が残ることはないと力説した。いずれボンドは完全な健康体をとりもどすし、肉体の能力が欠けたままになることはないと話していた。しかしボンドの目や神経がとらえた証拠は、医師の慰《なぐさ》めの言葉をまっこうから否定していた。体はまだ痛々しく腫《は》れ、痣《あざ》が残り、鎮痛薬の注射の効能が切れれば激痛に苦しめられた。なによりもボンドを苦しめていたのは、自身の想像力だった。ル・シッフルとあの部屋にいたあいだに、自分は性的不能者になるにちがいないという確信が叩きこまれていた——その確信が精神に残した傷を癒《いや》せるのは、実地の体験だけだった。

ホテル・エルミタージュのバーでの初対面のときから、ボンドはヴェスパーを抱きたいと思っていたし、あの夜のナイトクラブでの事情が異なっていれば……ヴェスパーがなんらかの反応を見せ、さらに身柄を拉致されなければ、あの夜のうちにヴェスパーと寝ようと画策していたはずだった。あのあとも……車のなかや別荘の外にいたとき、本来ならほかの考えごとをしていなくてはならなかったときですら、ヴェスパーがあられもなく晒《さら》していた素肌が目にはいって、エロティックな熱い昂奮をかきたてられたほどだ。

そしていまヴェスパーと再会できるとなると、ボンドは怯《おび》えていた。ヴェスパーの官能的な美を前にしても、自分の感覚や肉体が反応しないのではないかと怯えていたのだ。欲望のうずきひとつ感じないで、血が冷えきったままなのではないか。ボンドは頭のなかでヴェスパーとの面会を一種の試験の場ととらえ、その結果から逃げ腰になっていた。それこそ、肉体が反応する機会を先延ばしにして、ヴェスパーとの最初の顔あわせをぐずぐず一週間近くも延期していた裏にあった本当の理由であることは、すでにボンド自身も認めていた。できることなら、いまも顔あわせを延期したいというのが本音だったが、それでも報告書を作成しなくてはならないという事情もあれば、いつロンドンからスタッフが派遣されてきて、聴取で一部始終をきかせろといわれるかもしれず、きょうでもあしたでも大きな変わりはないし、いずれにしても最悪の事態はもう知っているも同然だ、と考えて自分を納得させようとした。

そこで八日めにボンドは、ヴェスパーと会いたいといったのだ――ひと晩ぐっすり休んだあと、気分も爽快で体にも力が満ちている朝早い時間を指定して。

これといった理由はひとつもないまま、ボンドはヴェスパーに顔色がわるいとか病人めいた顔つきだとか、あの体験の影響が残っているものと思いこんでいた。そういった事情だったので、すらりと背が高くてよく日に焼けた女が黒いベルトを締めたクリーム色のシルクのワンピース姿でドアから部屋に足を踏み入れ、立ったまま笑みをむけてきたときには、完全に意表をつかれた。

「驚いたな、ヴェスパー」ボンドは歓迎のしるしに手をねじるように動かした。「すばらしくきれいだ。いったい、どうやってそこまで美しい日焼けを手にいれた?」

「うしろめたい気分ね」ヴェスパーはそういうとボンドのすぐ近くに腰をおろした。「でも、あなたがここで横になっているあいだ、毎日ずっと海水浴をしてたからよ。お医者さまからいわれたし、S課の課長にもいわれたし……それにわたしが一日じゅうホテルの部屋でくすぶっていても、ひとつもあなたのためにならないって思って。海岸を少し行ったところに、とてもすてきなビーチを見つけたの。いまは毎日ランチと本をもって出かけて、夕方までずっと過ごしてる。行き帰りには路線バスがつかえて、あとはほんの少し砂丘を越えて歩くだけでいいの。ビーチは例の別荘への道の途中だけど、その事実はなんとか乗り越えることができたわ」

ヴェスパーの声がふるえた。

別荘のことが話に出ただけで、ボンドの目がひくひくと痙攣《けいれん》した。

ボンドがなんの反応も見せないことにも屈せず、ヴェスパーは胸を張って話をつづけた。

「お医者さまは、もうじきベッドから起きる許可を出せそうだと話してる。そうなったら……いつかあなたをあのビーチへ連れていってあげたいなと思って。海水浴はあなたの恢《かい》復《ふく》にも大いに役立つだろうって、お医者さまもいっているし」

ボンドは不機嫌にうなった。

「海水浴なんて、いつになったら行けるものやら」ボンドはいった。「どうせ医者は適当なほらを吹いているだけさ。だいたい、いざ海水浴に行けるようになっても、しばらくはわたしひとりで行ったほうがいい。他人を怖がらせたくないんだよ。なにがどうあってもら──」いいながらベッドの先のほうをさし示す視線をむける。「──いまの体は傷と痣だらけだ。でも、きみはきみで楽しむといい。そうとも、きみがひとりで楽しい思いをしてはいけない理由はひとつもない」

棘々《とげとげ》しく難癖めいたボンドのその言葉が、ヴェスパーの胸を刺した。

「ごめんなさい」ヴェスパーはいった。「わたしが考えていたのは、ただ……その……あなたのためになりたいと……」

いきなり、その両目に涙がこみあげてきた。ヴェスパーはごくりと唾を飲みこんで、言葉をつづけた。

「わたしはただ……あなたが元気になるお手伝いをしたいと思っただけよ」

搾《しぼ》りだすような声だった。ヴェスパーは哀れっぽくボンドを見つめたが、ボンドの責めたてるような目や姿勢に迎えられただけだった。

ヴェスパーはこらえきれなくなって両手に顔を埋め、しゃくりあげて泣きはじめた。「ごめんなさい」と、くぐもった声で告げる。「本当にごめんなさい」片手でハンドバッグをさぐって、ハンカチをとりだす。「全部わたしのせいね」目もとをハンカチで拭《ぬぐ》いながら、「わかってる……全部わたしのせいなの」とつづけた。

ボンドはすぐに態度をやわらげた。繃帯《ほうたい》を巻かれた片手を伸ばして、ヴェスパーの膝《ひざ》に置く。

「いや、いいんだ。こっちこそ乱暴な言い方ですまなかった。わたしがここから動けないのに、きみが日光をたっぷり浴びているのが妬《ねた》ましくてね。元気になったら、すぐにでもいっしょに出かけるから、ぜひそのビーチへ案内してくれ。もちろん、いまの望みはそれにつきる。また外へ出られるようになれば、どんなにすばらしいことか」

ヴェスパーはボンドの手に強く手を押しつけてから立ちあがり、窓辺に歩みよった。やがて忙しく化粧をなおしはじめる。それがすむとベッドの横へ引き返してきた。

ボンドはいつくしみの目でヴェスパーを見つめた。性格がきつく冷淡な男の例に洩れず、ボンドもあっけなく情にもろくなる。いまのヴェスパーはとびきりの美しさで、そんなヴェスパーを愛おしく思うぬくもりがボンドの胸を満たした。ついでボンドはヴェスパーへの質問を、できるかぎり気楽に進めようと決めた。

ボンドはヴェスパーにタバコをすすめ、しばらくふたりはS課の課長がこちらへやってきた件や、ル・シッフルの死にともなうロンドンの反応などを話題にした。

ヴェスパーの話から明らかになったのは、今回の計画は最終的な目的を十二分に果たしたということだった。この一件はいまもなお世界じゅうで大々的に語られていたし、イギリスとアメリカのほぼすべての新聞社から特派員がロワイヤルに派遣され、カジノのテーブルでル・シッフルを完膚《かんぷ》なきまでに打ちのめした謎のジャマイカ人の大富豪をさがしだそうと血道をあげていた。記者たちはヴェスパーにまでたどりついたが、ヴェスパーはその先を巧みに隠しとおした。ボンドが勝った金を元手にギャンブルで遊ぶためにカンヌだかモンテカルロだかへむかった、と記者たちに話したのだ。かくして、大富豪の捜索は南仏へ舞台を移していた。マティスと警察がそれ以外の足跡や痕跡をすべて抹消したこともあり、新聞各紙はストラスブール方面の動向とフランス共産党の幹部クラスのあいだで起こっている大騒動に焦点をあてるほかはなかった。

「ところでね、ヴェスパー」ややあってボンドは切りだした。「あの晩、ナイトクラブでわたしのもとを去ってから、いったいなにがあった？　わたしが見たのは、きみがさらわれていく現場だけだ」

そういってから、カジノから出たところで目にした情景をかいつまんで説明する。

「あのときのわたし、頭がどうかしてたにちがいないわ」ヴェスパーはボンドの目を避けながら話しはじめた。「玄関ホールにはマティスの姿が見あたらなかった。そこへカジノのドアマンが近づいてきて、あなたがミス・リンドかとたずねてから、例のメッセージをよこした男が正面玄関前の階段を降りてすぐの場所に車をとめて待っている、といってきた。わたしはなぜか、その話を意外には思わなかったのね。マティスと知りあってから一日か二日しかたっていなくて、あの人の仕事の流儀も知らなかった——だから、そのまま車のほうへ歩いていった。車は玄関を出て右側の、多少暗くなっているあたりにとまってた。わたしが車にたどりつくというとき、ならんでとまっていた別の車の陰からル・シッフルの手下ふたりがいきなり飛びだしてきて、あっさりスカートを頭の上にまでまくりあげられてしまって」

ヴェスパーは顔を赤らめた。

「子供のいたずらみたいな話でしょう?」ヴェスパーは自分の行為を悔やむ顔を見せていた。「でもじっさいには、恐ろしいほど効果的よ。完全に囚われの身になってしまうし、いくら悲鳴をあげてもスカートにさえぎられて声が外に届かない。精いっぱい足を蹴りだしたけど、あたりが見えないうえに両手もつかえないので、なんの役にも立たなかった。翼を縛りあげられた鶏同然よ。それからふたりはわたしを両側からかかえあげて、車の後部座席に押しこめた。もちろんそのときもまだ暴れていたし、車が発進して、あいつらがロープだかなんだかをもちだして、スカートをわたしの頭の上で縛ろうとしたから、その隙をついて片腕をなんとか自由にして、窓からハンドバッグを投げたの。なにかの役に立ってほしい一心で」

ボンドはうなずいた。

「とっさの行動よ。このままだとわたしの身になにがあったのかを、あなたはなにも知らないことになる——そう思うと怖くなって、最初に思いついたことを実行したの」

ボンドは、ル・シッフル一味が本当に狙っていたのは自分だとわかっていた。ヴェスパーが車の窓からバッグを投げ捨てなくても、ボンドがカジノの正面玄関前の階段に姿をあらわすなり、一味のだれかがハンドバッグを投げたはずだ。

「たしかに役に立ったよ」ボンドはいった。「それはともかく、車が事故を起こしてわたしがついに囚われたあのとき、わたしが敵の車内で話しかけても、きみはうんともすんともいわなかったが、あれはなぜだ？　死ぬほど心配したぞ。あいつらに手荒な真似をされて、気をうしなったかどうかしたかと思った」

「ええ、あのときは気絶していたにちがいないわ」ヴェスパーは答えた。「途中で息ができなくなって気をうしなったの——そのあと目が覚めると、顔のあたりの生地に切れ目が入れてあった。きっと、そのあとも気絶したのね。とにかく、別荘に着くまでの途中の記憶がほとんどなくて。あなたが別荘の廊下でわたしを追いかけてきたあのとき、初めて〝あなたもつかまったんだな〟と思ったくらいよ」

「で、あいつらはきみに手を出さなかったのか？」ボンドはたずねた。「こっちが殴られまくっていたあいだ、きみも連中にひどい目にあわされていたんじゃないのか？」

「いいえ」ヴェスパーは答えた。「あのふたりはわたしを安楽椅子にすわらせただけ。それから酒を飲んで、トランプで遊んでた――きこえてきた話からすると〝ブロット〟とかいうゲームだったみたい。で、そのうちふたりは寝てしまった。ふたりはSMERSH《スメルシュ》に寝込みを襲われたのだと思う。わたしはふたりに足を縛られ、椅子は隅の壁にむけてあったから、SMERSHの姿はいっさい見てないの。ただ、妙な物音がきこえただけ。その音で目を覚ましたのかも。それから手下の片方が椅子から転げ落ちるような音がきこえた。そのあと静かな足音がしてドアが閉まって……なにもきこえなくなって……次に音がきこえたのは、何時間かあとにマティスと警察が踏みこんできたとき。それまで、ほとんど眠ってた。あなたがどうなったのかはまったく知らなかったけど、でも――」ヴェスパーはいいよどんだ。「――一度、それはそれは恐ろしい悲鳴がきこえたのね。ずいぶん遠くからきこえた気がした。というか……悲鳴にちがいないと思えたの。そのときには、悪夢を見ているのかもしれないとも思ったけど」

「わたしがあげた悲鳴だったにちがいないね」ボンドはいった。

ヴェスパーは片手を差しだしてボンドの手に触れた。目には涙がいっぱいにたたえられている。

「なんて恐ろしい……」ヴェスパーはいった。「あなたをこんな目にあわせるなんて。ええ、なにもかもわたしのせいよ。せめてあのときわたしが――」

ヴェスパーは両手に顔を埋めた。

「いいんだよ」ボンドはなだめる言葉を口にした。「いまさらあれこれ嘆《なげ》いても仕方ない。すべておわったし、ありがたいことに連中はきみに手出ししなかった」そういってヴェスパーの膝をやさしく叩く。「連中は次にきみを痛めつける腹づもりだった――わたしの態度をなんとか軟化させたあとでね」（〝軟化させる〟とはいいもいったりだ、とボンドはひとり思った）「だからSMERSHには大いに感謝しないとね。さて、もうあの一件のことは忘れてしまおう。だいたい、きみは少しもわるくない。あんなメッセージをわたされたら、だれでもだまされるに決まってる。それもこれも、もうおわったことだ」

ヴェスパーは涙にうるむ目で感謝のまなざしを送りながら、「ほんとに約束してくれる？　わたし、あなたにはぜったいに許してもらえないと思ってた。だから……この埋めあわせをしたいと思ってるの。なにをしてでも」といって、ボンドを見あげた。

なにをしてでも？　ボンドはひとりそう思った。ヴェスパーを見つめる。ヴェスパーは微笑んでいた。ボンドも笑みを返した。

「気をつけたほうがいい」ボンドはいった。「わたしがいまの言葉をたてにとらないともかぎらないぞ」

ヴェスパーはじっとボンドの瞳をのぞきこむだけで無言だったが、あの謎めいた挑みかかるような雰囲気がもどっていた。ついでヴェスパーはボンドの手を強くひと押しして、立ちあがった。

「約束は約束よ」ヴェスパーはいった。

このときにはふたりとも、約束の中身を承知していた。

ヴェスパーはベッドからハンドバッグを手にとってドアへむかった。

「あしたも来ていい？」顔を曇らせてそうたずねる。

「ああ、もちろんだよ、ヴェスパー」ボンドは答えた。「来てほしい。あちこち探険もつづけてくれ。いざ起きあがれるようになったらなにができるか、いまから考えるだけでも楽しそうだ。なにか考えていることはあるかな？」

「ええ」ヴェスパーは答えた。「だから早くよくなってね」

ふたりはしばし無言で見つめあった。それからヴェスパーは病室の外へ出て、ドアを閉めた。ボンドはヴェスパーの足音が遠ざかって消えていくまで、ずっと耳をそばだてていた。

22　先を急ぐセダン

その日からボンドは一段と迅速に快方へむかった。

ベッドで上体を起こして、Mあての報告書を書いた。ヴェスパーの行動のなかにはボンドがいまもなお素人同然だったと考えている部分もあったが、それについては軽く触れるにとどめた。また強調の語句を曲芸のように駆使して、拉致のくだりを実際よりもずっと奸智《かんち》に満ちたマキャヴェリ流儀に見せかけもした。ヴェスパーの行動のいくつかについては説明がつかないと考えてはいたが、それには触れず、今回の一件全体を通じて冷静沈着な態度をつらぬいていたことを褒めた。

ヴェスパーは毎日ボンドの見舞いにやってきて、ボンドもヴェスパーの訪問を心待ちにするようになっていた。そんなときヴェスパーは前日の冒険のことや海岸ぞいを探訪したときのこと、それに食事をとったレストランなどについて楽しげに語った。またヴェスパーは、地元の警察署長やカジノの役員のひとりと知りあっていた。彼らは夜の外出にヴェスパーを連れだし、昼間に車を貸してくれたりもした。ルーアンの自動車整備工場へレッカー移動されたベントレーの修理情況にも適宜目《てきぎ》を光らせ、ロンドンにあるボンドのフラットから新しい衣類を送らせる手配もすませた。当初こちらへもってきた衣類は、一枚残らず駄目になっていた。四千万フランという大金を血眼《ちまなこ》でさがした連中が、服という服の縫い目を切り裂いていたのである。ル・シッフルとの一件がふたりの話題になることはなかった。ヴェスパーはおりおりに、S課の課長室にまつわる愉快な話をきかせてくれた。どうやらヴェスパーは、海軍婦人部隊からの異動組のひとりらしい。ボンドのほうは秘密情報部での自分の冒険譚を語りきかせた。

ヴェスパーが相手だと気負わず楽に話せることに気づいて、ボンドは驚いていた。

ボンドはたいていの女に、むっつりと寡黙な態度と熱い情熱を組みあわせて接してきた。いざ誘惑するまでの長々としたアプローチは、ボンドにいわせれば別離のあとの厄介なあと始末なみに退屈だった。情事のたびに決まりきったパターンが避けがたく繰りかえされることにも心底ぞっとした。以下のようなごくありふれた抛物線《ほうぶつせん》のパターン——すなわち、胸のときめきと手の触れあい、キス、情熱的なキス、体のまさぐりあい、ベッドでのクライマックス、くりかえされるベッドでのひと幕、やがてベッドの機会が減り、退屈が訪れ、ついには涙と終幕の苦々しさにいたるパターン——は、ボンドには恥ずべき偽善としか思えなかった。それ以上にボンドが厭《いと》わしく思って避けていたのは、芝居の幕ごとに用意されている舞台装置だった——出会いの場のパーティー、レストラン、タクシー、ボンドのフラット、相手の女のフラット、海辺で過ごす週末、それからまた両者のフラット、小ずるいごまかしの言いわけ、そして最後は雨のなか、どこかの玄関先での怒りに満ちた別れのひと幕。

しかし相手がヴェスパーなら、そんなことはなにもないに決まっている。

殺風景な病室とうんざりする治療のなかで、ヴェスパーの訪問は砂漠のオアシスのように楽しい時間で、ボンドは毎日心待ちにしていた。ふたりが会話をしているときには、はために は仲のいいふたりとしか見えない——しかし遠いところには底流として情熱が存在していた。またふたりの会話の背景では、どちらも口にしないものの、それなりの手順を踏んでふたりきりになったときに果たされるはずの約束が心地いい刺戟を添えていた。そのすべてに覆いかぶさっているのが、ボンドが負った大怪我と、怪我がなかなか治癒しないことからくる——神話のタンタロスが味わったような——焦燥感だった。

ボンドが好むと好まざるとにかかわらず、木の枝はすでにナイフの刃を逃れて、いまは満開の花を咲かせる支度をととのえていた。

喜びに満ちた段階をひとつずつ踏みながら、ボンドは恢復《かいふく》した。まずベッドから起きあがることを許された。次は庭園のベンチにすわる許可が出て、そのつぎは近場への散歩が許され、とうとう長時間のドライブの許可もおりた。そしてある日の午後、例の医師がパリから飛行機でやってきて、ボンドの完治を宣言した。ヴェスパーが衣類を運んできた。

看護婦たちと別れの言葉をかわしたのち、ボンドはヴェスパーともどもハイヤーで病院をあとにした。

ボンドが死の瀬戸際までいった日から三週間たって、七月になっていた。暑い夏の日ざしが海岸ぞいの一帯や海をゆらゆら揺らめかせていた。ボンドはこの瞬間を愛おしく抱きしめた。

ふたりの目的地はボンドには伏せられていた。いまさらまたロワイヤルの大きなホテルのひとつにもどるのも気が進まなかったし、ヴェスパーは町から遠く離れた場所でいいところをさがすと話していた。しかしそこがどこなのかは謎のままにしておきたいらしく、ボンドの気に入りそうなところを見つけたとしか話さなかった。ボンドは喜んですべてをヴェスパーに委ねたが、そんなふうに降参していることを隠したくて、目的地は〝海辺の《トルー・シュ》隠れ家《ル・メール》〟だろうとあえてフランス語でいってみたり（ちなみに目的地が海岸にあることはヴェスパーも認めた）、屋外便所やベッドの南京虫や部屋のゴキブリなどは鄙《ひな》びた田舎宿ならではの楽しみだ、と大げさに褒めたりした。

ふたりの車での楽しいはずの旅は、しかし奇妙な出来事で台なしにされた。

海岸通りを貸し別荘〈夜興館《レ・ノクタンビュル》〉のある方角へむかって走っているときだった。ボンドはベントレーを猛スピードで走らせたカーチェイスのひと幕のことをヴェスパーに話し、やがて車がひっくりかえる直前のカーブや、悪意を剝《む》きだしにしたような釘《くぎ》のカーペットが仕掛けられていた正確な場所をさし示した。ボンドは運転手にいってスピードを落とさせ、窓から乗りだすようにして、パンクしたタイヤのリムが舗装のアスファルトを深々と抉《えぐ》った箇所や低い灌木《かんぼく》の枝が折れた箇所、車が最後に停止したところに残っているオイルの染みなどをヴェスパーに教えた。

しかしそのあいだヴェスパーはずっと上《うわ》の空で落ち着かず、なにを話しても生返事しかしなかった。一、二度はヴェスパーがバックミラーに視線をむけていることに気づいたが、いざボンドがふりかえってリアウィンドウから後方を見ても、ちょうどカーブをまわったところでなにも見えなかった。

しまいにボンドはヴェスパーの手をとった。

「なにか気になることがあるみたいだね」と、ヴェスパーに語りかける。

ヴェスパーは晴れやかだが張りつめた笑みを見せた。「なんでもない。ほんとになんでもないの。尾行されてるんじゃないかなんて馬鹿なことを考えてしまっただけ。ただの思い過ごしよ、きっと。ほら、この道路には幽霊がいっぱいいるし」

短く笑い声をあげてごまかしながら、ヴェスパーはまたうしろをふりかえった。

「見て」といったその声には、パニックの兆《きざ》しがあった。

ボンドはすなおに頭をうしろへめぐらせた。なるほど、四、五百メートルほど後方を走る一台の黒い大型セダンが、かなりのスピードでふたりの乗った車に近づきつつあった。

ボンドは笑った。

「この道路をつかうのは、わたしたちだけと決まってるわけじゃない」ボンドはいった。「だいたい、だれがわたしたちを尾行しようとする？　こっちはなにもわるいことはしてないんだ」そういってヴェスパーの手をそっと叩く。「どうせカーワックス会社の得意先まわり担当で、ル・アーヴルへ行こうとしている中年の営業マンあたりさ。昼食のことやパリにいる愛人のことを考えているんだろうな。そうだよ、ヴェスパー——なんでもないのに疑心暗鬼で勘ぐるのはやめたほうがいい」

「ええ、あなたのいうとおりでしょうね」ヴェスパーはいった。「どのみち、もうじき目的地に着くし」

それっきりヴェスパーは黙りこみ、窓の外を見ているばかりになった。

ボンドにはいまもまだヴェスパーの緊張が感じとれていた。つい先ごろ自分たちが経験した艱難辛苦《かんなんしんく》の後遺症であり、ふつか酔いのようなものだ——そんなふうに思って、ボンドはひとりにやりとした。しかし、ここはヴェスパーに調子をあわせよう——そう思ったボンドは、車が海岸へむかう小道との分岐点に近づき、その小道へ折れるために徐行しはじめたのを見はからい、大通りから小道に逸《そ》れたらすぐに車をとめるよう運転手に命じた。

高い生垣に隠れたその場所で、ふたりはリアウィンドウから大通りを見張っていた。

夏のさまざまな音が渾然一体となった静かな〝ぶうん〟という音をついて、近づく車の音がきこえてきた。ヴェスパーの指先がボンドの腕に食いこんできた。ボンドたちが隠れている場所に近づいても黒いセダンはスピードをまったく変えず、黒い車が通過していくあいだ、運転していた男の横顔がちらりと見えただけだった。

なるほど、男がその一瞬だけボンドたちに目をむけたようにも見えた。しかしそばの生垣の上では、陽気な色あいに塗られた看板が下を通っている小道を矢印で示して、《禁断の木の実荘／海老《えび》・蟹《かに》・フライ料理》と道の先にある宿屋《オーベルジュ》を宣伝していた。運転者の目をとらえたのがこの看板だというのは、ボンドにはわかりきったことに思えた。

黒いセダンが道の先に走っていって排気音がだんだん小さくなると、ボンドは後部座席の自分の側の隅にゆったり体をあずけた。ヴェスパーも自分の側の隅に体を沈めている。その顔は青ざめていた。

「あの男はわたしたちを見てた。わたしのいったとおり。わたしたちは尾行されてたの。これでわたしたちは、居場所をあいつらに知られてしまったのね」

ボンドは苛立たしさを抑えられなかった。

「馬鹿をいうものじゃない。さっきの男はここの看板を見ていたんだよ」そういってヴェスパーに看板をさし示す。

ヴェスパーはほんの少しだけ安心した顔を見せた。「ほんとにそう思う？　ええ……わかった。そうね、あなたのいうとおりに決まってる。もう行きましょう。ごめんなさい、馬鹿なことをいってしまって。わたし、どうかしちゃったのかしら」

それからヴェスパーは前に乗りだし、パーティションごしに運転手に話しかけた。車が動きだした。ヴェスパーは背もたれに寄りかかって、ボンドに輝く笑顔をむけた。両の頬は、ほぼいつもの血色をとりもどしていた。

「本当にごめんなさい。なんというか……もうすべてがおわったとか、怖がらなくちゃいけない人間はもうひとりもいないとか……そういう話がどうしても信じられなくて」ヴェスパーは手を強くボンドの手に押しつけた。「わたしのこと、さぞや大馬鹿者だと思ってるんでしょうね」

「まさか」ボンドはいった。「しかし、いまとなってはわたしたちに関心をもっている者などいないというのは事実だね。なにもかも忘れることだ。仕事はすべて、きれいさっぱりおわった、完了だ。そしていまはふたりの休日、おまけに空は雲ひとつなく晴れわたっている。そうだろう?」ボンドはたずねた。

「ええ、ひとつも雲がないわ」ヴェスパーは小さくかぶりをふった。「わたしったら頭がおかしくなってる。さて、もうすぐ着くわ。あなたに気に入ってもらえたらいいけど」

ふたりはそろって前に乗りだした。ヴェスパーの顔は生き生きした表情をとりもどしていたし、いまの一件は中空にいちばん小さな疑問符をひとつ残しただけだった。しかし車が砂丘のあいだを抜けて、大海原と松林のなかに落ち着いた雰囲気の小さな宿屋が見えてくると、その疑問符も消えた。

「とびきり豪華な宿ではないの」ヴェスパーはいった。「でも、とっても清潔で、料理はどれもこれも最高よ」そう話しながら、不安げな目をボンドにむける。

ヴェスパーが心配する道理はなかった。ボンドはひと目でこの宿屋に惚れこんでいた──張りだしたテラスはほぼ満潮時の潮位とおなじ高さで、二階建ての低い建物の窓には陽気な赤煉瓦色の日除けがかかり、青い海と黄金色の砂をそなえた三日月形のビーチに面していた。大通りからちょっと奥にはいるだけで、だれも知らないような世界の片隅にたどりつき、世界の動向には我関せずと夜明けから夕方までずっと海で過ごせるような機会がボンドの人生で何回あるというのか。しかもいまのボンドには、丸一週間もそんな時間がある。一週間分のヴェスパーも。ボンドは頭のなかでネックレスをつまぐるように、これからの日々を数えた。

ふたりを乗せた車は母屋の裏にある庭に寄ってとまった。宿の主人とその妻がふたりを迎えに出てきた。

主人のムシュー・ヴェルソワは片腕の中年男だった。自由フランス軍の一員としてマダガスカルで戦ったときに腕をなくしたのだという。ヴェルソワはロワイヤルの警察署長の友人だったし、この宿をヴェスパーに推薦して、ヴェルソワに前もって電話をかけてくれたのはカジノの役員だった。その結果、ここはふたりにとって文句なしの滞在先になった。

マダム・ヴェルソワは夕食の支度を中断して、ここへ出てきたらしい。エプロンをつけ、片手に木のスプーンをもっていた。夫よりも年若く、ふっくらとした体つき、顔だちはととのっていて、人のよさそうな目をしている。ボンドは直観で、夫婦に子供がいないことを察しとった――ふたりは子供にむけるはずの愛情を、友人たちや宿屋の常連客、そしておそらくはペットに注いでいるのだろう。ここでのふたりの暮らしは苦闘の連続だろうし、冬になれば、目の前には大海原しかないうえに松林を吹きすぎる風もさぞ大きくなるだろうから、ずいぶん物寂しいものだろう。

宿屋の主人がふたりを部屋に案内した。

ヴェスパーはダブルの部屋。ボンドは角部屋に通された――ふたつある片方の窓は海に面し、もう一方の窓からは入江を擁《よう》して延びる岬《みさき》がのぞめた。バスルームは両方の部屋にはさまれている。どこにも汚れひとつなく、余裕のある空間が快適だった。

ふたりがともに満足を表明すると、宿屋の主人はうれしそうな顔になった。それから主人は、夕食は七時半に用意するといい、さらに今夜は、溶かしたバターを添えたロブスターのグリルを妻が用意する、とも話した。つづいて主人は、宿が閑散としていることを詫びた。きょうが火曜日だからだ……週末にはもっと客が来るはずだ……以前はずいぶん大勢のイギリス人が滞在してくれたが、あっちの国もいまは景気がよろしくないようで、このごろではイギリス人観光客は週末にロワイヤルに泊まり、カジノで金をうしなって帰国するだけになった……昔とは大ちがいだ。そういって主人は達観したかのように肩をすくめた。しかし、そうはいっても前の日とおなじ日は存在しないし、それをいうなら今世紀が前世紀とおなじになるはずはありません……。

「そのとおりだね」ボンドはいった。

23 情熱の潮《しお》

三人はヴェスパーの部屋の戸口で話をしていた。主人が立ち去ると、ボンドはヴェスパーを部屋に押しこめてドアを閉めた。それから両手を肩にかけ、ヴェスパーの左右の頬にキスをしはじめた。

「ここは天国だ」ボンドはいった。

見るとヴェスパーの目がぎらぎら輝いていた。両手が這いあがり、ボンドの前腕をつかむ。ボンドはヴェスパーに近づいて体を押しつけ、両腕で腰を抱きしめた。ヴェスパーが顔をうしろへそらし、上からキスをしているボンドの口の下で唇をひらいた。

「たまらなく好きだよ」ボンドはそういうと、唇をヴェスパーの唇に強く押しつけ、舌先で上下の歯をひらかせた。ヴェスパーの舌の動きは最初のうちこそ控えめだったが、すぐにもっと情熱的に応じてきた。ボンドがヴェスパーの盛りあがったヒップへ両手を滑らせて強くわしづかみにすると、ふたりは体の中心を強く押しつけあった。ヴェスパーが息を切らしてキスから顔をそむけ、ふたりはしばし固く抱きあっていた——そのあいだボンドは頬をヴェスパーの頬にすり寄せ、胸に押しつけられる乳房のみっしりとした質感を感じとっていた。おもむろに片手を上へあげてヴェスパーの髪をつかみ、ふたたび唇をあわせられるように顔を上へむけさせる。しかしヴェスパーはボンドを押しのけ、疲れきったようすでベッドに沈みこんだ。ひとときふたりは、飢えたような視線をかわしあった。

「わるかったね、ヴェスパー」ボンドはいった。「そんなつもりじゃなかった」

ヴェスパーは頭を左右にふった——いましがた身内を駆け抜けていった嵐のせいで頭がぼうっとしていた。

ボンドが近づいてヴェスパーの隣に腰をおろし、ともに愛おしい気持ちが残るまなざしをかわすうちに、それぞれの血管に流れていた情熱の潮《しお》は次第に引いていった。

ヴェスパーが上体を寄せてボンドの唇の端にキスをし、汗に濡れたボンドのひたいに読《カン》点《マ》のかたちで垂れている黒髪を指先で払った。

「愛しい人」ヴェスパーはいった。「タバコをちょうだい。ハンドバッグをどこへ置いたか忘れてしまって」

ボンドは代わって一本火をつけてから、ヴェスパーの唇のあいだに差し入れた。ヴェスパーは肺いっぱいに深々と煙を吸いこみ、長く尾を引くため息とともに吐きだした。

ボンドはヴェスパーの肩に腕をまわしたが、ヴェスパーはすぐに立ちあがって窓辺に歩み寄った。それからもボンドに背をむけたまま立っている。

ボンドが見おろすと、両手はいまもまだ震えていた。

「夕食のための身支度には時間がかかりそう」ヴェスパーはあいかわらずボンドを見ないままいった。「よかったら海でひと泳ぎしてきたら？　あなたの荷解きもわたしがやっておくから」

ボンドはベッドから離れて窓ぎわに近づくと、ヴェスパーに体を押しつけた。両腕を体にまわし、それぞれの乳房を手につつみこむ。乳房は手からあふれそうで、手のひらには硬くなった乳首が感じられた。ヴェスパーはボンドの手を自分の手で包みこんで押しつけたが、あいかわらず顔をそむけて窓の外を見つめていた。

「いまはだめ……」と、低い声で告げる。

ボンドは顔をさげて、ヴェスパーのうなじに唇を埋めた。つかのまヴェスパーを強く抱き寄せたのち、体から腕をほどく。

「いいんだよ、ヴェスパー」

そういってボンドは部屋のドアまで歩いて、ふりかえった。ヴェスパーは動いていなかった。理由はわからないながら、ボンドにはヴェスパーが泣いているように思えた。思わず一歩足を踏みだして近づこうとしたが、もうふたりのあいだにいうべき言葉がないことに思いあたった。

「愛しているよ」ボンドはいった。

それから外に出てドアを閉めた。

自室へ歩いていき、ベッドに腰をおろす。先ほど体を駆け抜けていった情熱のせいで疲れていた。このままベッドに全身を横たわらせたい気持ちと、海へ行って心身を冷やして元気をとりもどしたい気持ちのあいだで揺れている。ボンドはひとしきり両者を頭のなかで天秤にかけたのち、スーツケースに近づいて白い麻の海水着と濃紺のパジャマの上衣をとりだした。

ボンドは昔からパジャマがきらいで、寝るときはいつも裸だったが、終戦時の香港で申しぶんのない妥協案にめぐりあった。裾が膝《ひざ》に届きそうなほど長いパジャマの上衣を着て寝ることだ。この上衣にはボタンがなくて、腰まわりをベルトでゆったり締めるタイプだった。袖は太くつくられ、肘の少し上でおわる短さ。その結果は涼しくて快適な服だった──いま海水着一枚になった上からそのパジャマの上衣を羽織ると、手首に細く残る白いブレスレットのような傷痕と足首の傷痕、それに右の手の甲に残るSMERSH《スメルシュ》のマークはともかく、ほかの痣《あざ》や傷はすっかり隠すことができた。

ボンドは濃紺の革のサンダルを履くと、階下へ降りた。そのまま外に出て、テラスを横切り、海岸に出た。宿屋の建物の前を通ったときにはヴェスパーのことを思ったが、ふりかえって、いまもヴェスパーが窓辺に立っているのかどうかを確かめたい気持ちはこらえた。ヴェスパーはボンドを見ていたかもしれないが、なんの気配もうかがわせなかった。

波打ちぎわに沿うようにして硬い金色の砂の上を歩くうちに、宿屋から見えない場所に出た。ボンドはパジャマの上衣をさっと脱ぎ捨てると、少し走ってから、さざなみのなかへすばやく身を躍りこませた。砂浜から少し先に出るだけで水深が増す。ボンドはやさしい冷たさを全身に感じながら力強いストロークで泳ぎ、精いっぱい長く水中にとどまっていた。それから海面を割って顔をだし、目もとから髪をかきあげた。まもなく午後の七時……太陽の投げる熱気はあらかたうしなわれていた。その太陽もまもなく、入江の長く延びている岬《みさき》の下に沈むだろう。しかし、いま太陽の光はまっすぐ目を射ている。ボンドは水面で仰向けになると、少しでも長く光とともに泳ぎたい一心で、太陽から遠ざかるように泳ぎだした。

入江から一キロ半強離れたところで砂浜にあがったころには、パジャマを置いてきた遠くの砂浜はもうすっかり暗い影に包まれていた。しかし宵闇《よいやみ》の潮が自分のいる場所にたどりつくまで、硬い砂の上に横たわって体を乾かす程度の時間があることはわかっていた。ボンドは海水着を脱いで自分の体を見おろした。体に負った傷はもうわずかな痕跡だけになっていた。ボンドは肩をすくめると、四肢を大きく広げて横たわり、なにもない青空を見あげてヴェスパーを思った。

ヴェスパーへのボンドの思いは複雑で、複雑だということ自体がボンドを苛立たせた。以前はもっと単純な思いしかなかった。機会があり次第、早めにヴェスパーと寝るつもりだった――ヴェスパーの体が欲しかったし、医者が治した肉体がつかえるかどうかを実地に試したいと冷静に考えている部分もある。そのあと数日ほどはいっしょに寝るつもりだったし、ロンドンに帰ったあとで何度か会ってもいい。そののち、避けがたい別れがやってくる――とはいえ秘密情報部に籍をおく者同士なら、いつもの別れよりも簡単にすむだろう。あっさり別れられなければ、海外任務に出てしまえばいいし、あるいは――これも前々から考えていたことだが――いっそ仕事を辞めて、かねてからの願いどおり世界のあちこちを巡り歩いてもいい。

しかし、いつしかヴェスパーのことが気になって仕方がなくなった。過去二週間で、ボンドの心境はゆるやかに変化していた。

ヴェスパーといると気が楽だったし、窮屈な思いをせずにすんだ。ヴェスパーには説明できない謎めいたところがあり、それが常に刺戟になった。他人には本当の自分をほとんど明かさない。いくら長くいっしょに過ごしてもヴェスパーのなかには他人に立ち入らせない私室があり、そこには決して立ち入ることができない。思慮と思いやりはあるが、他人の奴隷にはならないし、妥協よりも誇り高さを選ぶ。ヴェスパーの奥深くに昂奮をかきたててやまない官能の部分があるのはわかっているが、たとえ肉体を征服できても、あの女の中心に秘密の私室がある以上、行為のたびに力ずくで押しいったようなあと味が残るだろう。ヴェスパーを肉体的に愛する行為は、毎回がスリリングな航海になる――しかもその航海には、終点というアンチクライマックスが存在しない。ヴェスパーはみずから熱く降参してみせ、ベッドでの親密な行為すべてを貪欲《どんよく》に楽しむだろうが——ボンドはそう思った——それでいて、わずかでも自分を他者に所有させることはないはずだ。

ボンドは全裸で横になったまま、大空から読みとった結論を頭から押しのけようとした。頭をめぐらせて砂浜の先へ目をやると、岬の落とす影がもうじき自分のところに届きそうになっていた。

ボンドは立ちあがると、手が届く範囲でできるだけ砂を払い落とそうとした。宿へ帰ったら風呂にはいろうと思いながら、心ここにあらずのまま海水着を拾いあげ、砂浜を歩いて引き返しはじめた。パジャマの上衣を置いたところに帰りつき、体をかがめて上衣を拾おうとして初めて、自分がまだ全裸だと気がついた。ボンドは海水着に足を通す手間をはぶき、薄手の生地の上衣だけを羽織って宿屋まで帰った。

そのときにはもう、ボンドの心は決まっていた。

24 〈禁断の木の実荘〉

自分の客室にもどったボンドは旅の荷物が所定の場所に片づけられていたばかりか、バスルームではシンク上のガラスの棚に歯ブラシやひげ剃《そ》り道具が整然とならべてあることを目にとめて胸をつかれた。ガラスの棚の反対側の端には、ヴェスパーの歯ブラシと小さなボトルが一、二本、フェイスクリームの容器が置いてあった。

なにげなくボトルに目をやったボンドは、そのうち一本が鎮静睡眠薬のペントバルビタールだとわかって驚かされた。おそらくヴェスパーはボンドが想像していた以上に、あの別荘での出来事で精神が動揺していたのだろう。

バスタブにはボンドのために湯が張ってあり、横の椅子にはタオル類といっしょに松の香りのする入浴剤まで用意してあった。

「ヴェスパー」ボンドは大きな声で呼んだ。

「どうしたの？」

「きみは最高だな。これじゃ、金がかかるジゴロになったような気分だ」

「あなたの世話をするようにいわれてるの。わたしはただ、いわれたことをしているだけよ」

「いや、ちょうどいまこんな風呂にはいりたいと思っていたところだ。どうだ、わたしと結婚しないか？」

ヴェスパーは鼻を鳴らした。「あなたに必要なのは妻じゃない、奴隷よ」

「いや、必要なのはきみだ」

「あら、わたしに必要なのはロブスターとシャンパンよ——さあ、急いで」

「わかった、わかったよ」ボンドはいった。

ボンドは体を拭き、白いシャツと濃紺のスラックスを身につけた。ヴェスパーにも自分とおなじようにシンプルな服を着てほしかったので、ノックもせずに戸口に姿をあらわしたヴェスパーが、瞳とおなじように淡いブルーの麻のブラウスとプリーツのはいったコットン地の臙脂《えんじ》色のスカートという服装だったのを目にして喜ばしく思った。

「待ちきれなくて。もう飢え死にしそう。わたしの部屋は調理場の真上だから、食欲をそそるすてきな匂いで拷問されてるみたいなの」

ボンドは近づいて、ヴェスパーの体に両腕をまわした。

ヴェスパーはボンドの手をとり、いっしょに階段を降りてテラスへ出ていった。だれもいないダイニングルームから洩れる光の届くあたりにテーブルが用意されていた。

宿屋に到着したときにボンドが注文しておいたシャンパンが、テーブル横に置いてあるめっきされたアイスバケツに入れてある。ボンドはシャンパンを、ふたつのグラスになみなみと注いだ。ヴェスパーは自家製の美味なレバーのパテを食べたり、自分とボンドのために、ロックアイスに載せてある濃い黄色のバターをぱりぱりのフランスパンに塗ったりするのに忙しくしていた。

ふたりはおたがいの目を見つめあい、たっぷりとシャンパンを飲んだ。ボンドはまたふたつのグラスに、こぼれそうなほどのシャンパンを注いだ。

食事をとりながらボンドは海水浴のことを話したり、あしたの午前中にふたりでなにをしようかと相談したりした。食事のあいだ、ふたりはおたがいを思う気持ちを口にしなかったが、ボンドの目だけではなくヴェスパーの目にも今夜への昂奮まじりの期待がのぞいていた。ふたりはそれぞれの肉体の緊張を発散させようとでもいうように、手や足がふれあうにまかせていた。

ロブスターが運ばれ、その皿が下げられる。二本めのシャンパンがボトル半分になり、ふたりがデザートの野いちごにスプーンで濃厚なクリームをかけていると、ヴェスパーが深々と満ち足りた吐息を洩らした。

「わたしったら豚みたいにがつがつしちゃった」ヴェスパーは楽しげにいった。「あなたがいつもわたしのいちばん好きなものを差しだしてくるからよ。こんなに甘やかされたのは生まれて初めて」いいながら、テラスの先の月明かりが照らす入江に視線を投げる。「それだけの値打ちのある女だったらいいけど……」そういった声には皮肉っぽい響きが底に流れていた。

「どういう意味かな？」ボンドは驚いてたずねた。

「いいえ、自分でもよくわからない。でも人は自分の値打ちに見あうものを手にいれられるというでしょう？　だから、わたしにはこれに見あう値打ちがあるんだなと思って」

ヴェスパーはじっとボンドを見つめて微笑んでから、物問いたげに目を細めた。

「でもあなたは、わたしのことをまだほとんど知らない……」ヴェスパーは藪《やぶ》から棒にいった。

ボンドはその言葉が思いのほか真剣な響きを含んでいることに驚かされた。

「いや、充分に知っているよ」ボンドは笑いながら答えた。「あしたとあさって、そしてその翌日をいっしょに過ごすのに充分なほどは知っているさ。しかし、それをいうなら、きみもわたしのことをあまりよく知らないんじゃないかな」いいながら、またふたりのグラスにシャンパンを注ぐ。

ヴェスパーは考えをめぐらせる目でボンドを見つめた。

「人はみんな島よ」ヴェスパーはいった。「島同士は決して触れあわない。どんなに近くても、離れ離れであることに変わりはないの。たとえ結婚してから五十年たっても」

ボンドはヴェスパーが酔って〝泣き上戸〟になるのかと思ってうろたえた。シャンパンを飲みすぎて気が滅入ったのだろうか。しかし、ヴェスパーはいきなり笑い声をあげた。

「いいのよ、心配しなくても」ヴェスパーは身を乗りだし、ボンドの手に手を重ねた。「ちょっと感傷的な気分になっただけ。それにね、今夜わたしという島はあなたという島をすごく近くに感じてるの」そういってシャンパンをひと口飲む。

ボンドは安堵しながら笑った。「だったら、ふたつの島をつないで半島をつくろう。デザートの野いちごを食べおわったらすぐにでも」

「あら、それはだめ」ヴェスパーはわざと焦《じ》らした。「コーヒーは逃せないわ」

「ブランディもね」ボンドは反撃した。

小さな影が通りすぎていった。ふたつめの小さな影だった。影が消えると、小さな疑問符が宙に残されていた。その疑問符も、ぬくもりに満ちた親密な雰囲気がふたりを包みこむと、たちまち溶けて消えていった。

ふたりが食後のコーヒーを飲みおわり、ボンドひとりがブランディをちびちびと飲んでいると、ヴェスパーがバッグを手にして立ちあがり、ボンドのうしろへまわってきた。

「疲れたわ」ヴェスパーはいい、片手をボンドの肩にあずけた。

ボンドは手を肩へやってヴェスパーの手をとった。ふたりはしばしそのまま動かなかった。ヴェスパーが体をかがめてボンドの髪を唇で撫でつけてから、テラスをあとにして立ち去った。数秒後、ヴェスパーの部屋の明かりがともった。

ボンドがタバコを吸って待つうちに、ヴェスパーの部屋の明かりが消えた。ボンドはヴェスパーにならってテラスをあとにした。途中で一回だけ足をとめて、宿屋の主人とその妻におやすみの言葉をかけて夕食の礼を述べた。主人夫妻と挨拶をかわしたのち、ボンドは二階へあがった。

ボンドがバスルームを通ってヴェスパーの部屋に足を踏み入れ、ドアを閉めたときには、まだ九時半になったばかりだった。

大きなベッドに横たわるヴェスパーの雪のように白い裸身にひそむ秘密の影に、半分だけおろした鎧戸《よろいど》から射している月の光が波のように打ち寄せていた。


夜明けどきにボンドは自室のベッドで目を覚ました。しばらく横たわったまま、思い出をたぐって過ごす。

それから音をたてないようにベッドから出た。パジャマの上衣に袖を通し、ヴェスパーの部屋の扉の前をこっそり通りすぎると、宿屋をあとにして海岸へむかった。

夜明けの海は波も静かでひっそりとしていた。薄紅色に染まったさざなみが砂浜を舐《な》めていた。あたりは肌寒かったが、ボンドはパジャマの上衣を脱いで裸になると、波打ちぎわに沿って歩き、きのう海にわけいっていった場所にまでたどりついた。それからゆっくりと慎重な足どりで海へはいっていき、あごの下が海水につかるところまで進んだ。足を海底から離し、片手で鼻をつまんで目を閉じたまま水中に体を沈ませて、冷たい海水が全身や髪の毛を梳《す》きあげていく感覚を味わった。

鏡のような海面が乱されているのは、どうやら魚が跳ねたとおぼしい箇所だけだった。ボンドは水中にもぐったまま穏やかな水面の風景を想像し、ヴェスパーが松林から海岸に出てくる瞬間を狙いすまし、なにもない静かな水面からいきなり躍りあがって驚かせてやれればいいのだが……と考えた。

たっぷり一分も海中にもぐっていたのち、水しぶきを撥《は》ねあげながら海面を割って出たボンドは失望させられた。見わたすかぎり、だれの姿もなかった。ひとしきり泳いだり浮かんだりして遊ぶうちに、あたりもそこそこ暖かくなってきたので、ボンドは砂浜へあがって仰向けになると、前夜ようやく肉体をとりもどしたことの喜びを嚙みしめた。

前日の夕方とおなじように、ボンドはいままたなにもない空を見あげ、またおなじ答えを見てとった。

しばらくしてからボンドは体を起こすと、砂浜をゆっくりと歩いてパジャマの上衣のところに引き返した。

きょうこそヴェスパーに結婚を申しこもう――ボンドは思った。もはや心に迷いはまったくなかった。あとは適切な時機を見きわめるだけの問題だった。

25　黒い眼帯

足音を殺しながら、テラスから鎧戸《よろいど》が閉まったままの薄暗いダイニングルームに足を踏みいれたボンドは、そこで驚かされた――宿屋の正面玄関近くにある公衆電話コーナーのガラスの扉がひらいてヴェスパーが出てきたかと思うと、こそこそとしたようすで階段をあがって、ふたりの部屋のほうへむかっていったのだ。

「ヴェスパー」ボンドは声をかけた。ふたりに関係する緊急のメッセージかなにかをヴェスパーが受けとったにちがいない、と思ったのだ。

ヴェスパーがあわてた顔でふりかえり、口もとを手で押さえた。大きく目を見ひらいたヴェスパーはボンドを見つめていたが、その時間がほんの少し長すぎた。

「どうしたんだ、ダーリン？」ボンドはたずねた。自分たちふたりの人生をなにかが脅《おびや》かしているのではないかという恐れや漠然とした不安を感じながら。

「もう……」ヴェスパーは息を切らしていた。「びっくりさせないで。ただ……その……

そう、マティスに電話をかけていただけ。マティスにね」と、くりかえす。「また服を調達してもらえないかと思って。ほら、前に話した女友だちを通じてね。ブティックの女性《ヴァン》販売員《ドゥーズ》よ。ほら……」ヴェスパーは早口だった――ボンドを説得しようとして気が焦るのか、しどろもどろの話しぶりになっている。「だって、ほんとに着るものがないから。それで、マティスが仕事場に出る前の朝のうちに自宅でつかまえようと思って。友だちの電話番号は知らないし、新しい服であなたをびっくりさせようとも思ったの。それに、わたしが歩きまわる物音であなたを起こしたくなかった。海は気持ちよかった？　泳いできたの？　まったく、わたしを待っててくれたらよかったのに」

「最高に気持ちよかったよ」ボンドはヴェスパーがうしろめたさもあらわに幼稚ないい逃れをしていることに苛立ちを感じる半面、そんなヴェスパーの心を軽くしてやろうと思った。「きみも海にはいってくればいい。そのあとテラスに出て、ふたりで朝食をとろう。実をいえば腹がぺこぺこでね。さっきは驚かせてわるかった。ただ、こんなに朝早く人の気配がしたので、こっちもびっくりしただけさ」

ボンドはヴェスパーの体に片腕をまわしたが、ヴェスパーは自分から腕をほどき、すばやい身ごなしで階段をあがった。

「さっきはほんとに、あなたを見かけてびっくりしちゃった」ヴェスパーは、いましがたの出来事をごまかそうというのか、ことさら軽い口調でいった。「だってほら、さっきのあなたは目もとに前髪が垂れていて、なんだか幽霊みたい……というか、溺れ死んだ人みたいだったし」

そういって耳ざわりな声で笑う。自分で耳ざわりな響きに気がついたのだろう、ヴェスパーは笑い声を咳でごまかした。

「あなたが風邪をひいてなければいいけど」ヴェスパーはいった。

そのあともヴェスパーが嘘のつくり話で糊塗《こと》しつづけているので、しまいにはボンドもいっそ仕置をして、真実を打ち明けて楽になれといいたくなった。しかしボンドは部屋の外でヴェスパーの背中を安心させるような手つきでそっと叩き、急いで支度をして海水浴をしてくるといい、というにとどめた。

それからボンドは自分の部屋にもどった。

ふたりの愛がまじりけのない状態だったのは、このときが最後だった。つづく数日間は、嘘と偽善ばかりの混乱した日々だった——その混乱のあいだ、おりおりにヴェスパーの涙とけだものじみた情熱の瞬間がさしはさまれた。そういうときヴェスパーは、ふたりで過ごす昼間が空虚なだけに、なおいっそう淫らがましく感じられるほど貪欲《どんよく》におのれの情熱に身をゆだねた。

ボンドは数回にわたって、ふたりを隔てる忌まわしい不信という壁を打ち倒そうとした。

くりかえし例の電話の件を話題にしたが、そのたびにヴェスパーはかたくなに最初の話をくりかえし、あと知恵で思いついたことがボンドにも明らかな尾鰭《おひれ》をつけたりもした。それればかりかヴェスパーは、わたしにほかの恋人がいるとでも疑っているのだろうとボンドを責めさえした。

こういった争いはいつも決まって、ヴェスパーの涙とヒステリックとも形容できそうなひと幕でおわった。

日を追うごとに、ふたりのあいだの雰囲気はどんどん棘々《とげとげ》しくなった。

人と人との関係が一夜にしてあっけなく瓦解することがボンドには不可解でたまらず、頭のなかでくりかえし原因をさがし求めもした。

ヴェスパーが自分とおなじくらい怯《おび》えているのが感じられたし、少しでもちがいがあるとするなら、悲しみがボンドよりも大きく思えることだった。しかし電話での会話にまつわる謎については、ヴェスパーが怒りもあらわに——それればかりか、ボンドには怯えているかのようにも思えた——説明を拒んだせいで、その謎が大きな影になり、ほかの小さな謎や口を閉ざして語らないことなどとあわせて、どんどん暗くなってきた。

その日の昼食の時間には、すでに事態がまた一段と悪化していた。

ふたりのどちらにとっても苦行だった朝食ののち、ヴェスパーは頭痛がするので、日光を避けて部屋にこもっている、と話した。ボンドは本を手にして、砂浜を一キロ半ほど先まで歩いた。頭のなかで議論を戦わせていたボンドは、宿屋に帰ったときには昼食の席で問題を解決できるだろうという結論を出していた。

ふたりが席につくとすぐ、ボンドは電話ボックスでヴェスパーを驚かせたことを明るい口調で詫びてから、この話題をきっぱりおわらせ、先ほどの散歩で目にしてきたあれこれを話しはじめた。しかしヴェスパーは上《うわ》の空で、そっけなく生返事をするだけだった。料理もただつついていただけだったし、ボンドの目を避け、なにかに気をとられているようすでボンドのずっと背後に視線を泳がせてばかりだった。

ボンドが口にした会話の呼び水にもヴェスパーがまともに答えないことが一回、二回とつづくと、ボンドも黙りこみ、自分なりの暗鬱《あんうつ》な思いに沈みこんだ。

いきなりヴェスパーが体をこわばらせた。手にしていたフォークが音をたてて皿のへりにぶつかり、テーブルからテラスへ転がり落ちて、さらにやかましい音をたてた。

ボンドは顔をあげた。ヴェスパーの顔はシーツなみに白くなっていた――いまはボンドの肩よりもずっと先を恐怖の顔つきで見つめている。

顔をめぐらせたボンドの目は、ちょうどテラスの反対側のテーブル――ボンドたちのテーブルからはずいぶん離れている――に席をとったひとりの男の姿をとらえた。見たところはごく普通の姿で、服装はいくぶん地味だったが、ボンドはひと目で、男が仕事で海岸通りを旅している出張中のビジネスマンだろうと見当をつけた――たまたまこの宿屋に行きあたったか、ミシュランの旅行ガイドでここを見つけたというところか。

「どうかしたのかい、ダーリン？」ボンドは気づかう口調でたずねた。

ヴェスパーは、離れたテーブルにいる男からいっときも視線を離さなかった。

「あの車を走らせていた男よ」ヴェスパーは苦しげな声でいった。「ほら、わたしたちを尾行していた車の男。わたしにはわかるの」

ボンドはいまいちど顔をうしろへむけた。いまは宿の主人が、新しく来た客とメニューをはさんで話しあっているところだった。いたってありふれた光景だった。ふたりは笑顔をかわしながらメニューについて話しあい、おたがいに満足したようだ。それから宿屋の主人がメニューを受けとり、客と締めくくりの言葉をかわしてから——ワインについての話しあいだろうとボンドは思った——その場を離れた。

男は自分が見られていることに気づいたらしい。ふっと顔をあげ、ふたりのテーブルへ好奇の目をちらりとむけてきたからだ。それから男は隣の椅子に置いてあったブリーフケースを手にして新聞を抜きだすと、テーブルに両肘をついて読みはじめた。

男が顔をめぐらせてきた拍子に、ボンドは男が片目に黒い眼帯をかけていることに気づいた。眼帯といっても目を覆って紐を縛るタイプではなく、片眼鏡《モノクル》のように眼窩に嵌《は》めこむタイプだった。その眼帯を例外として、男は愛想のよさそうな中年男にすぎなかった。褐色の髪をうしろへまっすぐ撫でつけ、先ほど宿の主人と男が話しているときにボンドにも見えたが、とりわけ大きくて白い歯のもちぬしだった。

　ボンドはヴェスパーにむきなおった。「いわせてもらうよ、ダーリン。あの男には怪しいところなどまったくない。本当にあの車の男だといえるか？　それに、ここの宿屋はわたしたちが借り切っているわけじゃない」

　ヴェスパーの顔は蒼白な仮面のままだった。いまはテーブルのへりを両手でぎゅっとつかんでいる。このままではヴェスパーが気絶する……ボンドは立ちあがってヴェスパーの背後にまわろうとしたが、手ぶりで押しとどめられた。ついでヴェスパーはワインのグラスに手を伸ばし、ひと口でたっぷり飲んだ。ワイングラスが前歯にあたって、かちかち音をたてる――ヴェスパーは反対の手をもちあげて、グラスをもつ手に添えた。それからグラスをテーブルにもどす。

　ヴェスパーはどんよりした瞳でボンドを見つめた。

「おなじ男だとわかるの、わたしには」

　ボンドは理屈で納得させようとしたが、ヴェスパーはきく耳をもたなかった。そのあと一、二度ほどボンドの肩のさらに先へ奇妙にも従順な視線を投げていたが、やがてまだひどい頭痛がおさまらないので、午後は部屋で過ごすと話した。それからテーブルを離れ、一度もふりかえらずに屋内へはいっていった。

　ヴェスパーの気持ちを楽にしてやろう、とボンドは思った。コーヒーをテーブルに運ぶように注文をすませてから立ちあがり、早足で中庭へ出る。中庭にとまっていたのは黒いプジョーで、先日ふたりが見た黒いセダンだったとしてもおかしくはなかったが、フランス全土の道路を走っている百万台のうちの一台にすぎないかもしれない。ボンドはすばやく車内を一瞥《いちべつ》したが、なにも積まれてはいなかった。試しにトランクに手をかけたが、ロックされていた。ボンドはパリのナンバープレートの数字を記憶に刻むと、ダイニングルームに隣接した洗面所に早足でむかい、チェーンを引いて水洗の水を流してから、またテラスへ出ていった。

男は料理を食べていて、顔をあげもしなかった。

ボンドはヴェスパーがすわっていた椅子に腰をおろした——ここなら向こうのテーブルを見ていられる。

数分後、男は勘定を頼み、代金を払って出ていった。プジョーのエンジンがかかる音がきこえて、ほどなく排気音が外の道路をロワイヤル方面へむかって遠ざかって消えた。

宿屋の主人がまたテーブルにやってくると、ボンドは主人に妻が軽い日射病になったようだと事情を説明した。主人が見舞いの言葉を口にし、天気にかかわらず、あまり長時間を戸外で過ごすのは危険だと大げさな口ぶりでならべたておわると、ボンドはさりげない口調で先ほどの客のことをたずねた。

「さっきの人を見ていて、やはり片目をなくした友人のことを思い出したんだよ。友人も似たような黒い眼帯をつけていてね」

宿屋の主人は、男は初めて来た客だと答えた。きょうの料理に満足し、数日後にまたこのあたりを通るので、そのときもこの宿屋で食事をしたいといっていたという。スイス人らしいことは、言葉のアクセントからもわかった。時計の外まわり営業マンだと話していた。片目だけになったのはショックだったし、一日じゅう眼帯を嵌めているのは疲れるという。しかし、人はそういったことにも慣れるのだろう。

「実に痛ましいね、まったく」ボンドはいった。「あなたも運がわるかったようだ」いいながら、宿屋の主人の中身がない服の袖をさし示す。「わたしはじつに幸運だったな」

それからひとしきり、ふたりで戦争のことを話題にしてから、ボンドは立ちあがった。

「ああ、そうだ」ボンドはいった。「うちの妻がきょうの朝早くに電話をかけた。その料金の支払いを忘れるといけないと思ってね。パリあてだね。エリゼ局の番号だと思う」

ボンドはマティスの電話の局番を思い出しながら、そういい添えた。

「ありがとうございます、ムシュー。しかし、その件はもう片づいております。けさロワイヤルに電話をかけたところ、当家のお客さまからパリへの通話申込みがあったものの、先方がお出にならなかったと交換台からきかされました。電話会社の者から、奥さまが通話申込みを継続するかどうかという問いあわせが寄せられました。うっかり失念しておりました。よろしければご主人さまから、奥さまのご意向をたずねていただけますか？しかし……それはともかく、交換台からきかされたのは、パリ市内のアンヴァリッド局の番号でした」

26「ぐっすりおやすみ、マイ・ダーリン」

つづく二日間もおおむねおなじ様相だった。

滞在四日め、ヴェスパーは早朝に宿屋を出てロワイヤルへむかった。宿屋にタクシーが来てヴェスパーを乗せていき、また乗せて帰ってきた。ヴェスパーは必要な薬をとりにいく用事があったと話していた。

その晩ヴェスパーは、明るくふるまおうと無理をしていた。かなり酒を飲んでいたし、ふたりで二階にあがったあとはボンドを寝室に導きいれ、熱い情熱で愛をかわしもした。ボンドの体もそれに応えたが、事後にヴェスパーは枕に顔を埋めてさめざめと泣き濡れ、ボンドは苦々しい失望を感じながら自室にもどった。

そのあとボンドはろくに眠れず、早朝にはヴェスパーの部屋のドアが静かにひらく物音をききつけた。つづいて、ひそやかな物音が階下からきこえてきた。ヴェスパーが電話ボックスにいることをボンドは確信した。しかしすぐヴェスパーの部屋のドアが閉まる音がきこえ、今回もヴェスパーが電話をかけたパリの相手が出なかったことが察せられた。

これが土曜日のことだ。

日曜日には、黒い眼帯の男がふたたび宿屋に姿を見せた。昼食の皿から顔をあげ、向かいにすわっているヴェスパーの顔を見るなり、ボンドにはそのことがわかった。これに先立ってボンドは宿屋の主人からきいた話をヴェスパーに伝えたが、男がまたこの宿屋に来るかもしれないという話だけは伏せておいた。そんな話をすればヴェスパーを不安にさせるだけだと思ったからだ。

またボンドは、パリのマティスに電話でプジョーのことを問いあわせてもいた。二週間前に、まっとうな会社が貸しだしたレンタカーだった。借りた男はスイスの自動車入国許可証を所持していた。氏名はアドルフ・ゲットラー。連絡先として提示されていたのはチューリヒにある某銀行だった。

マティスはさらにスイス警察にも照会していた。しかり、その銀行にはアドルフ・ゲットラー名義の口座がある。ほとんどつかわれていない。ヘル・ゲットラーは時計産業と関連があるとみなされている。もし刑事訴追の対象になったことがあれば、さらなる身辺捜査も可能だ——という回答だった。

その情報を伝えても、ヴェスパーはあっさり肩をすくめただけだった。

そしていま男がふたたびあらわれると、ヴェスパーは昼食の途中で席を立って、まっすぐ部屋へあがってしまった。

ボンドは心を決めた。昼食をおえたボンドは、ヴェスパーを追った。ヴェスパーの客室のふたつのドアは、どちらも施錠されていた。ようやく部屋に通してもらったボンドが見たところ、ヴェスパーは窓辺の暗がりにすわっていたようだった——外を見張っていたのだろう、とボンドは思った。

ヴェスパーの顔は冷えきった石だった。ボンドはヴェスパーをベッドへ導き、隣にすわらせた。ふたりは列車に乗りあわせた乗客同士のように、ぎこちなくすわっていた。

「ヴェスパー」いいながらボンドは、冷えきった女の手を自分の手にとった。「いつまでもこんな真似をつづけてはいられないぞ。もうやめよう。いまのわたしたちは、おたがいに苦しめあっているだけだし、これをおわらせる手だてはひとつしかない。きみがすべてをすっかりわたしに打ち明ける——それができなければ、ここをあとにするまでだ。いますぐに」

ヴェスパーはなにもいわず、ボンドの手に握られた手も命の気配をなくしていた。

「ダーリン」ボンドは呼びかけた。「話してもらえないか？　知っているだろうか……ここに着いた日の翌朝、海から帰ってきたわたしは、きみに結婚を申しこむつもりだった。あのはじまりの時点にまで引き返せないか？　わたしたちを殺しかけている、この忌まわしい悪夢の正体はいったいなんだ？」

最初のうちヴェスパーは黙ったままだった。ついで涙がひと粒、ゆっくりと頰をつたい落ちていった。

「じゃ……わたしと結婚するつもりだったの？」

ボンドはうなずいた。

「なんてこと」ヴェスパーはいった。「ほんとに……なんてこと」そういってボンドにむきなおってしがみつき、胸に顔を埋めた。

ボンドはヴェスパーをさらに抱き寄せた。「さあ、話しておくれ。なにがきみを苦しめているのかを話してほしい」

ヴェスパーの嗚咽《おえつ》の声が静まってきた。

「しばらくひとりにさせて」ヴェスパーはいい、これまでにない調子の声でつづけた。あきらめの声だった。「少し考えさせてほしいの」そういってボンドの顔にキスをして顔を両手ではさむと、思いのこもった目でボンドを見つめる。「ダーリン、わたしはふたりにとって最善のことをしようとしてる。お願い、わたしを信じて。でも、すごく怖いの。怖くて怖くてたまらない……」ヴェスパーはまた涙を流し、悪夢を見た子供のようにボンドにしがみついた。

ボンドはヴェスパーをなだめ、黒髪を撫でおろしては、やさしいキスをした。

「さあ、もう行って」ヴェスパーはいった。「いまのわたしには考える時間が必要よ。ふたりでなんとかしなくちゃ」

そういうと、ボンドのハンカチを手にとって目もとを拭《ぬぐ》う。
それからヴェスパーはボンドを部屋のドアまで連れていき、ふたりはまたしっかりと抱きあった。ボンドがいま一度キスをしてから部屋の外に出ると、ヴェスパーはドアを閉めた。

その夜は、最初のころの陽気で親密な雰囲気があらかたよみがえってきた。ヴェスパーは気を昂ぶらせ、笑い声が不安定に響くこともあったが、ボンドはこの新しいヴェスパーに調子をあわせようと決めた。ボンドの何気ない言葉でヴェスパーがふっと黙りこんだのは、夕食もおわろうというころだった。

ヴェスパーはボンドの手に手を重ねた。

「いまはその話はよして」ヴェスパーはいった。「ええ、いまは忘れて。みんな過ぎ去ったことよ。朝になったら、すべてを話すから」

じっとボンドを見つめているヴェスパーの両目に、いきなり涙があふれてきた。ハンドバッグをかきまわしてハンカチをとりだし、目もとを拭う。

「もう少しシャンパンをちょうだい」ヴェスパーはそういうと、奇妙な笑い声をあげた。「もっといっぱい飲みたくて。あなたのほうがたくさん飲んだでしょう？　そんなの不公平よ」

ふたりはテーブルについたままシャンパンを飲み、ボトルを一本空けた。ヴェスパーは席を立った。そこで体をふらつかせて椅子にぶつかり、くすくす笑った。

「酔ってしまったみたい」ヴェスパーはいった。「みっともないったらないわね。お願いよ、ジェームズ、わたしのことを恥ずかしく思わないでね。陽気に騒ぎたかったの。わたし、はしゃいでるでしょう?」

ヴェスパーはボンドの背後にまわり、黒髪を指で梳《す》いた。

「早く来てね」ヴェスパーはいった。「今夜はとってもあなたが欲しいの」

そういって投げキッスをして、ダイニングルームから立ち去っていく。

それから二時間、ふたりは幸せな情熱の空気につつまれたまま、ゆっくりと甘美な愛をかわしあった――一日前だったら、ボンドはふたりがこんな雰囲気をとりもどせるとは夢にも思わなかったはずだ。自意識と不信がつくる壁は消えたように思えた。ふたりの言葉は以前のように無邪気で嘘のないものになり、ふたりのあいだには影ひとつなかった。

「そろそろお部屋にもどってちょうだい」ボンドがヴェスパーの腕に抱かれたままひと眠りしたあとで、ヴェスパーはそういった。

しかしヴェスパーはその言葉をみずから打ち消すかのように、ボンドの体をさらに強く抱き寄せて、愛の言葉をささやきながら、全身をボンドの体にぴったりと押しつけた。

しばらくしてからボンドは体を起こし、かがみこんでヴェスパーの髪を撫でつけ、最後に目と唇におやすみのキスをした。ヴェスパーは手を伸ばし、スタンドの明かりをつけた。

「わたしを見て」ヴェスパーはいった。「わたしにあなたを見せて」

ボンドはベッドの横に膝《ひざ》をついた。

ヴェスパーは初めて見るような目つきで、ボンドの顔の皺《しわ》一本一本を丹念に見つめたのち、腕をもちあげてボンドの首に巻きつけた。深いブルーの瞳を涙でうるませながら、ボンドの顔を自分に引き寄せ、唇にやさしくキスをする。それから腕を引っこめると、スタンドの明かりを消した。

「おやすみ、愛しい人」ヴェスパーはいった。

ボンドは顔を近づけてキスをした。ヴェスパーの頰は涙の味がした。

それからドアに近づき、いったんベッドをふりかえる。

「ぐっすりおやすみ、マイ・ダーリン」ボンドはいった。「もうなんの心配もない。これからはなにもかもうまくいくとも」

ボンドは静かにドアを閉め、満ち足りた心で自室へ引き返した。

27　血を流す心

朝になると、宿屋の主人がボンドに一通の手紙をもってきた。

主人はボンドの部屋に飛びこんでくると、火でもついているかのように、手紙をもった手をまっすぐ前へ突きだした。

「恐ろしい事故が起こりました。奥さまが……」

ボンドは急いでベッドから起きあがると、バスルームを通り抜けていこうとした。しかし、部屋同士をつなぐドアには鍵がかかっていた。ボンドはすばやく引き返して自分の部屋を横切り、怯《おび》えて縮みあがっているメイドの横を通って廊下を先へ進んだ。

ヴェスパーの部屋のドアはあいていた。鎧戸《よろいど》の隙間から射しいる日ざしが部屋を明るくしている。シーツからのぞいているのはヴェスパーの黒髪だけで、ベッドカバーの下の体はまっすぐ伸びたままぴくりとも動かず、墓所に立てられる石の人形のようだった。

ボンドはベッドの横に膝《ひざ》をついて、シーツを引き剝《は》がした。

ヴェスパーは眠っていた。眠っているにちがいない。目は閉じられている。愛おしい顔はどこも変わりない。いつもどおりの顔だちそのままだった……しかし……それでもなおヴェスパーは身じろぎもせず、これっぽっちも動かず、脈もなければ呼吸もしていなかった。そういうこと。もう息をしていない。

あとから主人がやってきて、ボンドの肩に手をかけた。主人はベッド横のテーブルに置かれた空《から》のグラスを指さした。グラスの底に白い澱《おり》のようなものが残っていた。その横にはヴェスパーの本やタバコとマッチがあり、鏡や口紅やハンカチが物悲しく散らばっていた。床には、中身のなくなった睡眠薬のボトルが落ちていた——ここに来た最初の夜、ボンドがバスルームで見かけた睡眠薬だった。

ボンドは立ちあがると、頭を左右にふった。宿屋の主人はボンドに手紙を差しだしている。ボンドは手紙を受けとった。

「警察署長に知らせておいてくれ」ボンドはいった。「署長が会いたいといったら、わたしは部屋にいる」

それだけいうとボンドはうしろをふりかえらず、あたりも見ずに歩いてその場を離れた。ベッドのへりに腰をおろし、窓の外の穏やかな海に視線を投げる。ぼんやりと封筒に目を落とす。丸っこい大きな文字で、《あの人へ《プール・リュイ》》とだけ書かれていた。

ボンドの頭をふっと、こんな考えがよぎった——ヴェスパーはボンドが死体の発見者にならないよう、あらかじめ朝早いモーニングコールを宿屋に頼んでおいたにちがいない。

封筒を裏返す。ヴェスパーの温かな舌がこのフラップを舐《な》めて封筒を閉じてから、まだそれほど時間はたっていないのだ。

ボンドはすっと肩をすくめ、封筒をひらいた。

長い手紙ではなかった。手早く最初の数語に目を通しただけで、ボンドの鼻孔から鋭い音をたてて空気が洩れた。

やがてボンドは手紙が蠍《さそり》になったかのように、ベッドに投げ落とした。

わが最愛のジェームズ――(手紙はそうはじまっていた)

あなたのことを心から愛していますし、この手紙を読んでいるあなたがいまもわたしを愛してくれていることを願っています。というのもこの手紙のせいで、あなたのわたしへの愛は、いまこの瞬間でおわってしまうからです。ですから……まだわたしたちが愛しあっているあいだにいいます……さようなら、わたしの最愛の人。さようなら、マイ・ダーリン。

わたしはソビエト連邦内務省の工作員です。そう、そのとおり――ロシア人の手先になっている二重スパイなのです。戦後一年たったころにソ連につかまり、それ以来あの国の手先として動いていました。わたしはイギリス空軍所属のポーランド人の男性と恋に落ちていました。あなたと会うまではその人を愛していました。調べればその人のことは、あなたにもわかるはずです。殊勲章を二度さずけられたのち、Mの訓練をうけて、またポーランドへ送りこまれました。その人が敵につかまり、拷問でいろいろなことを明かしたなかに、わたしのこともあったのです。敵はわたしに接触してきて、自分たちの手先になればポーランド人男性の命を助けてやる、といってきました。あの人はこのことを少しも知りませんが、許可を得て、わたしに手紙を送ってきました。手紙は毎月十五日に届きます。やめられませんでした。毎月十五日に、あの人の手紙が来なくなることを考えるだけでも耐えられなかったのです。手紙が来なくなれば、わたしがあの人を殺したも同然です。でも、向こうにわたす情報は最小限に絞りました。その点だけはどうか信じてください。そして、あなたの任務の話がきました。わたしは連中に、あなたがロワイヤルでの任務を命じられたことや、あなたがどんな身分をつかうかといったことを伝えました。あなたがロワイヤルに到着する前から、連中があなたのことを知っていたのも、ホテルの部屋にマイクロフォンを仕掛ける時間の余裕があったのも、みんなそのためです。連中もル・シッフルのことは疑っていましたが、あなたの任務については、ル・シッフルに関係しているということ以外、なにも知りませんでした。わたしがそれ以上しゃべらなかったからです。

それからわたしは、カジノではあなたのうしろに立たないようにしろ、マティスとライターもあなたの背後に立たせるな、と命令されました。だからあの用心棒が、あわやあなたを銃で撃つところまでいったのです。狂言誘拐を仕組む必要があるともいわれました。もしかしたらあなたは、ナイトクラブでわたしが妙に口数少なかったのはなぜかと考えていたかもしれません。ル・シッフルの手下がわたしに手出しをしなかったのは、わたしがソ連内務省のもとで動いていたからです。

　でもあなたがどんな目にあわされたかを知ったとき……たとえそれをしたのがル・シッフルで、ル・シッフルが裏切り者だとわかっても、それでもこれ以上はつづけられないと思いました。そのころには、わたしはあなたを愛するようになっていました。連中からは、恢復《かいふく》途上のあなたからいろいろとききだせと命令されました。でも、わたしは拒んだ。わたしはパリから命令を受けていました。パリ市内のアンヴァリッド局のある番号に、一日二回の連絡電話をかける手はずでした。連中はわたしを脅迫し、あげくのはてにパリ駐在のわたしの連絡要員を引きあげさせた——それでわたしにも、ポーランドにいる恋人が死ぬしかないとわかりました。しかし一方で連中は、わたしがすべてを明かすことを恐れていたのでしょう……命令に従わなければＳＭＥＲＳＨ《スメルシュ》をさしむけると最終警告を送ってきました。わたしは気にもとめませんでした。あなたを愛するようになったからです。でも、そのときホテル・スプランディードで黒い眼帯の男を見かけました。男はわたしの動向をきいてまわっていました。ふたりでこの宿屋に来る前日のことです。わたしは眼帯の男を首尾よくふり切ったことを願っていました。あなたと深い仲になったら、ル・アーヴルから南アメリカへでも逃げていこうと考えていました。あなたの赤ちゃんを産んで、どこかで一からすべてをやりなおそうとも思っていました。でも、連中はわたしを追ってきました。連中から逃げることはだれにもできないのです。

あなたに打ち明ければ、ふたりの愛はおわるとわかっていました。このまま座してSMERSHに殺されるのを待ち、おそらくあなたも殺されるか、それがいやならばわたしが自殺するしかない、と悟ったのです。

そういうことです、わたしの最愛の人。あなたには、わたしがあなたをそう呼ぶのをとめることも、わたしの愛しているという言葉をとめることもできません。わたしはその言葉を胸に抱き、あなたとの思い出を胸に抱いて旅立ちます。

あなたの役に立つ話はあまりできそうもありません。パリの電話番号はアンヴァリッド局の五五二〇〇です。ロンドンで向こうの連中と会ったことは一度もありません。すべての連絡は、チャリングクロス・プレイス四五〇番地の新聞スタンドを臨時住所として、手紙をあずかってもらうかたちですませていました。

最初にふたりで夕食をとったとき、あなたは反逆罪でチトーに始末されたユーゴスラビア人のことを話し、〝世界を吹き荒れる強風につかまってしまっただけ〟と話しました。わたしの弁解もその言葉しかありません。あとは……わたしが命を助けようとしたひとりの男への愛ゆえです。

もう夜もふけて、わたしは疲れました。あなたとわたしを隔てているのは、わずかにドア二枚。でも、わたしは勇気をもって実行しなくてはなりません。あなたならわたしの命を救ってくれるかもしれない。でも、愛しいあなたの目の表情に、わたしは耐えられないでしょう。

あなたを愛しています。心から愛しています。

V

この手紙を投げ落とすと、ボンドは意識しないまま両手の指先をこすりあわせていた。ついで、いきなりこめかみを拳で殴って立ちあがった。つかのま穏やかな海に目をむけ、下品きわまる卑語の悪態をつく。

目もとが濡れていたので、ボンドは拭《ぬぐ》った。

それからシャツとスラックスを身につけ、冷たく石のような顔つきのまま階下へ降りていき、電話ボックスにはいってドアを閉めた。

電話がロンドンに通じるまでのあいだ、ボンドはヴェスパーの手紙の中身を冷静に検討していった。すべての辻褄があう。過去四週間の小さな影や疑問符の数々――ボンドが本能で察していながら、理性で拒んでいたことの数々――が、道路標識のようにはっきり見えてきた。

いまはもうヴェスパーをスパイとしか考えていなかった。ヴェスパーとの愛も自分の悲しみも心の物置にしまいこまれた。いずれは引っぱりだして、いっさいの感情をまじえずに検討するが、そのあとは忘れたい感傷的な過去のほかの荷物ともども、苦々しく物置に押しもどすのだろう。いま考えられるのは、ヴェスパーという女が情報部と祖国を裏切ったという事実と、その結果生じたダメージのことだけだった。この道のプロとしてのボンドの頭脳は、今回の件から生じる結果を完璧に把握していた。情報部員たちがつかっていた偽の身分が何年ものあいだにどれだけ暴かれ、どれだけの暗号を敵に解読されてしまい、ソビエト連邦の奥を見通すことに専念していた当のセクションの中枢からどれだけの秘密情報が漏洩《ろうえい》していたことだろうか。

こんなにぞっとする話もない。いったい、どれだけの混乱のあと始末をしなくてはならないのか。

ボンドはぎりぎりと歯嚙みした。ふいにマティスの言葉が思い出された。《しかし、本当にクロまちがいなしの標的が大勢いるのも事実だ》……《SMERSHの件はどうする？　いわせてもらえば、あの手あいがヨーロッパを好き勝手にうろついて、自分たちのご大層な政治体制への反逆者だとみなした連中を殺してまわるのは気にくわないね》

ボンドはひとり苦々しい笑みをのぞかせた。

マティスの言葉の正しさがなんとすばやく証明され、マティス自身の屁理屈がなんとすばやく当人の顔の前で爆発してしまったことか！

自分が——このボンドが——何年も子供じみた鬼ごっこにうつつを抜かしていたあいだに（そう、ル・シッフルのこの比喩はこれ以上ないほど正しかった）、真の敵はボンド自身の目と鼻の先で、ひそやかに、冷静に、英雄ぶることもなく仕事を進めていたのだ。

ふいに、書類を手にして廊下を歩くヴェスパーの姿が脳裡にありありと浮かんできた。デスクトレーの書類。ダブル0《オー》の称号をもつ秘密情報員たちが世界を股にかけて遊んでいるあいだに——鬼ごっこに興じているあいだに——敵はデスクトレーの書類をなんなく手に入れていたのだ。

手のひらに爪がぎりぎりと食いこみ、全身が恥辱の汗にまみれる。

いや、まだ手遅れになったわけではない。自分が狙うべき目標ができた。これからはＳＭＥＲＳＨを追いつめて狩り立ててやる。ＳＭＥＲＳＨという死と復讐の冷酷な武器をうしなえば、ソ連内務省も公務員スパイ集団にすぎなくなり、西側諸国の各情報機関と五十歩百歩になるだろう。

ＳＭＥＲＳＨは馬を駆り立てる拍車だ。忠誠をたもち、スパイ活動に励め——さもなくば殺す。いっさいの例外なく、いかなる質問もないまま、かならずや狩り立てて処刑するぞ——というわけだ。

これはロシア人のつくったすべての体制にいえることだ。恐怖で人々を動かす。彼らにとっては、退却ではなく前進こそがつねに安全だ。敵にむかって前進すれば、弾丸が逸《そ》れてくれるかもしれない。退却したり逃げたり、さらには裏切ったりすれば、弾丸はぜったいに逸れない。

しかしこれからはボンドが、拳銃と鞭《むち》を握っている腕自体を攻撃する。スパイ活動がらみの仕事はホワイトカラー連中にまかせておけばいい。スパイ活動をこなし、スパイをつかまえる仕事なら彼らにもできる。だから自分は、スパイたちの背後にいる脅威そのものに——彼らをスパイに仕立てあげる脅威そのものに——狙いを定めよう。

電話のベルが鳴り、ボンドはすばやく受話器をつかみあげた。

電話の相手は〈鎖の輪《リンク》〉と呼ばれる外部連絡職員で、海外からボンドが電話をかけてもいい、ロンドンのただひとりの男である。電話をかけるのは、緊急の場合に限定されていた。

ボンドは静かな声で受話器に話しかけた。

「こちらは007号。一般回線でかけている。緊急事態だ。きこえるか? 至急伝言を願いたい。3030は〝赤の土地《レッドランド》〟の二重《ダブル》だった。

ああ、そうとも、〝だった〟と過去形でいったよ。あの女はもうくたばったからね」

解説

杉江松恋

『007／カジノ・ロワイヤル』といえばバート・バカラックで、彼の作曲した主題歌「恋の面影」である。一九七〇年代スパイ映画への異常なまでの敬意から製作されたパロディ映画『オースティン・パワーズ』（一九九八年公開、ジェイ・ローチ監督）のおかげで、そのイメージはいっそう強化された（この映画にはバカラックも出演している）。映画そのものを観たことがないのにサウンドトラックを持っている人は、私の推定では日本に五千人はいると思う。

映画『007／カジノ・ロワイヤル』は、原作の二度目の映像化作品である。原作が発表されたのは一九五三年のことだが、アメリカのCBSテレビがわずか千ドルで映像化権を買い、一九五四年十月二十一日に「クライマックス！」という一時間枠の生放送ドラマとして放映している。これが007シリーズ最初の映像化作品だ。主演は『影なき男の影』『大空港』『シャイニング』などに出演歴のあるバリー・ネルソン。アメリカのドラマなので、ジェームズ・ボンドもアメリカ人に設定変更されていたそうである。

一方、バート・バカラックの音楽でおなじみの映画『007／カジノ・ロワイヤル』は一九六七年の作品。他の007シリーズを製作したアルバート・R・ブロッコリ＆ハリー・サルツマンのチームが唯一映像化権を買えなかった作品だ。映画化の権利は最初グレゴリー・ラトフ（『陽はまた昇る』出演など）の手に渡り、彼の死後チャールズ・K・フェルドマン（『七年目の浮気』製作など）が取得した。それはいいのだが、なぜかジョン・ヒューストンら五人もの人間が監督を務めることになり、脚本陣もウォルフ・マンキウィッツらクレジットに名前のある三人のほか、ベン・ヘクトやテリー・サザーンなども参加し、最終的に八人もの脚本家が関与するという異常事態のため、全体としてごった煮のような統一感のない作品が出来上がってしまったのである。007のコードネームを後輩に譲り隠居をしていた老ジェームズ・ボンド（デヴィッド・ニーヴン）が、古巣であるMI6の危機に再出馬を決意する、というパロディ仕立てのアイデアは非常におもしろく、あの時代なりの雰囲気は楽しめると思うのだが。私見では、ピーター・セラーズが駄目だな。ニーヴンとセラーズという同じ取り合わせの『ピンクの豹』（一九六四年公開）が良かったのに、ニーヴンが出演していないその後のシリーズがB級作品に堕したことを見てもわかるとおり、セラーズはコメディアンとしてはどこまでも二流で、泥臭いのである。

以降『カジノ・ロワイヤル』の映像化権はずっと塩漬けにされていたのだが、今世紀に入ってようやく正統シリーズの第二十一作として製作された。公開は二〇〇六年十一月

（日本での公開は十二月）である。監督は『００７／ゴールデンアイ』のマーティン・キャンベル、主演は（バリー・ネルソンを除けば）六代目となるダニエル・クレイグ（『ミュンヘン』出演など）だった。初の金髪俳優によるボンドであり、冒頭では彼が殺しの許可証であるダブル０《オー》のコードネームを獲得するエピソードが描かれるなど、シリーズをここから新たに始めるという意気込みが随所に見られた。クレイグ演じる００７は感情をむき出しにする描写が多いなど若々しく、それが次第に観客の知るあの姿に近づいていく。おなじみのタキシードを着用するのは映画のほぼ折り返し点であり、「ボンド、ジェームズ・ボンド」という決め台詞が口にされるのも意外なほど遅いのである。

本書の旧訳版であった井上一夫訳が新版で刊行されたのが、新作映画の公開された二〇〇六年、そして今回、白石朗による新訳版として甦《よみがえ》る。この機会にもっと多くの読者の手に取られることを祈りつつ、内容を簡単に説明しよう。

００７号のコードネームを持つジェームズ・ボンドは、上司のＭからカジノ・ロワイヤル行きの指令を受ける。目的は、フランス共産党系労組の大物、ル・シッフルに勝負を挑み、破産させることだ。ル・シッフルはソ連の息のかかった工作員だが、無断流用した資金で売春宿を経営しようとして失敗し、大穴を開けてしまったのである。すでにソ連から制裁組織ＳＭＥＲＳＨ《スメルシュ》の刺客が送りこまれている可能性があったが、アメリカ・イギリス・フランス三国の情報組織としては、スメルシュに彼を始末されては困る理由があった。

ル・シッフルには目立った形で破滅してもらい、鉄のカーテンの向こうから送り込まれた工作員がいかに悲惨な末路をたどるものか、天下に知らしめなければならなかったのだ。かくしてボンドはカジノに乗り込み、ル・シッフルとバカラで勝負することになるのである。

シリーズの第一作ということもあり、本書におけるジェームズ・ボンドは独身主義のほかにはそれほど目立つ特徴も負わされていない（独身主義の理由は後述）。当初は著者のイアン・フレミングも、ボンドを「一介の野暮な公務員」としてしか認識していなかったという。ボンドが偶像化されたのは、シリーズに熱中した読者の後押しがあったためなのである。六〇年代に入ると次々に原作が映画化されたため、さらに超人化は進展した。

映画のシリーズにはスペクターという秘密組織がほぼ通しで登場していたが、原作にスペクターが登場するのは一九六一年の『サンダーボール作戦』が最初である。映画第一作の『ドクター・ノオ』公開が翌六二年だから、『サンダーボール作戦』の設定が流用されたのだろう。実は映画化も当初は『サンダーボール作戦』のほうが先になる予定だったのである。『カジノ・ロワイヤル』に登場するスメルシュが、原作の初期ではボンドのライバルとして設定されていた。二〇〇六年版の映画では、ル・シッフルはテロリストから金を預かって運用する独立した業者として登場している。敵対組織が設定されず、テロリストの背後関係が不明という描き方は、9・11後の世界観をよく表している。

後の作品に比べると、本書は簡略な筋立てである。初めてシリーズに触れる読者にとっては、むしろ読みやすい内容だろう。そのためか二〇〇六年版の映画は、前半部では本書にないジェームズ・ボンドが007になっていく過程を描き、カジノ・ロワイヤル派遣を後半に持ってきていた。エピソードの膨《ふく》らませ方に芸があるので、ぜひ原作と比べていただきたい（たとえば一三二ページのボンドが「ふっと気が遠くな」るくだりだとか）。そしてもちろん、他のシリーズにも親しんでもらいたいのである。

乱暴な言い方をしてしまえば、『カジノ・ロワイヤル』はジェームズ・ボンドという秘密情報部員が、外部からの刺激を受けてひとりのスパイとして完成するまでの物語だ。この作品でボンドは拷問を受けるのだが、男性なら想像しただけでも身がすくむような苛烈なものである。拷問道具が身近なものなので余計におそろしい。フレミングはボンドに対して必要以上に肩入れせず、リアリティを持った肉体として突き放して扱っている。拷問と、もう一つの人間ドラマが、ボンドを否応なく冷徹なスパイへと変貌させていくのである。こうした主人公像の造形のしかたは、『マルタの鷹』でサム・スペードを創造した、ダシール・ハメットの影響下にあるものだろう。

なお、ジェームズ・ボンドは故意に女好きのキャラクターとして造形されているが（言うまでもなく、フレミングが読者にサービスを心がけたのである）、その人物像を「女に甘い」と見るのは間違いだ。むしろボンドは異性に対して薄情で、異常に飽きっぽい。フレミングにとってボンドが「主人公」という役割を果たすための単なる肉体であるのと同様に、ボンドの交際する女性もまた、ボンドと情を交わすだけの「肉体」として設定されているのである。そのことは、すでに本書の物語の中で明示されている。女性キャラクターに関していえば、後のシリーズ作品にあって本書に無い要素がある。なぜか007シリーズに登場するヒロインは、どこかしら過剰や欠落の要素を持っているのだ。強姦者に殴られて鼻を潰された『ドクター・ノオ』のハニー・ライダーしかり、下肢に障害のある『サンダーボール作戦』のドミネッタ・ヴィタリしかり。こうした要素をヒロインに背負わせる悪趣味な趣向を弁護するつもりはないが、いかなる登場人物に対しても必要以上の執着をしなかったフレミングは、冷徹な描写によって、心理的な距離をとろうとしたのではないかと思われる。

そういえば、あのレイモンド・チャンドラーは一九五五年から五九年にかけて、フレミングと交際していたという。一九五五年はチャンドラーにとって最悪の時代の幕開けとなった年で、『長いお別れ』がMWA最優秀長篇賞を受賞するという良い出来事もあったが、前年末に愛妻が病死した衝撃から立ち直れず、イギリスへ戻って隠棲《いんせい》生活を送っていたのだった。アルコールに溺《おぼ》れ、世捨て人のように暮らすチャンドラーを励まし、再び執筆への意欲を取り戻させるため、フレミングは努力した。二人が交わした書簡を読むと、どんどん気難しくなる先輩作家に対し、フレミングが気を揉《も》む様子がよくわかる。

チャンドラーは『カジノ・ロワイヤル』を高く評価していた。そして、『カジノ・ロワイヤル』以降のフレミングはデビュー作から進歩していない、とも思っていたのである。彼は一九五六年に007シリーズの第四長篇である『ダイヤモンドは永遠に』の書評を書いているが、その後フレミングに出した手紙の中で、こんなことを言っている。

「ぼくは君が、ジェイムズ・ボンドで真価を発揮したとは思わないし、ぼくはあの書評で、君の真価を認めたとは思っていない。なぜかといえば、君のように筆の早い作家なら、いま少し高級な作品を試すべきじゃないかと考えたからだ。ぼくはちょうど、『カジノ・ロワイヤル』を再読したところで、君は一作ごとには進歩していないように見受けられる」

フレミングからは以下の通り。

「わたしの茶番劇については、あなたはあきらかに、重大な誤解をなさっておられるようです。わたしは才能のぎりぎりのところで『ダイヤモンドは永遠に』を書いたつもりです。わたしはだれを過小評価したつもりもないし、また現在の自分以上のものでは、決してありません。あなたの言い方によりますと、わたしがまるで怠け者のシェークスピアかレイモンド・チャンドラーであるかのようです」(以上引用は、早川書房刊『レイモンド・チャンドラー読本』所収の「往復書簡」新庄哲夫訳より)

どうもチャンドラーは、フレミングに「小説家」になることを期待していたようなのである。ここで言う「小説家」のニュアンスは、単に読者の需要に合わせてスリラーを書くだけではなく、自分の作家性を優先させて創作を行う書き手、ぐらいにとってもらえればいい。ちょうど後年のグレアム・グリーンがそうであったような「小説家」だ。グリーンは自作を、大衆の欲求に応えて書くエンターテインメントと小説の二つに厳然と峻別《しゅんべつ》していた。チャンドラーはまた、フレミングがイギリス人としては初の「ハードボイルド」作家になりうるのではないかと考えていたようでもある。そのことはチャンドラーの文章やインタビューに答えた言葉の各所に表れている。

「彼のような堅い透明な文体《スタイル》はイギリスでは珍しい。アメリカのミステリとイギリスのそれとの違いといえば、イギリスの小説はスピード感に欠けているということだ。ところが、フレミングは冗長な文体《スタイル》とは縁がない。彼は例外だ――彼にはスピード感がある」（早川書房刊『007専科――007へ愛をこめて――』所収「アイス・ウォーターと冷静な男たち――レイモンド・チャンドラーとともに」吉田誠一訳より）

「この本についての驚くべき事実を、わたしは最後までとっておいた。それはこれ（注：『ダイヤモンドは永遠に』）がイギリス人によって書かれたということである。場面はほぼ完全にアメリカ的なものであって、アメリカ人が聞いても真実らしい響きをもっている。こういうことを成し遂げた作家を、わたしはほかに誰も知らない。フレミング氏にお願いだが、どうかきわもの的な作家にならないでいただきたい。そうでないと、われわれ以上のものにならないで終るだろう」（前掲『レイモンド・チャンドラー読本』所収「ボンド製品」

稲葉明雄訳より）

これほどの期待を寄せられれば、並の作家ならば舞い上がってしまうところだが、フレミングは違った。彼は徹底した現実主義者だったのである。チャンドラーはアメリカ生まれだが幼少期をイギリスで過ごし、一時は国籍まで取得していた人なので、イギリス的なものに対して愛憎半ばする複雑な思いを抱いていた。しかしフレミングは、チャンドラーが感じていたたぐいの屈託とはまるで無縁であり、それを小説の中に反映することにもまったく無関心だったのである。両者の温度差の原因は、そこにあるのだろう。フレミングは年に一回ジャマイカの別荘を訪れ、六週間でボンドものの長篇を書き上げるのを常としていた（余談ながら、映画007シリーズの第十七作の題名になっている『ゴールデンアイ』というのは、フレミングの別荘の呼び名である）。フレミングにとって、創作は完全な「お仕事」だったのである。彼の考えるスリラー観とは以下のようなものだ。

「わたしの本がねらう標的は、太陽神経叢《ソーラー・プレクサス》と太腿の中間あたりにある（注：つまり股間のあたり）。危機感と耐えがたいほどの興奮状態をつくりだすこと、それがわたしの好むところだ。スリラーの本質は、読者に急いで次のページをめくらせることにある」（前掲『007専科』所収「スリラー稼業は楽じゃない――シムノンとフレミングは語る」永井淳訳より）

イアン・フレミングは一九〇八年、ヴァレンタイン・フレミング少佐の四人兄弟の次男として生まれた。劣等生だったが、何とか名門イートン校に入学でき、その後サンドハーストの陸軍士官学校に進んだ。卒業後はあえて軍籍に身を置かず（陸軍が機械化の方針を決めたため、それに反撥《はんぱつ》したのだという）、兵役に就いた後に外務省へ入るための受験勉強を開始した。入省のためにはフランス語とドイツ語を完璧にマスターし、さらにもう一ヶ国語（フレミングの場合はロシア語）を習得する必要があったのだ。試験の成績は七番だったが、採用人員が五名だったため選に漏れた。だが語学勉強の成果は無駄にはならず、彼はロイター通信に入社してモスクワ支局長となる。その後ケムズリイ系新聞社の外信部長となり、ロンドンのオフィスで勤務しているときに創作意欲にとりつかれて『カジノ・ロワイヤル』を書いたのである。

現実主義者で皮肉な物言いを好むフレミングらしく、その執筆動機を「四十三歳で結婚するという意外な事件から気持ちをそらすため」であったと語っている。ボンドがフレミングの自己投影であり、作者の理想が人物像として結実したものであるということはしばしば指摘されることである。フレミングの言葉をまともに受け止めるならば、ボンドは第一に永遠の独身主義者として創造されたということになる（だから『女王陛下の００７』はああいう終わり方をするのだ）。その後のすべての長篇と同じように『カジノ・ロワイヤル』はジャマイカの別荘で書かれたが、フレミングはしばらく原稿を放置していた。「青くさい駄作」を書いたということを世間に知られるのが、恥ずかしかったからだという。

ジェームズ・ボンドという人物は、よく言えば楽天的なエピキュリアンであるが、悪い面から見れば救いがたい俗物であり、先天的な性差別主義者で、かつどうしようもないドン・ファンである。作品のプロットはスリラー以外の何物でもなく、荒唐無稽《こうとうむけい》で（その不自然さを覆い隠すために、フレミングは実在の地名などを多く文中に挿入し、現実感を出すように腐心《ふしん》した）、サディスティックで、ポルノグラフィックでさえある。しかし、そう言ってフレミング作品を批判するのは無駄なことだ。それらの要素は、作者自身が意図的に盛りこんだものだからである。彼が意図したのはチャンドラーの期待とは正反対に、読者を刺激し欲望を満足させること、それのみだったのだから。この潔い割り切りがあったからこそ007シリーズは第一級の娯楽読物として完成したのである。

最後にフレミングの言葉をもう一つ。フレミングが作品に俗物根性を注入しているという批判に対し、彼はこう言った。

「いったい、どのていどまで俗物根性《スノバリィ》をひかえたら、平凡な動機として通用するのかね？ ただの刺激ならいいわけか？ 人間だれしも、いい食事をして、しゃれたホテルにとまり、高級車を乗り回したいと願うのは当然だろう？ ボンドは幸運児だ――彼の生活は慰安とスリルの両方にめぐまれているんだから」（前掲『007専科』所収「007号とわたし」宇野輝雄訳より）

きわもの作家、フレミング万歳！

本書は二〇一二年刊の Vintage 版を底本に翻訳刊行した。

訳者紹介 1959年、東京都生まれ。早稲田大学第一文学部卒業。訳書にキング「11/22/63」「ミスター・メルセデス」「任務の終わり」、グリシャム「汚染訴訟」「危険な弁護士」、ヒル「ファイアマン」、ハイスミス「見知らぬ乗客」他多数。

検印
廃止

007/カジノ・ロワイヤル

2019年8月23日 初版
2023年3月31日 5版

著者 イアン・フレミング

訳者 白《しら》石《いし》朗《ろう》

発行所 (株)東京創元社
代表者 渋谷健太郎

162-0814/東京都新宿区新小川町1-5
電話 03・3268・8231-営業部
03・3268・8204-編集部
URL http://www.tsogen.co.jp
工友会印刷・本間製本

乱丁・落丁本は、ご面倒ですが小社までご送付ください。送料小社負担にてお取替えいたします。

ISBN978-4-488-13809-7 C0197

北欧ミステリの帝王の集大成

KINESEN◆Henning Mankell

北京から来た男 上下

ヘニング・マンケル
柳沢由実子 訳 創元推理文庫

◆

凍てつくような寒さの未明、スウェーデンの小さな谷間の村に足を踏み入れた写真家は、信じられない光景を目にする。ほぼ全ての村人が惨殺されていたのだ。ほとんどが老人ばかりの過疎の村が、なぜ。休暇中の女性裁判官ビルギッタは、亡くなった母親が事件の村の出身であったことを知り、ひとり現場に向かう。事件現場に落ちていた赤いリボン、防犯ビデオに映っていた謎の人影……。事件はビルギッタを世界の反対側、そして過去へと導く。事件はスウェーデンから、19世紀の中国、開拓時代のアメリカ、そして現代の中国、アフリカへ……。空前のスケールで描く桁外れのミステリ。〈刑事ヴァランダー・シリーズ〉で人気の北欧ミステリの帝王ヘニング・マンケルの予言的大作。

2005年CWAゴールドダガー賞受賞作

GRAFARÞÖGN◆Arnaldur Indriðason

緑衣の女

アーナルデュル・インドリダソン

柳沢由実子 訳 創元推理文庫

◆

男の子が住宅建設地で拾ったのは、人間の肋骨の一部だった。レイキャヴィク警察の捜査官エーレンデュルは、通報を受けて現場に駆けつける。だが、その骨はどう見ても最近埋められたものではなさそうだった。

現場近くにはかつてサマーハウスがあり、付近には英米の軍のバラックもあったらしい。サマーハウス関係者のものか。それとも軍の関係か。

付近の住人の証言に現れる緑のコートの女。

封印されていた哀しい事件が長いときを経て明らかに……。

「週刊文春ミステリー・ベスト10」第2位、
CWAゴールドダガー賞・ガラスの鍵賞をダブル受賞。
世界中が戦慄し涙した。究極の北欧ミステリ登場。

猟区管理官ジョー・ピケット・シリーズ

BREAKING POINT◆C.J.Box

発火点

C・J・ボックス
野口百合子 訳 創元推理文庫

◆

猟区管理官ジョー・ピケットの知人で、
工務店経営者ブッチの所有地から、
２人の男の射殺体が発見された。
殺されたのは合衆国環境保護局の特別捜査官で、
ブッチは同局から不可解で冷酷な仕打ちを受けていた。
逃亡した容疑者ブッチと最後に会っていたジョーは、
彼の捜索作戦に巻きこまれる。
ワイオミング州の大自然を舞台に展開される、
予測不可能な追跡劇の行方と、
事件に隠された巧妙な陰謀とは……。
手に汗握る一気読み間違いなしの冒険サスペンス！
全米ベストセラー作家が放つ、
〈猟区管理官ジョー・ピケット・シリーズ〉新作登場。